逃亡刑事

中山七里

PHP
文芸文庫

○本表紙デザイン＋ロゴ＝川上成夫

逃亡刑事　目次

第一章　目撃

1

逃げろ。

逃げろ。

脇目も振らず必死に走っていたが、十メートルも行かないうちに捕まえられた。

「おっとっと。すばしっこいけど、まだまだだな」

猛《たけし》はせめてもの抵抗で身を捩《よじ》ってみたが、手首を掴《つか》んだ小暮《こぐれ》はびくともしない。大人の手は絶望するほど大きく、幼い猛の手首を握ってもまだ指が余っている。

いきなり平手が飛んできた。

ぶん、と顔が横を向く。少し遅れて痛みがやってきた。皮膚を灼《や》くような痛みが左の頰《ほお》にひりひりと広がる。

二発目は足蹴りだった。動けないまま立っていると、鳩尾《みぞおち》の辺りに小暮の爪先《つまさき》が入った。

激痛に耐えられず、猛はその場で腰を落とす。胃の中のものが全部出てきそうだった。

「これ以上、要《い》らん手間掛けさせんなよ」

小暮は猛の手首を放し、今度は髪の毛を鷲摑《わしづか》みにした。手首を握られているだけなら抵抗もできるが、髪の毛では抗《あらが》う術《すべ》もない。引き千切られる痛みで足がそっちの方向に向かう。

頭頂部でぶちぶちと音がした。激痛が走ったが声は出さなかった。

「ホントにお前は強情だな。泣きでもしたらちっとは可愛げがあるっていうのによ」

小暮の言うことは当てにはできない。泣いたら泣いたで更に虐待《ぎやくたい》を加える男だ。それは他の子供に対する扱いで学習済みだった。

「いったい、お前は親からどんな教育を受けた？　大人の、しかも先生の言うことは聞くもんだぞ、え？」

小暮は自分のことを先生と言う。確かに養護施設の中ではそれ以外に呼びようがないが、同じ先生でも学校の先生は少なくとも暴力を振るわない。

素朴な疑問だったが、猛は口にしない。しても答えは拳骨《げんこつ》で返ってくるのが分かっているからだ。罰を受ける理由も同様だった。備品のゲーム機を返すのが遅れた。消灯時間になっても起きていた——理由は何でもよかった。いや、理由がなくても構わなかった。要は小暮の虫の居所だけの問題だった。たとえば今回の理由は決められた時間に施設に戻らなかったからだが、機嫌のいい時には多少遅れてもお咎《とが》めなしなので、要は気分次第ということになる。

口の中で鉄の味がする。さっき殴《なぐ》られた際、内側を切ったらしい。

しかし猛は泣かなかった。

殴られてもいい。血を流してもいい。しかし、泣くことは小暮に屈服したことになるので、それだけは絶対に嫌だった。

「言うことを聞かなかった罰で飯抜きだからな」

腹は減るけど、ものを口に入れる度《たび》痛がることはなくなったな——猛はそう思うことで自分を慰《なぐさ》めた。

小暮は自分の担当するチームBの宿舎に着くと、その中に猛の身体を放り投げた。

「御堂《みどう》猛は罰により今晩の食事はなし。以上」

それだけ言うとさっさとドアを閉め、立ち去って行った。

猛はしばらく横たわっていた。何もすぐ立ち上がる必要はない。痛みが引くまで横になっていても、誰も文句は言わないからだ。

数分してから上半身を起こした。

チームBの児童たちが遠巻きに自分を見ていた。猛が大丈夫そうだと分かると、少し安心したように視線を逸《そ》らした。

「またお前かよ、いっつも飽きねえなあ」

同い年の健也《けんや》が感心したように言った。

「猛、今週に入ってから毎日じゃねえか、小暮にやられたの」

一応、心配してくれている口調だが、チームの誰かが襲われている時は自分に手が伸びないことを知っているので、密《ひそ》かに安堵《あんど》しているに決まっている。他の児童も喋《しゃべ》らないまでも健也と同様の顔をしているので、きっと同じことを考えているに違いない。

猛は誰を責めるでもない。言いたいことは秘めておく。やられてもじっと自分で耐えるというのが施設の掟《おきて》だった。他の子供が虐待されている時は、猛も見て見ぬふりをしているのでお互い様だ。

チームの十八人は何事もなかったかのように、自分のしていたことに戻る。学校の予習、ゲーム、マンガ。施設で怪我をしない秘訣は他人に深く関わらないことだった。

猛は頰の内側に指を滑り込ませて痛む部分に触れてみた。案の定、出血していた。洗面台に行き、血の混じった唾《つば》を吐く。うがいを二回したら、やっと口中の鉄の味が薄れた。

やがて夕食の時間になった。十八人分の食事が配られる中、猛だけは自分のスペースで膝小僧を抱えていた。こうしていると太腿《ふともも》が腹を圧迫するので、しばらくは空腹を誤魔化《ごまか》せる。何度も飯を抜かれ、空腹を堪《た》えるうちに覚えた対処法だった。

しばらくその姿勢でいると、人の近づく気配があった。見上げると一つ年下の沙《さ》耶《や》がコロッケを皿に載せて立っていた。

「食べる?」

思わず手を伸ばしかけたが思い留まった。

自分がこれを受け取ったことが後で知れると、今度は沙耶が虐待の対象にされかねない。

「……いい」

「そう」

大して気落ちもしていない様子で沙耶は立ち去る。その背中を猛は未練がましく見送る。いったんは断ったものの、やはりコロッケが恋しくなったからだ。

児童養護施設〈光の子〉は一チーム十九人の宿舎が四つある中規模の施設だった。チーム毎《ごと》に宿舎が一棟割り当てられ、それぞれ生活に必要な設備が最低限揃っている。

チームBには六歳から十二歳までの男子と女子が詰め込まれ、共同生活をしている。共同生活といっても寝起きと食事を共にするだけで、それ以外に関して互いに干渉することはあまりない。

いや、干渉することを可能な限り避けていると言った方が正しい。他人に干渉すれば、小暮の怒りを買った時、道連れにされる可能性があるからだ。

小暮の暴力は半ば日常的だった。何が面白くないのか、ほぼ毎日児童の誰かで鬱《うっ》憤《ぷん》を晴らしている。もちろん他の職員が皆そんな風ではなく、中には小暮の振る舞いを苦々しく思っている者もいるが、所長の一人息子なので盾突《たてつ》こうとする者は一人もいなかった。被害者である児童たちも同じで、小暮に何をされても他の職員に言いつけるでもなし、他の児童に相談することもない。

ここしか自分の居場所がないことを知っているからだ。

施設を追い出されたら行くところがない。子供心にそれを知っているから、どんな目に遭っても声を上げない。逆らわない。ただ痛みを身体の奥に秘め、じっと耐えている。

だが、最近猛は疑問に思い始めていた。

ひょっとしたらここ以外に自分を受け入れてくれるところがあるのではないだろうか？　そう、たとえば母親のいる場所とか――。

児童養護施設といっても両親や家族のいない孤児というのは少数派で、多くは両方なり片方なり親がいる。親はいるが何らかの事情で養育不可能になって預けられるのだ。

猛の場合は母親がいた。父親についてはずいぶん前に死んだと聞かされていて、詳しいことはほとんど教えてもらっていない。そして、そのたった一人の母親も病院に入院しているので猛とは一緒に住めないのだという。

死んでいるのではないから、猛は会いたいと思う。小暮から謂《いわ》れなき虐待を受けて耐えている時は余計にそう思う。しかし職員に訊いても、入院していればここには来られないだろうと言う。

では自分が病院に行く、というのはどうだろう――。

母親が身動きできないのなら、こちらから出向けばいいだけのことだ。自分の顔を見れば病気の母親も元気になるかも知れない。いや、そうに決まっている。

一度生まれた考えはあっという間に頭の中を一杯にした。寝ても覚めても、学校で授業を受けている最中も、ずっと考え続けた。施設を脱出する手筈《てはず》、病院の場所、そこまでの道のりをどう行くか。妄想は次第に細部を明確にしていき、市内地図を見るに至っていよいよ具体化していった。ルートを確認し、所持品をリストアップする頃には妄想は計画に格上げされていた。

そして今日、小暮から虐待されたことで脱走計画は俄《にわか》に現実味を帯びてきた。猛は膝を抱えながら、頭の中で何度もシミュレーションを繰り返す。

消灯時間がくると宿舎の照明を全て消さなければならない。時間を過ぎても明かりが点《つ》いていた場合、その日の照明担当者が罰せられるので、担当者自身が戦々《せんせん》恐々《きょうきょう》と決まりを守るという仕組みだ。

宿舎の明かりが消えてしばらくすると、闇に眼が慣れてきた。窓から射し込む月光もいつもより明るい。

猛はゆっくりと起き上がった。音のしないように布団から抜け出て手早く着替えると、用意してあったリュックサックを手に取った。

抜き足差し足で、寝ている者たちの間を縫《ぬ》うように移動する。チームの仲間であっても油断はできない。脱走計画が知られたら、園側に密告する者がいないとも限らない。

だがドアまであと少しのところでアクシデントが起きた。

誰かが猛の足首を摑んだのだ。

ぎょっとして見下ろすと、健也が手を伸ばしていた。

「どこ行くんだ」

健也は忍び声でそう訊いた。どうやら眠ってなかったらしい。この明るさで猛の出で立ちも見えるのだろう。怪訝《けげん》そうな顔で猛を見上げていた。

「トイレじゃないよな？」

答えようがないので、猛はただ固まっていた。

「今日の消灯係、俺なんだぞ」

このまますごすごと布団に戻るか。

それとも健也をどうにかして黙らせるか。

逡巡《しゅんじゅん》していると、急に足首の縛《いまし》めが解けた。健也が手を放してくれたのだ。

「いいや。行けよ」

そして顔を天井に向けた。

「捕まるんじゃねーぞ」

なるほどこんな風に干渉しないやり方もあるのだと、少し感心した。

猛は一度だけ頷《うなず》くと、また前に進み始めた。

規律の厳しい施設だが、ドアの外側から鍵を掛けるような真似はさすがにしていない。

息を殺してノブを回し、静かに外へ出る。

思った通り、今夜は満月だった。お蔭で夜なのに、敷地内の道路や垣根がくっきりと映し出されている。

施設は宿直制で夜勤がないので、当番の職員も遅くなれば寝ている。宿舎棟を抜けた正門近くに宿直室があるのだが、案の定部屋の明かりは消えていた。

猛は正門に立った。閉じられた門扉《もんぴ》は自分の背丈の三倍ほどもある。

宿舎に鍵は掛けなくても、門には内側から施錠《せじょう》がしてある。しかも児童の脱出を防ぐために南京錠《なんきんじょう》まで掛けてある。まるで刑務所みたいだと思った。

門扉の表面はつるつるしており、手掛かりも足掛かりもない。猛は辺りから踏み台になるようなものを物色したが、どれもこれも不整形で積み重ねるのは困難に思えた。

正門突破は無理だ、そう判断した猛は元来た道を引き返す。脱走を諦めた訳では

猛はリュックサックの中から手書きの簡略地図を取り出した。入院先までの道のりを延々と記したもので、交差点で曲がる箇所にはそれぞれ目印となる建物を書き添えてある。作成に二日をかけた労作だった。

スマートフォンがあればこんな苦労はしなくても済んだのだが、元々そんな便利なものは持たされていない。それに、施設から入院先までを地図上で追っていると何だか自分が母親のいる場所に近づいているようでわくわくしたので、作業自体はとても楽しかった。

猛の選んだルートは至極《しごく》単純なものだった。まず県道6号線に出てからひたすら浦安方向に直進し、浦安駅に到達したら県道242号線に折れて東南に下る。インターチェンジの手前で右折すれば、そこが母親の入院先だ。

夜の空気はしん、としている。人も通らず、音楽もない。ただ、時折幹線道路を走るクルマの音が遠くから聞こえるだけだ。

目の前の信号が赤でも横切るクルマがないので、猛はそれを無視して交差点を渡る。

少し行くと猛の通う小学校が見えてきた。昼間はあんなに騒々しかった校舎も、今はぐっすりと眠りに落ちている。明日、自分がいないことを知ったら担任やクラスメートはどんな顔をするだろう。驚くだろうか、それとも何事もなかったようにいつもと同じ一日を過ごすのだろうか。

心細さが甦《よみがえ》ってきたが、それよりは自分を呼ぶ声の方が大きかった。

どちらにしても、もう引き返すことはできない。

猛は不意に駆《か》け出してみた。

追い掛ける者も、障害物も、怪しむ者もいない。

不意にこの世界が自分のものになったような気がした。急に足が軽くなる。このまま走ればどこまでも行けそうだった。

やがて目の前にセブン‐イレブンの看板が見えてきた。看板は夜の闇に煌々《こうこう》と輝き、猛の到着を歓迎していた。その店舗の前が6号線だった。

6号線沿いはさすがに明るかった。二十四時間営業のファストフード店が軒《のき》を並べ、店の中を覗《のぞ》くと、疲れた顔の大人たちが丼《どんぶり》の中身を突《つつ》いている。壁に掛かっていた時計をちらと見ると、短針は1を少し過ぎたところだった。こんな時間に子供がうろついているのを見られたら、必ず不審に思われる。猛は明かりの点いた店の前は足早に通り過ぎることにした。

もう日付が変わっている。

今までそんな時間まで起きていたことはなかったので昂奮《こうふん》していた。だから余計に眠くないのだろう。満足に睡眠を取っていないのに、意識はどんどん覚醒《かくせい》していく。

ファストフードの激戦区を過ぎると、また暗がりが続いた。タイヤショップ、携帯電話ショップ、カーディーラー。郊外に展開された店舗も、今は非常灯の明かりが見える程度だ。

街灯の下で猛は地図を広げる。斜め向こうにはトヨタの看板が見える。地図で確かめてみると、浦安駅まではまだずいぶんある。

施設を出たのが十二時半過ぎだったから、もう三十分以上歩き続けた計算になる。

足が少し重くなったので歩幅を縮めた。

時間を競う訳ではない。与えられた時間は無尽蔵《むじんぞう》にある。

気持ちに余裕ができ、猛は再び夜の街を闊歩《かっぽ》する。朝日が昇ればまた気忙《きぜわ》しく動き出す街も、今は全て猛のものだった。

歩きながらメインストリートの脇に建ち並ぶ店舗を観察していると、既に廃業したテナントもぽつりぽつりと散見された。こんな目立つ場所にあるのだから、どの店も繁盛していると思い込んでいた猛には意外な発見だった。

駐車場の広いカーディーラーの店もそのうちの一つだった。かつては新車を並べていただろうショールームはもぬけの殻《から》で、ガラス窓に貼られた〈テナント募集〉

の紙が更に侘《わび》しさを感じさせる。完全撤退したので非常灯の明かりさえない。盗まれるモノもないせいか、門扉は開けっ放しで施錠もされていない。

こんなに広い店なのに勿体《もったい》ないな——そんな風に思っていると、突然、ショールームの中で、ぽっと赤い点が灯《とも》った。

え、今の何？

好奇心に駆られて、猛はショーウインドウに近づいていった。目の錯覚ではなく、不規則に赤い光点が点滅している。

店舗の敷地に入り込んだ時、走り去ったクルマのヘッドライトで、中が一瞬だけ見えた。

中には二人の男が向かい合わせに立っていた。そのうちの一人は黒縁の眼鏡をしており、口にタバコを咥《くわ》えていた。

ライトが外れて中はまた暗くなったが、赤い光点がまた灯っている。どうやらタバコの先端が光点の正体らしい。

しかし興味がそれで薄れることはなかった。興味や好奇心よりも強い感情が猛を捉えて離さなかった。

もう一人の男が手にしていたもの——あれはひょっとして拳銃ではなかったか？

まさかという思いが身体を突き動かした。猛はそろそろとショーウインドウを回り込んだ。少し奥に行くと、ショールームへの入口がある。そこもドアは開放されたままだった。ドアの陰に隠れていると、舗道脇の街灯で二人の姿がシルエットになる。

「よせ」

　拳銃を持っていない方の男が声を出した。

「俺を殺してどうする。罪状が増えるだけだぞ」

「それはどうだろう」

　それが拳銃の男の声らしかった。落ち着いてはいるが、ひどく感情の籠《こ》もっていない口調だった。

「お前のことだからこれも単独捜査だろ。その証拠に呼び出したら一人でのこのこやって来た。だったらお前さえいなくなれば、罪状もクソもないだろう」

「待て」

　制止の声と同時に音がした。

　ぱんっ、という乾いた音だった。

　少ししてから男の咥えていたタバコが床に落ち、続いて男の身体が頽《くずお》れた。

　拳銃で撃たれた。

　本物の銃声を聞いたことはなかったが、間違いなくそうだと思った。

わあっという叫びは勝手に口から出た。

まずいと思った時には遅かった。叫び声に気づいた男がさっと辺りを見回した。

「誰だ」

男が銃を構えてこちらに来るのがシルエットで分かった。

このままでは殺される。

街灯のある方に逃げたら撃たれる——咄嗟《とっさ》の判断で、猛は店の奥に駆け出した。

ゴム底のシューズなのに足音が響く。その音の大きさに怯《おび》えた。

店の奥は整備工場のような造りになっていた。よくは見えないが、まだいくつもの棚や箱が残っており、猛の隠れられそうな場所があちこちにある。猛はその棚の一つに身を潜《ひそ》めた。

「そんなところに隠れても無駄だ」

追ってきた男の手元に明かりが灯った。どうやらライトを持参していたらしい。

ライトの光量はそれほど強くなかったが、それでも人一人を照らし出すには充分な明るさだった。男は四方八方にライトを翳《かざ》しながらゆっくりと歩いて来る。

「出て来い」

猛の潜んでいる棚近くを光輪が照らす。猛はその中に入らぬよう、必死に身体を縮こませる。

こんな時に限ってまた心臓が早鐘を打ち始めた。

静かにしてろ！　見つかったらどうするんだ。

「今出て来たら、命は保証してやる。こちらから見つけたらその場で撃ち殺す」

嘘だと分かっていても、魅力ある誘い文句だった。もし猛がこれほど疑り深い子供でなかったら、のこのこ出て行くかも知れない。

「よし。死ぬのが怖くなかったらそのまま隠れてろよ」

男の靴音が刻一刻とこちらに接近してくる。

せり上がる恐怖で腹がじん、と冷えた。

無意識に伸ばした手が床に触れる。積もった埃《ほこり》とわずかに砂の感触。しかし中指の先が硬くて冷たい物体を感知した。

手触りで何かの工具らしいことが分かる。柄《え》の部分を握ると猛の力でも持ち上げることができた。

咄嗟に放り投げた。

次の瞬間、投げたものが壁か床に当たるかして派手な音を立てた。

男はその音に反応して踵《きびす》を返す。いったん音のした方向に移動するが、また立ち止まってライトを翳す。

早く行っちまえ。

必死に念じてみるが、男は半径数メートルを行ったり来たりするばかりで少しも立ち去る素振《そぶ》りを見せない。

何て執念深い。まるで蛇みたいな男だ。

もう注意を逸らせるようなものは手元に落ちていない。それどころか、少しでも動けばたちどころに居場所を知られてしまう恐怖があった。

身体の芯からやってくる震えを懸命に抑え、猛は石になろうとした。何があろうと声も上げず、微動だにしない石。

呼吸も浅くした。すると鼓動《こどう》の音が心持ち小さくなった。

それでも恐怖の大きさに変わりはない。足音が近づく度、そしてライトの光がこちらに向けられる度、心臓が潰れそうになる。

何時間そうしていただろう。

耳に全神経を集中していると、通りを走るクルマの数が多くなったように感じた。そろそろ陽が射し始めたのか、外が薄明るくなってきた。

きっと人も通り始めたのだろう。男はようやく諦めた様子で敷地の外へ出て行った。

だがそれからしばらく経っても、猛は石のように固まったまま外に出ることができずにいた。

今のは夢だったのかも知れない――一瞬そう思ったが、やがて白みかけた景色の中で敷地の隅々が見えてくると、決して夢ではなかったことを知らされた。

ショールームの中で男が血を流して倒れていた。

2

「何度も言っている。俺は殺《や》っていない」

取調室で冴子《さえこ》に対峙《たいじ》した男は不快さを隠そうともしなかった。

鯖江《さばえ》昭文《あきふみ》、四角い顔に厚い唇。黙っていても凶暴に見えるのは仕事柄だろう。

取調室の中は冷房が効いていない。喉《のど》が渇いたと訴えたので差し入れてやった缶コーヒーは、半分以下になっていた。

「殺されたハーブショップの店長とは敵対関係だったんだろ。事件が起きる前も、お前は何度も店を訪れている」

「脅《おど》しただけだ。脱法ハーブか何か知らんがウチのシマで滅多なモン売るなって」

「ふん、商売敵《がたき》だからな。それで相手が言うことを聞こうとしなかったから殺した。そうなんだろ」

鯖江は広域暴力団宏龍会《こうりゅうかい》の構成員で、その宏龍会のシノギの一つが麻薬の売買だ。安価で、しかも手軽に購入できる脱法ハーブの存在はさぞかし目障《めざわ》りに違いない。

「店長の体内から検出されたのは9×19ミリのパラベラム弾。使用された銃はベレッタM92。ベレッタM92は先月、宏龍会の下部組織が摘発《てきはつ》された際、大量に押収された銃だ」

「ベレッタがウチの標準装備になってるから、俺が撃ったって？　冗談言うなよ、刑事さん。いくら何でもそいつは短絡的だ」

鯖江が指摘する通り、短絡的というのは否《いな》めないが事件発生直後に現場付近にいたとあっては事情を訊かない訳にはいかない。被疑者が暴力団員なら、多少手荒い扱いをしたところで抗議を受けることもない。

ただし先刻から事情聴取を続けている感触によれば、鯖江が犯人である可能性は薄い。最近の宏龍会は動きが潜在化しており、商売敵を射殺するなどという派手な行動を起こすことも考えづらい。

しばらく留置しておけば宏龍会も何らかの動きを見せるだろう。鯖江の扱いはその動向を見てから決めても遅くない——冴子がそう判断した時、鯖江が何を勘違いしたのか示威《じい》行為に出た。

「あんまりナメるなよ、刑事さん。相手が女だからって、濡《ぬ》れ衣《ぎぬ》着せられておとなしくしていると思ったら大間違いだ」

そう言うなり、目の前に置かれていたコーヒーの缶を握り締めた。

ぺきぺきと軽《かろ》やかな音とともに缶がひしゃげる。鯖江はスチール缶を握り潰すことで力を顕示《けんじ》しているのだ。

鯖江は勝ち誇った顔で缶を机の上に置く。図体は大きくてもやっていることは小学生並み——だが、その小学生並みの示威が冴子の負けん気に火を点けた。

冴子は徐《おもむろ》に右手を突き出した。

鯖江は一瞬、怪訝な顔をする。

冴子は開いた手の平をひしゃげた缶の頭に置き、座った姿勢のまま一気に力を加えた。

ぐし、とこれも軽やかな音を立てて空き缶は押し潰れる。それと同時に残っていたコーヒーの飛沫《しぶき》が鯖江の顔に命中する。冴子が手を放してみると、缶は完全な板になっていた。

コーヒー塗《まみ》れの鯖江は目を丸くしていた。

「あんまりナメるなよ、どチンピラ。相手がヤクザだからって遠慮してると思ったら大間違いだ」

鯖江は平らになった缶と冴子の顔を交互に眺めながら、ぱくぱくと口を開け閉めする。

「あんた……本当に女か？」

冴子は鯖江の頬をぴたぴたと叩きながら言い返す。

「お前、本当に男か？」

顔を拭《ふ》くのも忘れた様子の鯖江を残して冴子は取調室を出る。

鯖江の頬に触れた部分をティッシュで拭《ぬぐ》っていると、すぐに外で待機していた郡山《こおりやま》が駆け寄って来た。

「どうでした、班長の感触では？」

「使用銃はベレッタだとカマをかけてみたが、何の反応も示さなかった」

実際、店長の体内から銃弾が検出されたのは本当だったが、まだ使用された銃の特定までには至っていない。

「どうも、クロとは思えない」

「じゃあ……」

「まだ出すな。しばらくしたら宏龍会が動くかも知れん。案外、瓢簞《ひょうたん》から駒が出てくる可能性もある」

郡山が無言で頷く。強面《こわもて》の郡山が相手では、最初からガンの飛ばし合いになる。冴子が聴取役を買って出たのはおそらく正解だった。

高頭《たかとう》冴子三十二歳、千葉県警刑事部捜査一課所属。階級は警部。三年前から一班を任せられている。

身長百八十センチ、化粧っ気なし。髪をショートボブにしているのはヘアスタイルを気にしているからではなく、格闘時に都合がいいからだ。男勝りの剛腕と体格。聞くところによれば自分は〈県警のアマゾネス〉なる綽名《あだな》で呼ばれているそうだが、むしろ歓迎だ。何にせよ、相手が苦手意識を持ってくれるのは様々な局面で有利に働く。

冴子が刑事部屋に戻るなり、部屋の空気が一気に張り詰めた。

これでいい。物分かりのいい上司、気配りのできる上司を目指すつもりなど毛頭《もうとう》ない。警察組織に必要なのは秩序だ。緊張と団結力。それこそが秩序の要《かなめ》と言える。

自分のデスクに腰を据《す》えた途端、机上《きじょう》の内線電話が着信を告げた。相手は南行徳の現場に向かわせた寺田《てらだ》だった。

しばらく向こう側の言葉に耳を傾けていた冴子は「了解」と答えるなり、受話器を置いた。

「警官殺しかよ、クソッタレめ」

報告を聞き終えた冴子はそう毒づくと、怒りに任せてデスクの底を膝で蹴り上げた。お蔭で机上に積み重ねられていた未決書類が雪崩《なだれ》のように滑り落ち、紙コップが一瞬宙に浮いた。

罵声《ばせい》も振る舞いも荒っぽいが、当の本人は無駄に美人顔なので違和感が凄《すさ》まじい。冴子の部下たちは居心地悪そうに、直属上司の様子を窺っている。

市川市南行徳のカーディーラー跡地で死体発見の一報が入ったのが本日七月二日午前五時四十分。通報者は同時刻、浦安駅に急いでいたサラリーマンだった。閉店したカーディーラーのショールームの中で男性が血を流して倒れている――直《ただ》ちに市川警察署が出動し、鑑識《かんしき》と捜査員が臨場《りんじょう》したところ、死体の所持品の中に何と警察手帳が交じっていたのだ。

千葉県警組織犯罪対策部薬物銃器対策課生田《いくた》忠幸《ただゆき》巡査部長。臨場した捜査員は死体の男と警察手帳の人物が同一であることを確認した上で、県警本部に通報してきた。

刑事部の国兼《くにかね》部長は事件の専従班に高頭班を指名、冴子が寺田を現場に派遣したところ、確認の報告があった次第だ。

被害者が県警の人間らしいと報告が上がってきた時点で、国兼が自分を指名したのには当然理由がある。

「ウチの同僚が殺られた」

冴子が高らかに声を上げると、部屋にいた全ての捜査員が一斉に立ち上がった。

「殺害されたのは組対《そたい》の生田忠幸巡査部長だ。所属は違えど身内、そして警官殺しは我々にとって最も憎むべき犯罪だ。高頭班はこれより現場に向かう。必ず犯人を挙げて生田巡査部長の仇《かたき》を取れ。以上」

おうっと捜査員が雄叫《おたけ》びを上げる。ひと昔前の体育会系と揶揄《やゆ》されるだろうが、同僚殺しにはこれくらいの気勢は必要だ。そして、この熱量こそが高頭班の持ち味でもある。いや、班というよりは冴子自身の性格というべきか。

千葉県警捜査一課には複数の班が存在するが最も機動力に優れ、かつ検挙率が高いのは冴子率いる高頭班だった。上意下達《じょういかたつ》の徹底と軍隊式の統率は他の班から批判を受けるが、知ったことではない。警察が組織である以上、その組織力を十全に生かせなくて何が指揮官か。やたらに腰が低く、部下のご機嫌取りに心を砕く管理職などここには要らない。

留守番役を二人だけ残し、高頭班の面々が刑事部屋を飛び出していく。最後に冴子がジャケットを小脇に抱えたところで、その男が部屋に入ってきた。

国兼正史《まさし》刑事部長。長身で筋肉質、彫りの深い顔で、微笑の一つも浮かべれば見《み》惚《と》れる女も多いだろうが、生憎《あいにく》冴子の側に興味はない。

「今更言うまでもないだろうが、今度の事件は越田《こしだ》本部長も非常に憂慮《ゆうりょ》されておられる」

ここで県警本部長の名前が出たのは、いささか意外だった。個別の事件について本部長が明確な興味を示したのは、これが初めてではないか。

「殺された生田巡査部長、若いが有能な刑事だったらしい」

「有能も無能もありません」

冴子は言下《げんか》に言い放つ。

「殺されたのは警察官。それだけで充分でしょう」

「その出で立ちを見る限り外出するようだが、高頭班長自らが現場に出るのかね」

「もちろんです」

平素であれば警部の階級を持つ冴子がいちいち現場に臨場することはない。だが、これは平素の事件ではない。

ふむ、と国兼は納得顔で頷いた。

「現場には所轄《しよかつ》の捜査員のみならず報道陣もいるだろうからな。千葉県警にその名を轟《とどろ》かせる高頭冴子が登場したとなれば、県警本部の本気度を内外に知らしめることができる。相変わらずいい判断だ。行ってきてくれ」

冴子の臨場を自分の裁量として落とし込むつもりか――。

思わずその形のいい鼻を正拳突《せいけんづ》きしたくなったが、やめておいた。

「高頭班、出動します。留守番二名残しましたが、サポートをよろしく」

そして国兼の返事も待たずに背を向ける。

残した二人も機敏に動ける兵隊だからよほどのことが起きない限り、他班からサポートしてもらう必要はない。それでも敢《あ》えて釘を刺したのは、肩書やら裁量でしか存在を主張できない上司へのせめてもの嫌がらせだった。


南行徳の現場に到着すると、既に仕事を終えた鑑識課員たちがショールームから出て行くところだった。彼らの流れに逆行する形となったが、冴子の姿を認めた課員たちがぎょっとした顔をして次々と道を空けていく。お蔭で冴子は海を分かつモーゼのような体《てい》で、現場に進むことができた。

驚いたのは鑑識課員だけではない。居並ぶ市川署の刑事たちも同様に冴子の臨場を眺めている。

「わたしの顔に何かついているか?」

先に到着していた郡山に問い質《ただ》すと、郡山は苦笑した。

「所轄の刑事は名前だけしか班長を知りませんからね。自覚ないかも知れませんが、既に班長は伝説の人物なんですよ」

「そうか」

「伝説の中身は気になりませんか」

「悪名だろうが何だろうが、一目置かれるのはいいことだ。所轄からの引き継ぎは?」

「おおまかなところは」

ショールームの前面は道路から中が見えないよう、ブルーシートで覆《おお》われている。回り込んで中に入ると、部下たちと知った顔の人間が裸に剝《む》かれた死体を取り囲んでいた。

「おや。何と高頭班長が直々《じきじき》にお出ましですか」

横峰《よこみね》検視官が冴子に気づいて慌てて場所を空ける。冴子はその場所に立ち、生田の死体を見下ろした。

生田は光のない目で天井を眺めていた。胸の中心から流出した血は既に褐色《かっしょく》に固まっている。冴子はしばし合掌《がっしょう》した後、死体の傍《そば》に屈《かが》み込む。銃創《じゅうそう》は一箇所のみ。死斑《しはん》は背中に集中している。背中からの出血が見当たらないのは弾丸が貫通していないせいだろう。

「見ての通り心臓を一発。変に左にずらさず真ん中を撃っているのは心臓の位置を正確に知っているからだろう」

頭上から横峰の説明が聞こえた。

「銃の扱いに慣れていると?」

「少なくとも知識くらいはあっただろうね。狙いを外さなかったのは至近距離で撃ったからだ。その証拠に銃創の射入口が大きな星型を描いている。シャツの射入口には火薬残渣《ざんさ》も多く見られた」

「死亡推定時刻は」

「解剖しなけりゃ詳細まで絞れないが、直腸温度から推測すると午前一時から三時までの間」

「犯人と争った形跡は」

「着衣の乱れはなかった」

「結構です。司法解剖に回してください。次、鑑識は何か目ぼしいモノを拾ったのか」

これには郡山が応えた。

「敷地内は不特定多数の下足痕《げそこん》が検出されたようです。一方、ショールームの方は生田刑事と他二名分の下足痕が残っていました。ただ、他に遺留品と呼べるものはありません。発射された弾丸の薬莢《やっきょう》も持ち去られているようです」

「第一発見者」

「大手町に勤める銀行員でした。市川署が詳細を聴取し身分も確認済み。いったん職場に行かせましたが、再聴取はいつでも可能です」

「目撃者」

「これも市川署が周辺住民に訊き込みの最中です。しかしメインストリートの両脇に民家が少ないため、情報収集に往生しているようです」

「地取りをウチの班で増員させる」

「しかし訊き込みの対象が少ないですよ」

「ここから浦安駅まで真っ直ぐなのだろう?」

「はい」

「第一発見者は大手町勤務のサラリーマンだった。そいつ以外にもこの道を通勤に使っていた者が沢山いるはずだ。明日の深夜一時からこの道を通る人間全てに訊き込め」

「……了解」

「生田巡査部長の家族は」

「千葉市内の実家に両親が居住。妹が一人いますが、こちらは茨城《いばらき》にいますね」

「人をやって鑑取《かんど》りさせろ。それからウチの班に組対のヤツと親しいのはいるか。生田巡査部長の同僚から事情を訊きたい」

「当たってみましょう」

「優秀だったそうだ」

「そのようですな。ヤクの摘発では先頭を切っていたそうです。現物もずいぶん押収したとか」

「押収先はヤクザか、売人《ばいにん》か。それで鑑取りの方向も変わってくる」

「ヤク絡みで殺されたと？」

「さっきのハーブショップの一件もそうだが、ヤクをシノギの主軸に置いていたヤクザは相当にテンパっている。ヤクの摘発に人一倍熱心な刑事は、そりゃあ目障りだろうさ」

　郡山は無言で頷いた。

　昨今、麻薬を巡る状況は供給元である暴力団にとって憂慮すべき事態となっている。

　一つには脱法ハーブが麻薬の代替物として広く、そしてはるかに安価に供給されるようになったこと。

　もう一つは本物の麻薬さえもネットを通じて売買されるようになったこと。この場合、供給元の多くは海外であるため、暴力団の介在は一切ない。つまり従来であれば暴力団の専売であったものが、今や素人《しろうと》同士の取引として成立しているのだ。

「実入りが少なくなってどこの組もかつかつだ。神経過敏になって引き金を引く指が軽くなっても当然だろう」

「生田の捜査状況……しかし、いくら身内の犯罪捜査だからって、向こうがおいそれと話してくれますかね。情報は検挙するまで課外には洩らさないってケースも多いでしょうし」

「両面から探ればいいだろう」

冴子はそう言って踵を返した。

「そっちは同僚を当たれ。わたしは上の方に直接当たってみる」

一人県警本部に戻った冴子は、その足で薬物銃器対策課に向かった。

薬物銃器対策課の玄葉昭一郎《げんばしょういちろう》課長とはたまに顔を合わす程度で、それほど人となりを知っている訳ではない。本来なら国兼あたりを仲介させるのが常道なのだろうが、冴子自身が国兼を信用していない以上、どんな情報を得たとしても眉唾《まゆつば》ものになってしまう。国兼の頭越しだが、ここは直接玄葉から訊き出した方が得策だろう。

課長室を訪ねると運よく本人がいた。

「捜一の高頭か。いきなり何の用だ」

意志の強そうな太い眉が印象的な顔。一見柔和《にゅうわ》に見えるが、表層や噂で人を判断するほど冴子も馬鹿ではない。

「生田巡査部長殺害事件の担当を拝命しました」

「聞いているよ。身内を殺した犯人を挙げるのに高頭班を専従にしたのはわたしも賛成だ。君の手腕はここにも鳴り響いている。君なら早々に結果を出してくれるだろう」

「恐縮です」

これこそ社交辞令だった。評価されること自体は構わないが、冴子のやり方なら検挙率が上がるのは当然であり、当然のことを称賛されても嬉しくも何ともない。却《かえ》って県警組織の生温《なまぬる》さが露呈《ろてい》されるようで居たたまれなくなる。

「それで？　直接わたしを訪ねてきたのは挨拶という訳ではあるまい」

「生田巡査部長が何を捜査していたのかをお教えください」

「ふむ。つまり生田が殺されたのは事件絡みという読みか。何かそれを示唆《しさ》するブツでもあったのか」

「いえ、まだです」

「まだ？　ということは、今はなくても確実に存在すると考えているんだな」

「初動捜査の段階なので、仕事と私生活両面から追っていこうと考えています。巡査部長の仕事の性質上、一番お詳しいのは玄葉課長ではないかと」

玄葉は片方の眉をぴくりと上げた。

「各部長を通さずに、かね」

「情報は接点が多いほど歪曲《わいきょく》や遺漏《いろう》の可能性が大きくなります」

「上司を信用していないのかね」

「人を信用しておりません」

そう答えてやると、玄葉はくすくすと笑い出した。

「いや、失敬。これほど明け透《す》けにモノを言う刑事は初めてだったものでね。君の直属上司になる者は大変だな」

冴子は胸の裡《うち》で数字を数えながら苛立《いらだ》ちを堪《こら》える。

くだらない世間話は要らないから早く本題に入れ――。

「悪いが、班長の期待には応えられないかも知れん。現在、麻薬の供給ルートが多岐《きた》に亘《わた》っているのは承知しているな？」

冴子は浅く頷いた。

「本来であればヤクザの資金源となるはずの違法薬物販売がカジュアルになっている。この潮流は世界的なもので、放っておけばいずれヤクザからの流通ルートは限りなく衰退していく。ネットで安価に手に入るものを、誰が危険な橋を渡るものか」

「生田巡査部長は暴力団に探りを入れていた訳ではないのですか」

「詳しい報告は受けていないが、売人も含めてネットでの購入者を調べていたフシがある。彼はいつも確証が出るまで詳細を上げてこなかった。誰かさんと似たタイプだったな」

「人を信用していませんでしたか」

「というよりは自分を信用していなかった。万事に慎重な男だったよ」

そんな慎重な男が深夜に会っていたというのはいったいどんな人物なのか。冴子がすぐ思いつく相手は情報提供者しかない。

「生田巡査部長はどんなエス（情報提供者）を飼っていましたか」

「それはわたしにも分からん」

玄葉は肩を竦《すく》めてみせた。

「知っての通りエスは麻薬捜査員の生命線だからな。エスの素性《すじょう》は同僚にはおろか、わたしにも教えない。それがここの慣習でもある」

冴子は心中で舌打ちをする。玄葉の告げたことはまるで答えになっていない。こちらがピンポイントの回答を求めているのに、却って焦点《しょうてん》をぼやかしている。

これ以上、ここにいても時間の無駄だ――そう判断して立ち去ろうとした瞬間、玄葉から声が掛かった。

「さて。今度はこちらから質問だ」

「君が自ら臨場したことも聞いている。現場で判明したことを報告してくれないか」

「わたしにですか」

「それはお互い様だろう」

「管轄が違います」

玄葉は心持ち身を乗り出した。

「身内の仇を取れと檄《げき》を飛ばしてくれたそうだが、身内と言うなら我々組対が一番の身内だ。違うか」

そう言われれば肯《うべな》わない訳にもいかない。もっとも現状判明していることは、早晩本部内でも閲覧可能になる情報に留まっている。冴子は自身の推論を排して、横峰検視官と鑑識が発見したものだけに説明を留めた。

「死亡推定時刻は午前一時から三時までの間。深夜帯ではあるが、現場がメインストリート脇であることを考えると鑑取りに人を割《さ》く必要がある、か」

さすがに課長ともなれば、冴子の考えることくらいは察しがつくか。

嫌な予感がした。

「まさか、組対でも捜査を進めるおつもりですか」

「そっちは殺人、こっちは麻薬ルート。しかし捜査を進める過程で同じ標的を追うことになるかも知れん。そうなったらそうなったで仕方のないことじゃないのか」

冴子は臍《ほぞ》を噛んだ。

何ということだ。情報源として玄葉を利用するはずが逆に利用されてしまっているではないか。

冴子の憤《いきどお》りを知ってか知らずか——いや、多分知った上で玄葉は口調を和らげた。

「直属の部下を殺されたわたしの無念を、班長である君なら理解できるだろう。時代錯誤と誹《そし》られるかも知れんが、ウチも弔《とむら》い合戦に身を投じることに何ら躊躇《ちゅうちょ》しない。組対は元来危険度の高い部署だ。そして危険であればあるほど兵隊の一体感も強固なものになる」

「……最低限の情報共有はしたいですね」

「ああ、全くその通りだ。もういいよ」

「失礼しました」

一礼してドアを閉める。

視界から玄葉の姿が見えなくなると、冴子は壁に拳を叩きつけた。

はらわたが煮え繰り返る。己《おのれ》の迂闊《うかつ》さに、自分で首を締め上げたくなった。

最後の瞬間、玄葉の目は明らかに冴子を嗤《わら》っていた。部長経由で要請すれば、玄葉も情報共有はするだろう。しかしそれは、こちら側により有用な情報があった場合に限られる。たった数分のやり取りであの男の老獪《ろうかい》さが垣間見《かいまみ》えた。玄葉は決して自身に損な取引をする男ではない。

上司があんな手合いなら部下も推《お》して知るべしだ。無闇に生田の同僚に接触したら、こちらの情報を吸い取られかねない。

胸を焦《こ》がす後悔の念に苛《さいな》まれながら、冴子は携帯電話で郡山を呼び出した。

3

「どうしてまた鯖江に会おうなんて思ったんですか」

取調室に向かう途中、郡山はおずおずと冴子に訊いてきた。

「あいつがクロとは思えないんじゃなかったんですか？」

「店長殺しはシロだろうな。だからこれ以上留置しておく必要もない」

「宏龍会が動きを見せるまで留置しておくんじゃなかったんですか？」

「タダで出すとは言っていない」

取調室に到着すると、冴子は勢いよくドアを開けた。中で座っていた鯖江は冴子の姿を見るなり、びくりと肩を震わせた。

強面のヤクザに怖れられるようでは、当分嫁の貰い手はないな――冴子は内心毒づきながら鯖江を傲然《ごうぜん》と見下ろす。

「何だ、ずいぶん顔色がいいな。留置場のメシが身体に合ったか」

先の取り調べで冴子の腕力を見せつけられた鯖江は、唇をへの字に曲げたままでいる。

冴子は机の上に写真のコピーを叩きつけた。今しがたプリントアウトしたばかりの生田の顔写真だった。

「この男に見覚えあるか」

写真を覗き込む鯖江の表情に変化は見られない。

「知らねえよ。こいつがどうかしたのか」

「南行徳のカーディーラー跡地で殺された。ウチの組対の刑事で、麻薬取引を追っていた最中だった」

冴子は鯖江の頭上から言葉を浴びせる。

「お前たちにしてみれば天敵みたいな存在だ。その警官もお前が殺したんじゃないのか」

「な、何言い出すんだ。こんな刑事、見たこともないって言ってるだろ」

「しかし動機はある。この刑事は麻薬の押収量がダントツだったからな。そんな刑事は、宏龍会にしてみれば目の上のたんこぶだろ」

「だからって、何で俺なんだよ」

「ヒットマンは一人いれば充分だからな。ハーブショップの店長ともどもお前の仕《し》業《わざ》なら話は一番簡単だ」

「無茶言ってんじゃねえ！」

「無茶？　本当にそう思うのか」

冴子は意味ありげに笑ってみせる。相手が自分を怖れていることを計算した上での威嚇《いかく》だった。

「じゃあ聞くが、ヤクザ絡みの事件で実行犯が真っ当に裁判を受ける可能性はどれだけある？　そんなことは当のお前らの方が知っているだろ」

身に覚えでもあるのか、鯖江は急に不安そうな顔を見せた。

「それに反社会的勢力に対しての風当たりを考えたことがあるか？　まあ一番顕著《けんちょ》なのは法曹界だろうな。普通は初犯だったら執行猶予がつくもんだが、お前ら反社会的勢力についちゃあ執行猶予どころか、量刑は相場の三割増しだ。近頃は裁判員制度で市民感覚が法廷に持ち込まれているから、ヤクザ嫌いの風潮も手伝って、お前らの扱いはもっともっと苛酷《かこく》になる。いくらお前が無実を叫んだところで、さて、信じてくれる裁判員が六人中何人いてくれるかな」

鯖江の目が泳ぎ出す。

「世間てのは、凶悪事件がある度に生贄《いけにえ》を要求する。この国が法治国家であることを信じたいのか、あるいは正義感からか必ず犯人の逮捕を願う。逮捕された被疑者が真犯人かそうでないかは別の問題でな。もちろん警察は冤罪《えんざい》を拵《こしら》えるつもりなんかないが、世間の気分としちゃあ凶悪な事件は反社会的勢力の仕業にしておく方が心安らかだよな。そして昨今の法曹界は市民感覚に寄り添おうとしている。この意味、分かるな？　ハーブショップ店長殺しも警官殺しも、ヤクザが犯人なら世間的には都合がいいんだよ」

傍で人権派の弁護士が聞いていればすぐさま顔色を変えるような恫喝《どうかつ》だったが、幸い鯖江にそこまでの世知《せち》はないようだった。

鯖江の目が大きく見開かれる。

ここらが頃合いだ。

「本当に知らないのか」

「知らねえっつってんだろ」

「お前がじゃない。お前の上の人間はどうかって訊いてるんだ」

「上の……人間？」

「千葉県内で麻薬売買のシェア争いが起きているのは衆知の事実だが、その趨勢《すうせい》についての一番詳しいのはお前の組だ。幹部連中ならお前が知らないことを、きっと沢山知っているだろう」

動揺している様子の鯖江の前に、冴子はスマートフォンを投げ出した。取り調べをする前に取り上げておいた鯖江本人のものだった。

「自分に掛けられた疑いが身に覚えのないことだって言うんなら、こっちを納得させるだけの情報を提供してみろ。それが身の潔白《けっぱく》を証明する唯一の手段だぞ」

「いったい、俺にどうしろって言うんだ」

「下っ端ってのは困った時には上司に相談するものだ。部下の面倒を見て、責任を取るのが上司の仕事だ。それはお前らの組織でも一緒だろう。それともお前の上司は捜一の刑事一人納得させることもできない能無しなのか」

怒りと戸惑いを交互に見せた後もしばらく鯖江は躊躇していたが、やがて恐る恐るといった体でスマートフォンを取り上げた。


「平日の昼だっていうのに、いったいこの大勢の客はどこから湧いてくるんでしょうね」

カウンターに座った郡山は辺りをきょろきょろと見回しながら言った。

午後二時過ぎの東京ディズニーシー。冴子と郡山は、レストラン〈マゼランズ〉の中二階に設《しつら》えられたラウンジの中にいた。何でも十六世紀の帆船をモチーフに作られたバーとの触れ込みで、なるほど内装はそれらしい造りになっている。ディズニーリゾートの施設でアルコール類が呑《の》めるというのは確かに魅力的かも知れないが、残念ながら客層が冴子とは合わない。少なくともアリスや白雪姫の幻想に耽《ふけ》っている女たちに交じってギムレットを呷《あお》る気にはなれない。

「班長は来たことあるんですか、ここ」

「女が一人で来るようなところじゃないだろ。そういうお前はどうなんだ。家族がいるなら一度くらいは来たんじゃないのか」

「そりゃあせがまれたことはありますけど、来たのは初めてですよ。しかしまあ、宏龍会も何だってこんな場所を指定してきたんですかね」

郡山は目の前に置かれたノンアルコールのビールをひと口啜《すす》った。メニューにはアルコール類が列挙してあるが、あくまで今は勤務中だ。

昨日、取調室で鯖江が電話を掛けた相手は宏龍会の渉外《しょうがい》委員長だった。渉外委員長といえば他所《よそ》の組との交渉に当たるので、相応の地位と実力を備えた幹部に違いない。千葉県内に蔓延《はびこ》る麻薬の供給ルートおよび生田殺しについて情報を提供すれば、鯖江を解放してやってもいい——そう話を持ちかけると、相手は熟慮した上で、ここでの会見を提案してきたのだ。

「知らん。例の幹部がディズニーにハマっているのかもな」

「宏龍会の幹部がディズニーですか……それにしても班長が鯖江を脅しにかかった時には驚きましたよ。まさか宏龍会に情報を求めるとは」

「ああやって濡れ衣を着せときゃ、ヤクザってのは都合の悪い情報以外は全部提示してくるからな。可能な限り隠そうとする組対よりは、よっぽどマシだ」

生田が何をどんなルートで調べていたのか。肝心の組対は生田が飼っていたエスの存在さえ明確にしようとしない。それならいっそ、生田と敵対していた側に訊いた方が早い。

「でも班長。犯人が宏龍会の人間である可能性もあります。だったら組対同様に情報を洩らすような真似はしないでしょう」

「宏龍会の人間が犯人である可能性は小さい。検視報告を聞いていただろ。生田は真正面、しかも至近距離から撃たれている。深夜に会う相手がヤクザだったとして、そんな無防備な刑事がいると思うか。エスが犯人だと仮定しても、少なくとも刑事が警戒するような相手じゃなかった……そう考えるのが妥当だ」

「ああ、なるほど。しかし、その……やっぱりヤクザから情報を引っ張ってくるのは抵抗がありますね」

「情報に素性の良し悪しは関係ない。求めるのは正確さと量だ。この場合、生田が捜査していた対象から引っ張るのが一番効率的だろう」

郡山は渋々といった体で頷くが、それを横目で見る冴子は微《かす》かな苛立ちを覚える。万事にそつのない郡山だが、そのそつのなさがマイナス面に作用することがある。今回がそのいい例だ。妙なところで行儀のよさが捜査力の邪魔になっている。後冴子自身は捜査のためなら下水に頭から突っ込んでも構わないと思っている。後で洗えば済むことだし、それで犯人検挙に必要なブツが手に入れば御《おん》の字だ。だが郡山はまだそこまで吹っ切れていない。それがそのまま階級の差になっている。

犯罪者を捕まえるのに、こっちが行儀をよくしてどうする――憤懣《ふんまん》を呑み込むようにノンアルコールビールを呷った時、男が一人こちらに近づいて来た。

「高頭さんですか？　はじめまして、山崎《やまざき》です」

こいつがそうか。

宏龍会渉外委員長、山崎岳海《たけみ》。事実上、組織のナンバー3と言われているらしい。

だが、その外見は肩書を大きく裏切るものだった。中肉中背、頭頂部が薄くなりかけた丸顔の三十代後半。ラルフローレンのポロシャツで洒落《しゃれ》めかしているが、容貌はどうしてもくたびれたサラリーマンにしか見えない。

「お隣、失礼しますよ」

山崎はこちらの返事も待たずにするりと滑り込み、バーテンダーに向かって「とりあえずビール」と注文する。

「と、その前に……お人払いを願えませんか」

そう言って郡山の方を一瞥《いちべつ》する。

「二対一では気になるのか。どうせそっちだって、周りに何人か座らせているんだろ」

「見掛けの問題ですよ。そちらの旦那と高頭さん、それにあたし。誰が見たって怪しいでしょう」

「あんたとわたしのツーショットだって充分に怪しいと思うけどな」

「3Pよりはマシってもんです。このなりでこの場所を選んだのも、なるべく人目につきたくないからです。お互い気を遣って会いに来ているんですから、ご配慮いただけませんかね」

山崎の弁にも一理ある。平日の昼下がり、まさか広域暴力団の幹部と県警捜査一課の人間がこんな場所で会合しているなどとは、誰も想像すまい。

情報を提供する側の方が立場は強い。冴子はくいと顎《あご》を傾ける。郡山は仕方なくテーブル席に移動する。

ビールが目の前に置かれると、山崎はグラスを目の高さに掲げた。

「乾杯、しませんか？」

「そこまで馴れ合うのはまずいだろう」

「じゃあ、勝手に遠慮なく」

それだけ言って一気に呷る。

「あーっ、昼間のビールはやっぱり美味《うま》いや。自由業の特権てヤツですね」

「自由業？」

「少なくともタイムカードなんてものはありませんからね」

「その代わり出勤時間以外は不自由だろうに」

「ははは、違いないや」

「よく一発でわたしが分かったな。宏龍会に写真でも出回っているのか」

「〈千葉県警のアマゾネス〉っていったら地元で知らんヤクザはおらんでしょう。それでなくともそのガタイで目立たないはずがない」

「こういう場所を選んだことといい、その格好といい、よほど目立つのが嫌いらしい」

「後ろ暗い仕事をしているのは重々承知してます。そういう商売しているのに、目立とうなんてするヤツは馬鹿ですよ」

「ふうん。それならあの鯖江って野郎はどうなんだ。大して賢いようには見えなかったぞ」

「まあ、役割分担というものがありますから。アレはどちらかというと肉体労働担当てしてね。それより約束はちゃんと守っていただけますか」

「わたしの噂は人物評ともども出回っているんだろう」

「もちろん。だからこうして参上したんです」

「じゃあ信じろ。それにしても、アレが宏龍会の渉外委員長自ら出向いてまで救いたくなるようなタマか」

挑発気味に吹っかけてみると、山崎は皮肉な笑いを浮かべる。

「そういうところがウチと一般企業の違うところだなあ。どんな馬鹿でも三下《さんした》でも、身内なら一応は助ける。取りあえず血よりも濃いのがこの世界の習わしですしね。それに幹部といっても元は食い詰めモン同士ですから、その辺の互助感覚は廃《すた》れちゃいません。まあ、時と場合によりけりですけど」

「感動的な話で涙が止まらん」

「そりゃどうも」

「早速だが、南行徳の警官殺し、知っているな」

「はい。殺されたのは千葉県警組対部薬物銃器対策課生田忠幸巡査部長二十八歳。本部長賞一回、関東管区警察局長賞一回。千葉市内に親御さんがいて、妹さんは茨城にいらっしゃる。何でも至近距離から胸を一発だったようで。ついでに言うと殺されたのは浦安駅近くのカーディーラー跡地だけど、どうしてディーラーが撤退したかと言うと、ここの支店長が脱法ドラッグをキメて人身事故を起こしてから客足がすっかり遠のいちまって……」

「もういい」

冴子は煩《うるさ》そうに手で制した。

「そっちの情報収集能力が大したもんだってのはよく分かった。で、生田が追っていたのはどんなスジだったんだ」

「少なくともウチじゃない。四本目のスジですよ」

「四本目？」

「現在千葉県内に流通しているクスリってのは四つのルートがあるんです。一つはウチの下部組織がシノギでやっているルート」

「宏龍会本体がやっているんじゃないのか」

「冗談言っちゃいけません。名だたる広域暴力団に指定されているんですから、そんな割の合わない商売で看板掲げる訳にはいきませんやね。オヤジもご子息がクスリ絡みで痛い目に遭ってますから、心情的に好きにはなれないみたいで」

それにも拘《かか》わらず下部組織の売買を認めているのは、収入源として決して無視ができないからだろう。

「二つ目は近年怖ろしい速さでシェアを伸ばしてきたネット販売。こちらは売るのも買うのも素人だからタチが悪い。供給元の大半は海外だからエンドユーザーを捕まえても、そこから先はなかなか手が伸ばせない」

悔しげな口調に引っ掛かった。

「まさか宏龍会でも追っかけているっていうんじゃないだろうな」

「当然、追っかけてますよ。何しろネット販売は途中マージンも人件費も掛からないから激安価格になってます。そんなのが台頭してきたらこちらに勝ち目なんてあるはずがない」

「ヤクザに逮捕権なんてないだろう」

「エンドユーザー捕まえてパソコン没収するくらいはできますからね。それで供給元が分かれば警察にチクっているみたいです」

聞いていて苦笑せざるを得ない。

「何とまあ、他所の営業妨害か。結構涙ぐましいことやってるんだな」

「営業努力と言ってやってください。三つ目がご存じ脱法ハーブ。今は危険ドラッグ、ですか。まあ、呼び名は何だっていい。要は大麻や覚せい剤のバッタ物ですわ。こいつも相当にタチが悪い。これこそ警察に取り締まって欲しいですなあ」

「目クソ鼻クソの類にしか聞こえんぞ」

「あたしがタチが悪いっていうのは品質のことです。いや、これは決して笑いごとじゃなくてね、麻薬大国と呼ばれているアメリカでも危険ドラッグというのは大問題なんです。かの国じゃあ、大麻の主成分に似せて作った合成大麻がネットはおろかコンビニやガソリンスタンドでも売られてましてね。値段もグラム十〜十五ドルだから誰にでも買える。ところがこの合成大麻ってのがおっそろしい代物《しろもの》でしてね」

　山崎は喉を潤《うるお》すためか、グラスに残っていたビールをひと息に空ける。

「医療用大麻ってのがあるでしょ。腰痛、消耗症候群、慢性痛、エイズ患者の食欲増進とか幅広い用途に使われている」

「何だ。扱い商品のプレゼンでもしようっていうのか」

「違いますよ。つまり大麻ってのはそれだけ研究され尽くした安全品だってことです」

「安全品だと」

「その証拠に純粋な大麻で命を落とすなんてヤツはそうそういないでしょ。そりゃあ依存症になって家族に迷惑かけたり犯罪に走ったりする馬鹿はいるけど、それだって大麻が直接の原因になっている訳じゃない」

　何やら言い訳がましく聞こえるものの、言っていること自体に間違いはない。

「合成大麻は純度を落として利ざやを稼ごうとしている。当然、不純物の含有量が増える訳だけれどこいつが危ない。不純物の中には大麻の数百倍中枢《ちゆうすう》神経に影響する物質もあるんです。大体、合成成分は中国の工場で作っているんだけど、向こうにしてみれば効き目が強くて常用性が高ければ注文が途切れることがないから、あいつらムチャクチャな配合してくるんです。ところが売っている側に碌《ろく》な知識はないものだから、いけいけドンドンで捌《さば》く。それこそハーブと同じ値段で麻薬以上の効き目があるんだから、ジャンキー紛《まが》いが我も我もと手を出してそこら中で事件を起こしている。古くから真っ当な大麻を適正価格で売ってきたヤクザはいい迷惑ですよ。マスター、もう一杯」

アルコールと一緒に舌も回り始めた様子で、山崎はえらく機嫌がいい。テーブル席では郡山が呆《あき》れたようにそれを見ていた。

だが冴子は片時も気を許さなかった。

何が機嫌がいいものか。饒舌《じようぜつ》に聞こえるが、自分と組織に都合の悪いことは何一つ口にしていない。口も頬もだらしなく緩んでいるが、目だけは笑っていない。

この野郎、喋りながらこちらの出方を窺っていやがる。

「四本目のスジを早く教えろ。どうせ、それが本命だろう」

抑揚《よくよう》のない声で促《うなが》すと、山崎は上目遣いに笑ってみせる。

「どうして本命だと?」

「二本目と三本目は素人の仕事だろう。組対で銃の扱いに慣れた刑事が、素人に至近距離で撃たれるのは納得いかん」

「素人だから油断したのかも知れません」

「それにしちゃあ、残した証拠が少な過ぎる」

半眼《はんがん》でしばらく冴子を見ていた山崎は、やがてグラスを置くと口元を紙ナプキンで拭い始めた。どうやら酔っ払いの真似はやめた、という意思表示らしい。

「実を言いますとね、四本目のスジはあたしたちにも、まだよく分からないんですよ」

山崎をじろりと睨《にら》んでやったが、どうやら冗談でもブラフでもないらしく、ぶるぶると首を振ってみせた。

「去年の暮れくらいですかね。千葉県を中心に純度の高い大麻とシャブが出回るようになったんですが、これが相場の半額近い値段設定でしてね。しかも流通している量が半端じゃない。それでウチの下部組織が困って本体に泣きついてきました」

「しかし市場はネット販売と危険ドラッグで充分に荒らされているんじゃないのか」

「どんな商《あきな》いでも一番大事にしなきゃならないのは固定客でしてね。そういう固定客は純度の高い麻薬が結局は安全だというのを知っているから、そんな紛い物には手を出さない。だから市場が荒らされるにしても、お得意さんの数はそれなりに安定しているものなんです。それをねえ、横から同じくらい高品質なブツを低価格で売られちゃ敵《かな》わない。所謂《いわゆる》ダンピングってヤツです。あたしゃこの世界に入る前は真っ当な会社に勤めていたからダンピングのこすっ辛さを知っています。あれをやられると値下げ競争が起こって、業界全体が壊滅的な打撃を受ける」

「一般社会にしてみれば歓迎すべき話だな」

「ただし業界が壊滅させられる前に、尋常じゃない量のブツが出回ることになる。中毒患者も然《しか》りです。スーパーの値札が激安になった途端、品物に群がる奥さん連中を見たことあるでしょ。あれと同じです」

スーパーに群がる主婦たちと麻薬常習者を同一に論じることに抵抗はあるが、言わんとすることは分かる。値段が下がれば初心者も手を出し易《やす》くなるという理屈だ。

「死活問題なのであたしたちも売人やら供給元を探ってみたんですが、これがよく分からない。その過程でニアミスを繰り返したのが生田さんだった。つまりあたしたちも生田さんも同じルートを探っていたってことです」

「いったい、どんな調べ方をしたんだ」

「売ったクスリが切れかかる頃を見計らって、常連客の動向を監視していたんですよ。ところがねえ、監視をつける一歩手前で誰かがブツを渡していてなかなか現場が押さえられない。客の一人から相手のケータイ番号を訊き出したまではよかったけれど、こちらから電話しても碌に繋《つな》がらない。素人にしちゃあ用心深い」

「宏龍会以外の暴力団じゃないのか」

「それは真っ先に疑いましたよ。ところがもう一方の広域指定同業者も地元の零細《れいさい》業者も、急に羽振りがよくなったなんて話はついぞ聞かない。今は五里霧中《ごりむちゅう》というのが正直なところですねえ」

冴子は山崎の目をじっと覗き込む。半眼で奥が深い。吐いた言葉のどこまでが本当なのか、見極めるのは困難だった。

「言っときますけど、この件に関しちゃ高頭さんに隠し立てしたところであたしたちには何の得もありませんからね。いや、むしろ損失と言ってもいい」

冴子の心中を見抜いたように山崎はこぼす。

「高頭さんたちが不明な供給ルートを摘発してくれたら、こっちは願ったり叶《かな》ったりなんですから」

なるほど、漁夫の利を得るという考えか。それならこちらも利用してやるまでだ。

「今の言葉に二言はないな」

「どういうことでしょう」

「望み通り、その不明な供給ルートとやらを暴《あば》いてやる」

この会見で冴子ははっきりと感触を得た。生田の殺害はやはり麻薬絡みだ。山崎言うところの四本目のスジを辿っていけば早晩容疑者にも突き当たる。その過程で供給ルートも解明されるから、そちらの方は組対に丸投げしてやればいい。

「その代わり、新しい情報なり異変があったらすぐわたしに知らせろ。おい、あんたのケータイを貸せ」

「えっ」

「いいから貸せ」

半ば呆気《あっけ》に取られた山崎がおずおずとスマートフォンを差し出すと、冴子は自分の携帯電話に電話をかけた。

「ほらよ」

スマートフォンを突き返してやると、山崎は口を半開きにしていた。

「何ともまあ、思いきりのいいお人ですねえ……」

そしてくすくす笑い出した。

「高頭さん。あなた警察の中じゃ、結構なはみ出し者になってませんか？」

「それがどうした」

「いやね、あたしの琴線《きんせん》に触れる方ってのは大抵がその世界のはみ出し者なんですよ」

こんな男の琴線に触れても、嬉しくも何ともない。冴子はカウンターに紙幣を叩きつけると、そのまま席を立った。

4

「また来い」

冴子が背中に向けてそう浴びせると、署を出ようとした鯖江はぎょっとしてこちらを振り返った。

「こういう時は二度と来るなって言うんじゃないのか」

「お前はなかなか面白いヤツだから時々、遊んでやる。山崎にもそう伝えておけ」

鯖江を早々に解放してやることで義理は果たした。しかし何か情報を摑んだら、すぐに知らせろ――今のはそういう意思表示だが、事情を知らない鯖江には通じるはずもない。すっかり毒気を抜かれた様子で県警本部を出て行った。

その背中を見送りながら郡山は不安の色を隠さない。

「あれ、本当にいいんですか」

「どうせ放り出すつもりだったんだ。付加価値をつけたんだから御の字だろう」

「いや、そっちじゃなく、宏龍会と繋がりを持ったことがですよ」

「蛇《じゃ》の道は蛇《へび》だ。それに組対の協力が望み薄なら、そっちから情報を引き出すしかない」

「蛇穴に手を突っ込んで嚙まれでもしたらどうするつもりですか」

「嚙まれて怪我するようなヤワな手はしていない」

「そりゃあそうでしょうけど……」

「それより供給ルートの方はどうなっている。あれから少しは進展したのか」

問われて郡山は頭を垂れる。

「すみません。あまり芳《かんば》しくはありません」

山崎との会見の後も、高頭班は不明とされる麻薬供給ルートを捜索しているが、未《いま》だ手掛かりさえ得られずにいた。生田殺害の目撃証言はなく、組対からは相変わらず協力らしい協力もない。まさにないない尽くしの状況で、越田本部長の掛け声も空《むな》しく、捜査は早くも暗礁《あんしょう》に乗り上げた感がある。

これは玄葉の話を裏づける形になったが、生田という男は組対の中でも異質な存在であり、本来は二人一組が前提の捜査さえ単独で行うことが多かったらしい。それを可能にしたのは群を抜く麻薬の押収量もあるが、もう一つには生田自身の秘密主義が寄与していた。組対の誰よりもエスを抱える生田は、エスの身の安全を図るためにその氏名住所さえ明らかにしようとしなかったのだ。ただ、こうした秘密主義は本人が生きている間は有効に機能するが、死んでしまえば何の痕跡《こんせき》も残らない。

「新聞記事で生田の名前が出たでしょう。あれを見たエスが、すっかり警戒してしまったみたいですね。下手に名乗り出たら自分の身が危ないと思い込んでいる」

「あるいは、自分に不測の事態が生じた場合には身を潜めろと言い含めていたのかもな」

「そこまで気を遣うものですかね。たかがエスに」

「そこまで気を遣うから信頼されたのかも知れん」

いずれにしろ、生前の有能さが死後に祟《たた》り、本元《ほんもと》の組対すらも生田の捜査範囲を把握できていない。それは組対の動きを監視している捜査員の報告からも明らかだった。

「席を外す」

生田には自分と似た部分がある――事件を担当してからというもの、冴子はよくそんなことを考える。もちろん指揮官と兵隊という違いがあるので生田ほど秘密を抱える訳にはいかないものの、上司や同僚すら信じようとせず我が道を往くやり方は共通している。

組織に帰属意識を持たず、己の才覚だけを拠《よ》り所とする。それゆえに成果は挙げても周囲からは疎《うと》まれる。山崎の言い方を借りれば、自分も生田も同じはみ出し者だ。

冴子はフロアの隅に設置された喫煙室へ入る。喫煙室という名前はついているが広さ三畳程度のブースに過ぎない。昨今、官庁内での禁煙やら分煙やらが叫ばれている折、めでたく刑事部にも喫煙室ができた次第だ。

あのクソ本部長め、と冴子は心中で毒づく。訓示の立派さには辟易《へきえき》するが、一番腹が立つのは部下にも禁煙を強要することだ。考え事をするにはまずタバコの一服だ。そんなことも分からないのか、あの唐変木《とうへんぼく》は。

今ではめっきり入手しづらくなった缶入りピースの蓋《ふた》を開ける。途端に芳醇《ほうじゅん》な甘い香りが鼻腔《びこう》をくすぐる。

一本咥えて火を点ける。濃厚なバージニア葉の味に、ふわりとバニラの香りが重なる。

落ち着いたところで生田の思考を追ってみることにした。自分と似た者同士であるのなら、その考えもトレースできるような気がする。

もし自分が生田の立場だったらどうするか。

　上司や同僚には詳細を告げず、捜査を進める。だが少し考えればそれが危険な手法であることは分かるはずだ。有能であれば目立つ。目立てば狙われる。そして自分が何らかの理由で動けなくなった場合、引き継ぐ者がいなくなる。

　そこまで考えれば、協力者とは言えないまでも、自分の動きを逐一《ちくいち》知らせる相手がいたはずだ。少なくとも自分ならばそうする。たとえば郡山が同じ能力を持っていなくとも、自分が斃《たお》れた時に捜査が進行するように、情報を共有している。

　では生田が信頼を寄せる捜査員とは誰だ。そいつは組対の人間か、それとも組対以外の人間か――。

　紫煙《しえん》を眺めながら考えを巡らせていると、喫煙室のドアを開けて郡山が入って来た。禁煙中の郡山は控えめに嫌な顔をする。

「いちいちそんな顔をするくらいなら、入って来るな」

「急用ですからそういう訳にもいきません。班長、見つかりましたよ。現場を目撃した人間がいました」

　冴子は吸いかけのタバコを揉み消した。これでやっと捜査が進展する。

「あんな時間の目撃者となると、ゴミ収集の業者か、それとも酔っ払いか」

「いえ、それが……まだ八歳の男の子でして」

「八歳？　そんな齢《とし》の子供がどうしてそんな時間にうろついていたんだ」

「家出だったみたいです。養護施設からも捜索願が出ていまして、浦安署の生活安全課が補導したところ、自分は南行徳のカーディーラー跡で人が撃ち殺されるのを見たと」

「証言に信憑性《しんぴょうせい》はあるのか」

「ショールーム内で撃たれたと言っているようですから」

生田の死体がショールーム内で発見されたことは報道されていない。現場においても敷地一杯にブルーシートが張り巡らされていたので、外部から覗けたはずもない。

「八歳の子供か」

誰に言うともなく呟《つぶや》くと、郡山は弁解がましく「浦安の担当者の話だと、ずいぶんはしこい子供のようですよ」と添えた。

そういうことではない──冴子はいらつき始めた己を鎮《しず》めながら喫煙室を出る。ヤクザなど屁とも思わず、署内での風当たりは気にも留めない。上司の思惑に至ってはクソ食らえ。傍若無人《ぼうじゃくぶじん》で勇猛果敢、〈千葉県警のアマゾネス〉の名を恣《ほしいまま》にしている冴子にも苦手なものがあった。

子供の相手だけはどうにもならなかったのだ。

浦安署で補導された少年はその日のうちに県警本部に移送された。本来であれば事情を聴取した後に養護施設に送り届けるのが通例だが、今回は警官殺しという特殊事情が絡んでの措置だった。

いくら目撃者とはいえ八歳の少年だ。大人と同じく閉鎖的な取調室に放り込む訳にもいかず、事情聴取は生活安全部少年課の一室を借りて行うことになった。元々生活安全部少年課は青少年の家出や保護に関する業務を担っているため、他部署よりも女性警察官が多い。それもどちらかと言えば優しげな雰囲気を持つ女性警察官たちだ。

そんな中にあって冴子の存在は違和感の塊だった。署員たちが静かにざわめく間をのし歩く様は、さながら土俵入りのようだ。

目指す目撃者はパーテーションに区切られた部屋の一角で、ちょこんと座っていた。訊く側が大勢では本人に恐怖心を与えるので、対面には冴子一人が座る形になったが、相手はそれでも相当驚いた様子だった。

冴子は正面からじっと観察する。

御堂猛という少年はまだ八歳という触れ込みだが、それにしてはひどく拗《す》ねたような目をしている。周囲は警官だらけだというのに怯えた素振りもなく、却って開き直っている風でもある。

「本来ならすぐ施設に戻すところだがお前の証言が必要なので来てもらった」

子供に対する喋り方でないのは承知していたが、横を通り過ぎた女性警察官がさすがに目を丸くした。

「氏名は御堂猛で間違いないな」

すると猛は不満そうに返した。

「そっちの名前は」

「ああ？」

「そっちが名乗らないのは不公平だ」

猛はじろりとこちらを睨む。八歳児に睨まれたところで何ということもないが、齢にそぐわぬ生意気さが癪《しゃく》に障《さわ》った。

いつもの冴子なら脅しの一つでもかける場面だが、相手が八歳児なので思い留まる。

「高頭冴子だ」

「刑事さん？」

「そうだ」

「女の人……だよね？」

「生物学的にはそうだが、この際関係ない。それより、人殺しを目撃したそうだな」

「見たよ」

「なるべく詳しく話せ」

猛は〈光の子〉のゴミ置場から金網を伝って脱出し、母親の入院している浦安の病院を目指した道中を話す。

「お母さんは何の病気なんだ」

「知らない」

6号線をひたすら歩き、やたら駐車場の広いカーディーラー跡の前に辿り着いた。ショールームの中は非常灯もなく真っ暗だった。

それなのに、ショールームの中で赤い光が点滅した。好奇心で近づいてみた。走り去るクルマのヘッドライトで、二人の男が向かい合っているのが見えた——。

「待て、お前は」

「お前なんて言うな。さっき名前呼んだじゃないか」

何故か猛は険《けわ》しい顔をする。ここで拗ねられても始まらない。

「じゃあ猛。その時、二人の顔を見たのか」

「見たよ」

「その二人はこの中にいるか」

冴子は用意してきた五枚の顔写真を取り出す。中の一枚は生田のもので残りは無関係の人間だ。

五枚を見比べていた猛は迷うことなく生田の顔を指差した。

「殺されたのはこの人だよ」

生田の写真は新聞・テレビでも公開されていない。

間違いない。猛は正真正銘の目撃者だ。

「何か変だったからショールームの入口に行ったんだ」

「二人の話は聞こえたのか」

「うん、聞こえた」

俺を殺しても罪が増えるだけだ。

お前のことだから一人でやっているんだろう。だったらお前さえいなくなればいい。

そして銃声。

「びっくりして、叫んじゃったんだ」

犯人は猛の存在に気づき、持参していたライトで辺りを照らし始める。猛は棚の一つに身を潜めながら、その光輪から必死に逃れる。

出て来い、と何度も凄《すご》まれるが、出て行ったら無事では済まないことは承知している。身動きせず、息も浅くして何時間も我慢していると道路の方がゆっくりと明るくなり、男は諦めたように出て行った。

「その男の顔をはっきりと見たのか」

勢い込んで訊いてみる。だが、今まで流暢《りゅうちょう》に喋り続けていた猛が不意に口を噤《つぐ》んだ。何やら思い詰めたようにテーブルへ視線を落としている。

「どうした？　見たのか、それとも見なかったのか」

「……答えたくない」

「何だと」

この齢でもう黙秘権を使うつもりか、と勘繰ったが返ってきたのは意外な言葉だった。

「答えたら、すぐ施設に戻されるんだろ」

「用が済んだら当然、帰してやるさ」

「だったら、もう喋らない」

猛はぷいと横を向いてしまった。

冴子の忍耐力はたちまち危うくなる。

生田の顔が確認できたのなら、対峙していた犯人の顔も見ていたに違いない。それなのに、施設に帰りたくないから証言を拒《こば》むだと。

選《よ》りにも選って警官殺しの犯人なんだぞ。

冴子は何とか猛の口を開かせようと宥《なだ》めたり賺《すか》したりを繰り返す。だが猛は貝のように口を閉じ、一向に話そうとしない。

説得に要した時間はほんの数分かも知れなかったが、子供慣れしていない冴子にしてみれば一時間にも感じる労苦だった。

忍耐はすぐに切れた。

「このクソガキ、いい加減にしろおっ」

冴子が怒鳴る時は手も同時に動く。テーブルに拳を叩きつけると、みしりと音がした。

「人一人死んでるんだぞ。甘ったれたこと言ってんじゃねえっ」

しまった、と思った時は遅かった。

猛は身体全体をびくりと震わせ、次の瞬間火が点いたように泣き出した。

拗ねていた態度からまさかこんな大声で泣き出すとは思っておらず、冴子は慌てふためく。兇悪犯《きょうあくはん》から凄まれても風の囁《ささや》きくらいにしか聞こえない耳も、子供の泣き声には脆《もろ》かった。

「あらあらあら、いったいどうしたっていうんですか」

騒ぎを聞きつけて女性警察官の一人が飛んで来た。さすがに子供のあやし方は堂《どう》に入《い》ったもので、泣き声は次第に収まっていく。

　女性警察官は冴子に振り向くと、きっと睨みつけてきた。

「警部、いったい相手を誰だと思ってるんですか。ヤクザじゃないんですよ」

「悪い」

「子供相手に怒鳴っていいのは秋田のなまはげだけです」

　ふとフロアを見渡すと、署員全員が非難がましい目でこちらを見ている。冴子は首を竦めて小さくなる。

　選手交代するか――いや、そもそも目撃者から直接事情を聴取したいと言い出したのは自分だ。ここで放棄したら部下に示しがつかない。

　猛が泣き止むのを観察しながら考える。行き詰まったら原点に戻れ。いったん口を閉ざした被疑者の口を割らせるには、本人の話し易いことから話させるのが鉄則だ。

「そんなに施設が嫌なのか？」

「あんなとこ、好きだなんて言うヤツの気が知れない」

　八歳にしてはひどく大人びた口を利く。しかも日頃から虐《しいた》げられている者の口調だ。

「全部言ってみろ。ここは警察の中でも子供の生活を護ろうって部署だ。施設に問題があるなら……」

「施設じゃなくて先生が嫌なヤツなんだよ」

「ははん、脱走の常習犯だから、こっぴどく叱られているのか」

「逃げても逃げなくても一緒だよ。どうせ殴られるんだから」

「殴られるだと」

話があまり穏やかではない。言われてみれば猛の顔面にはうっすらと痣《あざ》が残っている。

ぴんときた。

「立ってみろ」

命じられて猛が立ち上がると、冴子はいきなりシャツの裾を捲《めく》り上げる。

凝視《ぎょうし》した。

小さな身体のあちらこちらに、決して小さくない青痣が残っている。そのいずれもが着衣に隠れる範囲にあるのが陰湿な悪意を窺わせる。

猛はまるで真っ裸にされたように赤面している。これが施設に戻るのを嫌がる理由だった。

児童虐待。

この少年は目撃者だが、別件の被害者でもあったのだ。

猛を座らせてから、テーブルに屈んで同じ目線にする。子供の扱い方は知らないが、目線を合わせれば互いに話し易くなることくらいは心得ている。

「施設の誰にやられた。職員全員か」

猛は俯《うつむ》いて何も言おうとしない。ここで癇癪《かんしゃく》を爆発させてはさっきの繰り返しになる。

「猛。正義の味方というのを知ってるか」

相手は微かに頷く。

「わたしがそうだ」

警察が、とは言わず自分が、と明言したのはせめてもの矜持《きょうじ》だった。冴子自身、警察の正義とやらを信じ切っている訳ではない。だが少なくとも己の行動原理だけは揺るがないという自負がある。

「これからすぐに、とは言えない。でも全てを教えてくれたら、必ず悪いことをしたヤツを逮捕してやる」

「でも、駄目だよ……」

「何が駄目だ」

「そんなことをしたら、もう行くところがなくなっちゃう」

「悪い職員一人がいなくなったくらいで、どうして猛の居場所がなくなるんだ」

「だって、そいつは園長の息子なんだ。だからそいつが何をしても他の先生たちは黙っている」

そういうことか。

聞いていて虫唾《むしず》が走った。

「分かった。しばらくの間、施設には戻さない。約束する」

「……本当に？」

「言ったはずだ。正義の味方は絶対に嘘を吐《つ》かない」

被虐待の事実が身体に残っているのなら、それを理由に児童相談所へ一時保護を依頼できる。重大事件の目撃者という名目を付与すれば、更に丁重《ていちょう》に扱ってくれるだろう。

猛はじいっと冴子を見る。目の前で大言壮語《たいげんそうご》しているこいつを信用していいのかしてはいけないのか、必死に見極めようとしている目だった。

子供ににらめっこで負けて堪《たま》るか——冴子は視線を猛に向けたまま念じ続ける。

わたしを信じろ。

わたしを信じろ。

やがて猛は溜息を吐くようにぽつりと洩らした。

「……見たよ」

「何だと」

「撃った人の顔を見た」

よし、と冴子は心中で快哉《かいさい》を叫ぶ。さっき生田の顔をぴたりと指し示したことから、猛の記憶力には信頼が置ける。犯人は銃の扱いに慣れている。似顔絵を描かせ、データベースにある前歴者を照合していけば早晩手掛かりが得られるはずだ。

「ちょっと待ってろ」

早速、冴子は似顔絵捜査員を手配するために席を立った。

手配をした直後、自分に注意した女性警察官を捕まえて施設の児童虐待について訊いてみた。

「最近、そういうことは少なくないんです」

女性警察官は残念そうに言う。

「現在、孤児というのは少なくて、親はいるけれど養育不可能になったために預けられているケースがほとんどです。そういう親が増えたためにどこの施設も満員状態になっているんです」

入所児童が増える一方で職員の数が横ばいなら、当然運営のあり方が歪《ゆが》んでくる。

「施設内虐待は本人がなかなか言い出せないんです。ここを出されたら行くところがないからって」

「虐待に気づいた学校から通報することはないのか」

「児童相談所が聞き取りをしようとしても、子供たちのプライバシーを護るという名目を盾にとって協力を拒む施設があるんですよ」

「心ある職員もいるだろうに」

「警部。虐待事件が世襲や同族経営の民間社会福祉法人で起きた場合、どうなると思いますか」

誰でも我が身が可愛いから内部告発はしづらくなる。そして児童虐待はどんどん闇の中に葬《ほうむ》られていくという寸法だ。

「実際、〈光の子〉については学校側から何度か通報があります。猛くんの訴えにも信憑性があります。でも、仮に虐待を繰り返していた職員一人を逮捕したところで、あの子を取り巻く環境が即座に改善するとは思えません」

「どうして」

「ここにしか居場所がないという、一番大きなストレスが解消しないからです」

冴子は猛の家族関係を洗ってみた。父親御堂享一《きょういち》は五年前から行方不明――猛は死んだと教えられているようだが――母親の彩子《あやこ》は浦安総合医療センターに入院している。だが猛が病院に辿り着いたとしても母親には面会できなかっただろう。

彩子は薬物依存症で入院しており、病院側の厳重な管理下に置かれているからだ。幼い猛が家族の事情をどこまで正確に把握しているかは知る由《よし》もなかった。だが冴子は、行くところがなくなる、と訴えた猛の声がしばらく頭から離れなかった。

県警の似顔絵捜査員はそれなりに絵心を持った人間だったが、猛の記憶を二次元に落とすまでには至らなかった。もっともこれは相手が語彙《ごい》の貧弱な八歳児であるのを差し引いて考えなければ酷《こく》というものだろう。

似顔絵の作成が上手くいかなかったので、冴子は前歴者データベースでの首実検を試みた。無論、相手が八歳児でも氏名と罪名はマスキングし、顔だけをワンクリックで更新させていく。

最初は興味を示していた猛も五十人目辺りで疲れを見せ始め、百人を超えると露骨《ろこつ》にやる気をなくしていた。だが、それでも目撃した人物はヒットしなかった。

二百人目を過ぎた頃、時間切れとなった。いつまでも子供を署内に留めておくことはできない。ちょうど児童相談所とは一時保護の取り決めができたので、冴子は自分で送って行くことにした。

「これからどこに行くの」

「誰もお前を殴ったり叱ったりしない場所だ」

猛を引き連れて駐車場に急ぐ。その途中の廊下で玄葉と擦《す》れ違った。

「おやおや高頭班長。その子は何だね？　まさかその年齢で補導されたのか」

この男に有益な情報は流さないと決めている。

「被疑者の家族ですよ。取り調べが明日も続くので、この子だけは家に帰そうかと」

「そうか、しかし君ほど子連れが似合わん者はおらんな。いや、これは失敬」

「いえ。自覚しておりますから」

「それより例の事件、少しは進捗《しんちょく》があったのか」

「まだ有力な情報は得られていません」

ふん、と玄葉は鼻を鳴らす。

「千葉県警きっての凄腕とやらを早く拝見したいものだな。じゃあ」

そう捨て台詞《ぜりふ》を残して廊下の向こうへ立ち去って行く。中指を立ててやりたい衝動に駆られたが、猛が上着の裾を引っ張るので思い留まった。

見下ろして驚愕《きょうがく》した。

猛は真っ青な顔で玄葉の背中を指差していた。

「あの人が……」

咄嗟に猛の口を押さえ、辺りを窺った。幸い、今のやり取りを見ていた者は誰もいない。

冴子の胸の中に黒雲が拡がった。

83

第二章　冤罪

1

玄葉《げんば》が生田《いくた》殺害の犯人――最初は猛《たけし》の悪ふざけとも思ったが、考えてみれば小学生が初対面の警察官をいきなり殺人犯呼ばわりするはずもない。

冴子《さえこ》は辺りを見回しながら、無人の部屋に猛を連れ込んだ。

「さっきのは何だ。もう一度言ってみろ」

「……あの人が男の人を撃った」

「何かの見間違いじゃないのか」

「作業場みたいなところで朝までずっと追い回されてたんだ。あれだけ見てたら顔くらい憶えるよ」

「向こうはお前の顔を見てないのか」

「決まってるじゃん」

尋ねてから愚問だと気がついた。犯人が猛を見つけていれば、その時点で猛の口も塞《ふさ》がれていたはずだ。

改めて念を押す。

「このことはまだ誰にも言ってないな」

「うん」

「いいか、わたし以外の人間には絶対言うんじゃないぞ」

猛の顔を両手で挟むようにして言い聞かせる。

「言えば、お前がとんでもない危険に晒《さら》されることになる。死にたくなかったら口を閉じていろ。いいな」

冴子の真剣さが伝わったのか、猛はこくこくと頷《うなず》いた。

これはいったいどういうことかと、冴子は眩暈《めまい》を起こしそうな頭で必死に考えてみる。玄葉は生田の直属の上司だ。課長職とヒラに個人的な付き合いがなかったとは言わないが、それよりは仕事上の結び付きの方が強かったはずだ。その二人の間で事件が発生したというのなら、それは仕事絡みである可能性が高い。そして玄葉と生田の仕事といえば薬物と銃器の取り締まりだ。

二人のやり取りを目撃した猛の証言によると、会話は次のようなものだった。

『俺を殺しても罪が増えるだけだ』

『お前のことだから、一人でやっているんだろう。だったら、お前さえいなくなればいい』

罪が増える――つまり玄葉は生田を殺害する以前に、別の罪を犯しているという意味になる。では玄葉の犯した罪とはいったい何なのか。いや、そもそも猛の目撃した犯人は本当に玄葉だったのか。

冴子は珍しく胸騒ぎを覚えた。捜査一課の班長を拝命してこの方、これほど心がざわついたことはない。警官殺し、しかもその犯人が直属の上司ときている。もしそれが真相なら、千葉県警だけの問題には留まらない。それこそ全国の警察組織にとって拭《ぬぐ》い難《がた》い汚点になる。

慎重になれ、と冴子は己《おのれ》に命じる。

引っ掛かった魚は大きい。大き過ぎて、釣った冴子が逆に呑《の》み込まれるかも知れない。そしてまた、針に掛かったのは魚以外の何かとも考えられる。ここは慎重の上にも慎重を重ねて、とにかく証拠を集めることだ。

きっと緊張が顔に出たのだろう。猛は冴子を見て、ひどく不安そうにしていた。

「……どうかしたの」

「何でもない。とにかくわたしの言ったことを守れ」

冴子は重大なことに気づく。このわずか八歳の男の子はとんでもないものを目撃している。下手をすれば千葉県警が根こそぎ吹っ飛ぶような爆弾だ。

もし本当に玄葉が生田殺しの犯人だったのなら、猛を放っておくはずがない。今はまだ顔が割れていることを知らなくても、その存在を疎《うと》ましく思うのは自明の理だ。そして自分の直属の部下を平気で殺すような冷徹な人間が、子供とはいえ唯一の目撃者を放置しておくとはとても思えない。

まず、猛を安全な場所に匿《かくま》わなくては――冴子の頭はフル回転し始める。

「行くぞ。わたしの傍《そば》から離れるな」

そう言って小さな手を握り、猛を部屋から連れ出す。

手を握った瞬間、はっとした。もうずいぶん一緒にいたが猛の手を握ったのはそれが初めてだった。

何と小さくて、頼りなげな手をしているのだろう。始終憎まれ口を叩くので悪ガキの印象が強いが、まだ八歳の子供なのだ。勇猛でもなければ豪胆でもない。公園で泣いている子供と寸分変わらない。

県警本部の外は既に夕闇が迫りつつあった。

常識的に考えれば、猛の身柄は施設に戻すべきだろう。しかし、それは当の本人が嫌がっている。本人の意向を無視するにしても、猛の保全を考えれば所在の知れた施設に戻すのは危険に過ぎる。

それでは児童相談所に一時預けるというのはどうか――これも駄目だ。少年課に問い合わせれば〈光の子〉が色々と問題のある施設であることはすぐに知れる。児童相談所に預けるというのは誰でも考えつくことだ。

冴子の部屋に匿うのはどうか――これも警察関係者ならすぐに思いつくことだ。すぐに部屋を急襲することはないにしても、いずれ見当をつける。郡山《こおりやま》をはじめとした部下に委《ゆだ》ねても同様だ。冴子の部屋に猛が見当たらなければ、当然冴子の周囲にも網を張り巡らせる。

玄葉と同じ思考をしてはいけないのだ。刑事が考えつきそうな策を選択した段階で、猛は仮想敵の手に落ちる。

冴子は駐車場に赴《おもむ》き、助手席に猛を放り込んでクルマを出した。

しばらくしてから猛が口を開いた。

「俺をどこに連れて行くんだよ」

「安心しろ。施設には戻さない」

「じゃあ、どこにするんだよ。言っておくけど児童相談所は無駄だよ」

「無駄とはどういうことだ」

「あそこに預けられても、すぐに施設のヤツらが引き取りに来ちゃうんだ。一日と保《も》たないんだ」

なるほど、猛にはそっちの敵もいるのだ。

警察内部に養護施設。互いの帰属する場所が最も危険になるというのは、皮肉としか言いようがなかった。

その時、冴子の脳裏《のうり》にある考えが閃《ひらめ》いた。

およそ警察官としては予想だにしない隠し場所、帰属する組織からは一番離れた場所。さすがに突飛《とっぴ》過ぎて自分でも再考が必要だと思ったが、言い換えればそれだけ突飛な考えなら、玄葉辺りが着目する可能性もほぼゼロということだ。

取り出した携帯電話で登録していた番号を呼び出す。相手はすぐに出た。

「わたしだ。話がある。今すぐ会うから指定する場所に来い」

三十分後、冴子と猛はデパートのおもちゃ売り場でその男と対峙《たいじ》していた。

「このガキを預かれ、ですって?」

山崎《やまざき》は呆《ほう》けたように言葉を返す。

「ああ。生田の事件の重要な証人だが、保護する場所に難儀している」

「だからって、何であたしが」

「誰も事件の証人を暴力団の幹部が匿っているとは思わないからな。あんたは家族持ちだろ。知り合いの子供を預かっていると言っておけば、近所も不審がらない」

「ふざけちゃいけないよ、高頭《たかとう》さん」

さすがに山崎は顔色を変えた。

「はみ出し者に興味があるとは言ったが、高頭さんのアイデアははみ出し過ぎだ。第一、あたしが子守しなきゃならない謂《いわ》れなんてどこにもないじゃないですか」

山崎の大声に周りの子供連れが目を向ける。

「馬鹿、少しは小さな声で話せ。折角《せっかく》、ここなら目立たないと思って選んだんだ」

「馬鹿とは何ですか。その思いつきの方がよっぽど馬鹿げている。あたしン家《ち》は託児所じゃないんですからね」

「ふん、ヤクザはメリットがなくては乗ってこないか」

「そんなもの、メリットもクソもないでしょうが」

「それならデメリットを回避するというのはどうだ」

山崎は眉間《みけん》に皺《しわ》を寄せた。

「……何を仰《おっしゃ》りたいんですか」

「この間、下部組織のみならず宏龍会《こうりゅうかい》本体も膨大《ぼうだい》な量の銃器類を保持していることが判明した。ウチの組対《そたい》はその保管場所の割り出しに躍起《やっき》になっているが、実は一課が情報を握っている」

「何ですって」

「お前のところの鯖江《さばえ》をハーブショップ店長殺害の件で引っ張っただろ？　あいつが引っ張られた直後、わたしのところにタレコミがあってな。親切なことに宏龍会の武器庫について興味深い情報を流してくれた」

さっと山崎の目の色が変わった。冴子の言葉が切り札なのか、それともブラフなのかを見極めようとする目だった。

タレコミがあったのは本当だった。おそらくネタ元は宏龍会に敵対するもう一方の広域暴力団の構成員だろう。宏龍会に不利な情報を流し、鯖江の勾留《こうりゅう》を長引かせようとする意図が丸見えだった。

「一課が扱っている事件とは関係が薄いからまだ裏付けには踏み切っていないが、ネタをそのまま組対に持ち込んでやればさぞかし感謝されるだろうな」

「……そいつは具体的な場所やら武器の内容やらも含んでいるんですか」

「どうかな。お得意の情報網とかで検索してみたらどうだ」

「で、あたしがこのガ……坊ちゃんを匿ったら、いったいどんなメリットがあるっていうんですか」

「メリットじゃなくてデメリットの回避と言っただろ。わたしは今、生田殺しで忙しくてな。それに、この事件が解決したらウチの県警は上を下への大騒ぎになる。宏龍会にガサ入れするような余裕は当分なくなるだろうな」

「この小さな証人がそんなに重要なんですか」

山崎はいくぶん声を落とした。顔つきはすっかり策士のものになっている。

「もう少し詳しくお話ししてもらえませんかね」

「詳しくなんて話せるか。ただ、その子が爆弾であることは間違いない。物騒《ぶっそう》なモノを匿うのは慣れているだろ」

「あたしはれっきとしたヤクザですよ。そういう輩《やから》に子供を預ける神経を疑いますね。このくらいの子供を欲しがっているケダモノはいくらだっている。そいつらに売っ払っちまうかも知れませんよ」

「ヤクザは外道《げどう》だが決して馬鹿じゃない。儲けにならないことはしないし、自分の立場を不利にするような真似はしない。そうだろう？」

山崎はひどく鬱陶《うっとう》しそうな顔をしながら頭を振る。

「嫌な相手だなあ。やっぱり高頭さん、県警本部で忌《い》み嫌われてるでしょ」

好かれているという自覚はなかったが、黙っていた。

「高頭さんが組対の班長さんでなくてよかった。あなたみたいな人と年がら年中交渉しなきゃならなくなったら、胃がいくつあっても足りやしない」

「責任持って匿えよ」

「まあ、ウチには若いのが何人もいるし……」

「とぼけるな。この子は宏龍会に預けるんじゃない。山崎岳海《たけみ》という人間に預けるんだ。自分の家で保護しろ」

「それはちょっと」

「どうした？　八歳児には到底見せられないような爛《ただ》れた生活でもしてるのか」

「いや、それはまあ真っ当で、面白くも何ともない一般家庭なんですけどね。その……この子の口は大丈夫なんですか。あんまり家の者にぺらぺら余計なことを洩らされたら、あたしの立場がない」

「俺、口は堅いよ」

今まで二人の会話を黙って聞いていた猛が割って入った。

「それはわたしが保証してやる。何せわたしの取り調べでもなかなか口を割らなかったくらいだからな」

「なんか、なし崩し的にあたしが引き取るみたいな形になってるんですけど」

「登下校の時間になったら、ちゃんと送り迎えしろよ。誰がどこで狙っているか分

から ん」

「……人の話、聞いてませんね」

「愚痴るな。普段は反社会的勢力だとか社会のゴミだとか色々嫌われてるんだ。たまには善行を施《ほどこ》しておけ」

冴子は猛を山崎に押しつけて、その場を後にした。

一度だけ振り返ると何やら猛が山崎に話し掛けていたが、その様子は父子のそれに見えなくもなかった。

県警本部に戻った冴子は、そのまま証拠物件保管室に直行した。

ドア横に設《しつら》えられたリーダーに身分証のＩＣチップを読み取らせて入室する。

証拠物件の保管については平成七年に警察庁からの通達（証拠物件の適正な取扱い及び保管のための指針）が為《な》されており、各都道府県の警察はその内容に沿って物件を管理している。その要点は、

一　証拠物件が滅失・毀損《きそん》・変質・変形・混合または散逸《さんいつ》しないよう、その証拠価値の保全に努めること。

二　証拠物件は必ず定められた保管設備において保管され、個人が保管してはならないこと。

三　押収した証拠物件のうち、捜査の遂行に必要のなくなったものは、可能な限り速やかに還付または送致の手続きを採らなければならないこと――の三つだ。

ただし以下に挙げる証拠物件については長期保管・短期保管の別なく、専用の金庫かそれに代わる設備で保管するようにしなければならない。

ア　現金、有価証券、貴金属その他の貴重品。
イ　銃砲刀剣類、火薬類及びこれらに類するもの。
ウ　覚せい剤取締法、麻薬及び向精神薬取締法、あへん法及び大麻取締法の各違反に係る薬物等。

これらを一括して保管しているのが耐火性の金庫だった。高さ二メートルほどもある巨大な金庫で、管理責任者は組対薬物銃器対策課の課長、つまり玄葉になっている。当然鍵も玄葉が保管しており、他の課が事件で押収した物件を移動させる時には玄葉の許可が必要になる。

だが、正直に保管庫の出納《すいとう》申請などするつもりは毛頭《もうとう》なかった。

冴子は周囲に人がいないのを確認した上で、ポケットからピッキング・ツールを取り出した。通販で誰でも手に入れられるごく一般的なものだった。

証拠物件の保管について警察庁から通達が出たのは、警察内部での紛失や横領が頻繁に発生したからだ。保管場所の統一、特別な押収品に関しては金庫保管という決め事は一種の内部牽制《けんせい》でもある。

ところが警察が身内に甘いのは人事だけではない。こうした金庫やセキュリティに関してもどこか身内の潔白《けっぱく》を信じているのか、外部に対するそれよりは徹底されていない。現に保管庫の錠はそれほど堅固なものではなく、手慣れた空き巣ならものの数秒で開錠してしまうだろう。しかも保管室には監視カメラすら設置されていない。

冴子がピッキング・ツールを使うのは、これが初めてではなかった。以前逮捕した強盗犯から供述を取る際、実際に錠前破りを目の前で実演させてみた。常習犯らしくその手際は盗人《ぬすっと》ながら天晴《あっぱ》れで、ひと言誉めてやると犯人は調子に乗って開錠の仕方を伝授してくれたのだ。

最初は手こずるかと覚悟していたが、数回の操作で開錠の音がした時は拍子抜けしてしまった。

手早く扉を開けると、その裏側に押収品目録の写しがファイルに収められている。冴子は薬物関連のページを繰り、出納記録と現物の照合を開始した。

覚醒剤《かくせいざい》や大麻はパッケージ毎《ごと》に押収した日付と内容がラベルに明記され、それぞれ管理番号が振られている。出納記録と現物を照らし合わせれば、記録と現物の相違がひと目で分かる仕組みだ。

一人きりの保管室にファイルを繰る乾いた音だけが聞こえる。微《かす》かな音だが、全神経を集中させている冴子には途轍《とてつ》もなく大きな音に響く。

照合作業はものの十分ほどで終了した。

冴子は震える手で扉を閉めた。

まさかこれほどまでだったとは――。

千葉県警が押収していた違法な薬物は総計で四十二件、総量は約七キログラム。出納記録に拠《よ》ればその全てはもちろん還付も送致もされていない。

それなのに金庫に保管されていた薬物はたったの七パッケージ、量にすればたかだか十グラム程度しかなかった。つまり大方が出納の記録に残らない状態で持ち出されている。

これで何もかも繋《つな》がった。

まず山崎から聞いた昨今の麻薬の流通状況だ。

『去年の暮れくらいですかね。千葉県を中心に純度の高い大麻とシャブが出回るようになったんですが、これが相場の半額近い値段設定でしてね。しかも流通している量が半端じゃない』

純度が高くて流通量が多いのも道理、供給元はこの保管庫だったのだ。何者かがここから違法薬物を横流ししていたのだ。

第四の供給ルートを探していた生田がどうやって真相に辿り着いたのかは不明だが、とにかく彼は横流しの事実を知ってしまった。そして殺された。理由は単純明快に口封じのためだ。

次に横峰《よこみね》検視官が言及した銃器への知識。これも犯人が警察官ならむしろ当然と言える。

犯人は千葉県警本部内にいる。そう仮定すれば、犯行現場を目撃した猛の証言内容とも一致する――。

鼓動《こどう》は既に収まっていた。だが、それに代わって悪寒《おかん》が背筋を貫いていた。押収した違法薬物は約七キログラムもあった。市場価格の半額に設定しても億単位のカネになる。当然そのカネも犯人の手に渡っているはずだ。

押収物の横流し、警察関係者による麻薬売買、そして秘密を知った同僚の殺害。これが真相なら、露見《ろけん》した瞬間に千葉県警は崩壊してしまう。単に刑事事件というだけではない。警察の威信失墜《しっつい》、責任の追及、内紛、マスコミや世間からの攻撃、考えるだけで胃の辺りと足が重くなる。

それ以上に心が痛い。

警察官を拝命して十年、その間に警察の唱える正義なるものが、それほど潔癖なものではないことを知らされた。市民よりは権力者に阿《おもね》り、犯人検挙よりは立身出世に邁進《まいしん》する管理職もいる。頻発する事件に倦《う》み、捜査がおざなりになる捜査員もいる。だが、経費を誤魔化《ごまか》し、生活費の足しにしている哀しい捜査員もいる。

これはそんなものの比ではない。およそ考え得る中では最悪の犯罪だ。それがこんな身近で起こっていようとは――。

どんなに疲弊《ひへい》し、どれだけ腐敗した組織にも最低限のモラルがある。職業人としての矜持《きょうじ》と言ってもいい。司法機関に携わる者であれば尚更《なおさら》に要求され、また、それがなくては任務を遂行できない。矜持と、誇りがあるからこそ昼夜を問わない激務にも耐えられる。

そのモラルが幻想だったとしたら、いったいどうなるのか。

いい加減、警察機構の実態に倦んでいた冴子ですらこうなのだ。県警管轄下の若い刑事や巡査に与える失意と落胆は計り知れないものがある。県警と警察官に対する信用は地に堕《お》ち、その回復には相当な時間と努力が必要になるに違いない。

自分はこんなにも脆弱《ぜいじゃく》な人間だったのかと冴子は意外に思い、次には悪態を吐《つ》きながらも組織を信じ、依存していたのだと思い知る。

何度か己を叱咤《しった》しようとしても、心が一向に立ち上がろうとしない。

保管室を出て、俯《うつむ》いてクソッタレと心中で罵《のの》り続けていたその時だった。

「いつにも増して怖い顔をしているな」

いきなり廊下の前方から声を掛けられた。

玄葉だった。

「妙齢の女性が……おっとっと、これはセクハラ発言だな。それにしても怖い。まるで今にも人を殺しかねんような形相《ぎょうそう》だよ」

「……失礼しました」

「君に狙われた被疑者は気の毒だな。きっと食いつかれたら、動かなくなるまで牙《きば》を立てられる……大丈夫か？　少し顔色も悪いな」

「いや、そんなことはありません。このところ寝不足なのでそう見えるのでしょう」

「ふむ。〈県警のアマゾネス〉も人間には変わりないということか。ところで生田殺しの捜査は進捗《しんちょく》しているのか」

今、猛の情報を告げるわけにはいかない。冴子が言い澱《よど》んでいると、玄葉は小首を傾《かし》げた。

「何故黙っている。最低限の情報共有がしたいと言ったのは君の方だぞ」

「まだ捜査段階で、報告できるような進展はありません」

「それにしては色々な場所を駆《か》け回っているようじゃないか」

玄葉はゆっくりと歩み寄り、遂には冴子の手前までやって来た。

「前にも言ったが、殺された生田はわたしの直属の部下だ。彼の仇《かたき》を討ちたい気持ちは誰よりも強い」

「お察しします」

「本当かね？　だったら捜査段階にあることも残らず報告してくれて構わないだろう。たとえば今、高頭班長はこのフロアで何をしていた？　向こうから歩いて来たようだが、この先には保管室しかないはずだが」

「ただの調べものです」

咄嗟《とっさ》にそう言い訳した。

「過去の事件で似た手口のものがなかったかを調べてみました」

「捜査資料なら保管室ではなく、資料室にあるだろう」

「資料を読むよりブツを見た方が、鮮明に記憶が甦《よみがえ》ります」

ふん、と玄葉は鼻を鳴らす。

「その記憶力を早く事件解決に役立てて欲しいものだな」

そう言って冴子の脇をすり抜け、自らは保管室に向かう。

すれ違いざまに悪意を感じた。あからさまなものではない。靄《もや》のように薄ぼんやりとした気配に近いものだ。

不意に気がついた。

保管庫の錠は冴子にも開錠できるような脆弱な造りだ。だが保管室に入室するには身分証のＩＣチップ読み取りが必要だ。そして入退室は全て記録に残される。

押収物の横流しを行うにしても、量が量なので一度に大量に運び出すことは考え難い。おそらく数回、ことによれば十数回に分けての作業になるだろう。当然、その分だけ入退室の回数が多くなる。用もないのに保管室の入退室が多ければ疑惑を持たれるのは必至だ。

しかしその責任上、何度出入りしても不思議に思われない人物が一人だけ存在する。

言わずと知れた管理責任者の玄葉だ。

冴子は遠ざかる玄葉の後ろ姿を、しばらくの間凝視《ぎょうし》していた。

2

刑事部屋に戻って自分の椅子に座ると、膝がデスクの裏を勢いよく蹴り上げた。

冴子の意思ではなく、膝から下が笑っていた。恐怖心から震えているのではない。驚きと怒り、そして敵愾心《てきがいしん》が冴子の身体を突き動かしている。

玄葉と擦《す》れ違いざまに感じた悪意。あれは断じて錯覚などではなかった。玄葉は間違いなく冴子の行動を怪しみ、警戒している。

もし自分が玄葉の立場だったらどうするだろうか？　抜け目のなさでは冴子といい勝負、もしくはそれ以上だろう。そう仮定すると、冴子が自分の身辺を探るより前に先手を打つはずだ。

では、こちらはどう対抗すればいいのか。相手はヤクザでも市井《しせい》の人間でもない。同じ警察官でしかも上役ときている。証拠の隠滅《いんめつ》も改竄《かいざん》も不可能な話ではない。現に、今の段階で生田殺しや押収品の横流しを玄葉に結びつけるものは、猛の証言しかない――。

瞬間、冴子は愕然《がくぜん》とした。

猛が殺人現場で玄葉の顔を見たことはまだ知られていない。だがいずれにしろ玄葉が放っておくとは到底考えられない。遅かれ早かれ猛の口封じに動くと見て間違いない。

何かこちらから手を打たなければ。

「何かありましたか、班長」

顔を上げると郡山が覗《のぞ》き込んでいた。

「珍しいですね、班長が考え込んでいる図なんて」

「ちょっと来い」

　立ち上がるなり、冴子は郡山のネクタイを摑《つか》んで強引に引っ張っていく。

「ちょっ、ちょっと班長。乱暴な」

　抗議を聞き流して、冴子は郡山をフロアの端《はし》にある喫煙室に連れ込む。ここなら小声で話せば外には洩れない。ガラス張りなので誰かが近づいてきたらすぐに分かる。捜査対象は薬物銃器対策課の課長で、しかも抜け目のない人間だ。どこで聞き耳を立てているかも知れない。いや、ひょっとしたら署内に仲間がいないとも限らない。

　さすがに聞かれてはまずいことだと察したらしく、郡山は表情を硬くした。

「やっぱり何かありましたか」

「何かどころじゃない。猛が証言した。生田殺しの犯人は組対の玄葉だ」

「げっ」

　郡山が危うく大声を上げそうになるのを、冴子が制止する。

「馬鹿、騒ぐな」

　冴子は声を殺して、保管庫の中の押収麻薬が大量に紛失している事実を告げる。説明はそれで充分だった。始めこそ驚愕《きょうがく》していた郡山も次第に落ち着きを取り戻してきた。

「確かに……あの人が犯人なら辻褄《つじつま》は合います。しかし課長の立場にある人がそんなことをするなんて」

冴子は持参した缶の中からピースを一本咥《くわ》えると、もう一本を郡山に突き出した。

「お前も喫《す》え」

「いや、わたしは禁煙中で」

「二人して喫煙室にいるんだ。喫ってなきゃ外から見た者が変に思う。タバコ片手に雑談しているふりをしろ」

渋々といった体《てい》で郡山は突き出された一本を咥える。

「缶ピース……相変わらずキツいの喫ってますね。それにしても班長、あの子供があの人の犯行を目撃したと証言しても」

「あの人なんて呼ぶな。胸糞《むなくそ》悪い」

「……彼を目撃したと証言しても、どこまで信憑性《しんぴょうせい》がありますか。子供特有の悪戯心《いたずらごころ》で嘘を吐いたのかも知れませんよ」

「ひと晩中、拳銃持ったヤツに捜し回られた八歳の子供だぞ。怯《おび》えているに決まってる。それに庁舎の中でヤツに会ったのは偶然だ。悪戯心でも説明がつかん」

「じゃあ証言内容が真実なら、それを根拠に彼の身柄を拘束してしまえばいいじゃないですか」

「相手が相手だ。いくらただ一人の目撃者だからといって、子供の証言一つで県警本部課長職にある人間を引っ張れるか。バランスというものがある。拘束するには証拠不足だ」

「班の何人かで身辺を探らせますか。ヤクを横流ししているのなら、カネ回りもずいぶんと違うはずです。きっと課長職にはそぐわない贅沢をしていますよ」

「それも考えた。だが迂闊《うかつ》に手を出せん」

「何故ですか」

「おそらく向こうはわたしが嗅《か》ぎ回っているのを知って警戒している。そんな状況で下手に兵隊を出したら返り討ちに遭う」

「まさか。同じ県警本部の警察官同士ですよ」

「自分の秘密を護るためなら、下っ端の刑事がどうなろうが知ったものか。懐柔《かいじゅう》か抹殺《まっさつ》か、とにかく全力で潰しにかかる。大体、そんな覚悟のないヤツが押収品のヤクを横流しなんかしないさ」

　すると郡山は小首を傾げた。不思議がっているのではなく、この男が不満を表明する際の癖だった。

「何か文句を言いたそうな顔だな」

「班長、少しは自分の部下たちを信じちゃくれませんか。皆、一課じゃ一番苛烈《かれつ》だと言われている高頭班の刑事ですよ。ちょっとやそっとで音《ね》を上げるようなタマじゃないし、尾行を勘づかれるような阿呆はいませんって。それに向こうが班長のことを気づいているのなら、当然班の人間にも注意を払っています。わたしたちが動こうが動くまいが同じことですよ」

冴子は思案してみる。郡山の言葉にも一理ある。はっきり言って誇らしい気持ちもある。だが、だからこそ大事な手駒を軽率に動かす気にはなれない。

「だったらわたしの指示があるまで、このことは班の連中にも口外無用だ。勝手に動いたら、絞め殺して男子トイレの便器に突っ込んでやるからそう思え」

うへえ、と郡山は顔を顰《しか》める。

「これだからなあ。高頭班長を敵に回すよりは玄葉課長と一戦交える方が数段マシってもんですよ。しかし、これからどうしますか」

「先手を打とうと考えてる」

「先手？」

「外堀から埋めていって退路を断つ」

日頃、県警本部長の越田《こしだ》は公務で不在がちだが、総務部に確認すると幸い今日は署内にいるという。

冴子は最上階にある本部長室に急ぐ。今まで庁舎内の部屋には大抵出入りしたが、あそこにだけは呼ばれることもこちらから出向くこともなかった。

ドアの前に立ち、呼吸を整えてからノックする。

「どうぞ」

「失礼します」

ドアを開けると正面に越田が座っていた。

越田征嗣《せいじ》四十五歳、千葉県警察本部長。がっしりとした体軀《たいく》に精悍《せいかん》な顔が載っている。言わずと知れたキャリア組で、県警本部長も単なる通過点であり、来年の異動時期には警視庁の部長職もしくは警察庁の部長職就任が噂されている。いずれにしても捜査一課のいち班長に過ぎない冴子がそうそう面談できる相手ではない。

「刑事部捜査一課の高頭です」

「知っているよ、〈アマゾネス〉の異名は県警内に普《あまね》く轟《とどろ》いているからな。検挙率で部内の群を抜いていることは国兼《くにかね》部長からも度々《たびたび》聞いている」

「恐縮です」

「それだけの検挙率を叩き出すには、何か特別な手法なり部下の操縦法なりがあるのだろうな」

「特にありません。班の連中がしっかりやってくれているだけです」

「ふむ、自身の手柄を誇ることはしないか。感心なことだが、その論法でいけば他の班の連中はしっかりやっておらんという風にも聞こえるぞ」

「いえ、そんなことは」

「称賛された時は素直に受け、控えめに誇り給え。それが組織の中で長らえる秘訣だ」

越田は半ばからかうように笑う。戒《いまし》めながら親近感を持たせる物言いは、なるほど好かれる上司の見本ともいうべき対応だ。今まで直接言葉を交わしたことはないが、その人となりは国兼からの伝聞で承知している。キャリア組にありがちな横柄さも慇懃《いんぎん》無礼《ぶれい》さもなく、気さくな人柄だという。一方で暴力団をはじめとする反社会的勢力への対決姿勢を露《あら》わにしており、親しみやすさと苛烈さを兼ね備えた人柄に好感を持つ者は多い。

「ところでそのアマゾネスが今日は何の用向きかね。君との会話には興味が尽きないが、生憎《あいにく》あと五分ほどで会議が始まる。君とは予定を入れてなかったしな」

「申し訳ありません。緊急な要件だったものですから」

「もしやわたしに仲人《なこうど》の依頼でもしに来たのかな」

「いいえ。そちらの方にはとんと縁がありません」

「そうか？　君はいくつになる」

「三十二です」

「別にセクハラめいたことを言うつもりはないが、その年齢ならそろそろ考えてもいいのではないか。こういう組織にあって、家庭を持つことは昇進昇格に関して決して不利には働かんぞ」

前言撤回。

畜生《ちくしょう》、何が好かれる上司だ。この言い草は旧弊《きゅうへい》なオヤジの説教そのものだ。

「報告に上がったのは、現在捜査中の事件で本部長のお耳に入れたいことがあるからです」

越田は訝《いぶか》しげな目をする。

「わたしに直接かね？　普通そういうことは、直属の課長なり国兼部長なりに報告するのが筋ではないのか」

「普通ではない内容なので、普通ではない報告の仕方を選びました。そして失礼ながら課長レベルで情報が握り潰される可能性があります」

「この千葉県警内にあって情報潰しだと。わたしは着任以来、風通しのいい組織を目指したつもりだったが、そういうことなら聞き捨てならんな。話してみ給え」

「七月二日、組対薬物銃器対策課の生田巡査部長が何者かによって射殺されました」

「ああ。痛ましく、許すまじき犯行だった。警官殺しか。犯人は全く馬鹿なことをした。千葉県警に限らず、全国二十八万人の警官全員に向けて弓を放ったのも同然だ。草の根を分けても捜し出し、必ずや彼の墓前で懺悔《ざんげ》させてやる」

「犯人は身内の人間です」

「何だって？」

「犯人は生田巡査部長の上司、玄葉課長です」

一瞬、越田の表情が凝固《ぎょうこ》する。

「高頭班長。いくら冗談でも、そいつは笑えんな」

「冗談ではありません。それを裏づける事実が出ています」

そして押収された麻薬が保管庫から紛失している事実を告げられると、越田は次第に困惑の色を濃くしていった。ただし、冴子は目撃者である猛が玄葉の顔を認識したことまでは言及しなかった。確たる理由はなかったが、猛に関する情報は可能な限り秘匿《ひとく》するべきという意識が働いたからだ。

直属上司を飛び越えて、いきなり県警のトップに疑惑を伝える――警察組織にはあるまじき行為だが、冴子にはそれなりの勝算があった。

課長・部長クラスに報告を上げたところで、今回は事案が事案だ。玄葉のみならず、薬物銃器対策課自体が押収麻薬の横流しに加担している可能性もある。そうなれば組対そのものが高頭班の封じ込めにかかることも充分考えられる。そして、そうこうするうちに玄葉に都合の悪い証拠が次々と潰され、犯罪の立証が困難になってしまう。

それを防ぐには、まず玄葉や組対の権力が及ばないトップに全てを打ち明けておく必要があった。もちろん現役警察官による同僚殺しは、警察にとって最大級に慎重さを要する事案だ。トップに報告しておきながら空振りに終われば、冴子自身の進退が問われてくるが、玄葉と刺し違えるくらいの覚悟がなければこの捜査は進められない。

冴子の説明を聞き終わると、越田は眉間に深い皺を刻んで両手を祈るように組んだ。

「話を聞く限り、玄葉課長が押収品の麻薬を横流しした疑いは濃厚だな」

「はい、残念ですが」

「わたしに直接報告しにきた理由は分かった。疑惑が真実であったにせよ、単なる君の憶測であったにせよ、嘆かわしい事態だな」

「組織を信用していない訳ではないのですが……」

これは嘘だった。冴子が信じられるのは子飼いの部下と己の矜持だけだ。

「いや、それは分かっている。わたしが君と同じ立場だったら、おそらく同じことをしていただろう。不安材料は最初に明示するに限る。妥当な判断だ。しかし高頭班長、この一件がどれほど危険な代物《しろもの》かは分かっているだろうな」

「はい」

仮に横流しが玄葉の単独犯であったとしても、上司である組対部長延《ひ》いては本部長の監督責任が問われる。

そしてもう一つ——。

「これは単に関係した人間の首をすげ替えればいいという話ではない。薬物銃器を取り締まる部署の責任者が押収物を横流ししていたなどということが現実だとすれば、県民の県警に対する信頼は失墜する。信用を取り戻すには長い時間を必要とするだろう」

越田は疲れたように長い溜息を吐く。

「班長には悪いが、これが君の憶測であることを祈りたい気分だ」

「しかし本部長。保管庫内の押収麻薬が紛失しているのも、玄葉課長が自由に持ち出しできるのも事実です」

「本当に紛失なのかね」

越田は疑わしげに片方の眉だけを上げる。

「押収された麻薬は時期が到来すれば厚労省麻薬取締部に移管され、焼却処分される。その手続きの過程で記録が遺漏《いろう》した可能性がなくはないか？」

「同じことをわたしも考えました。しかし麻薬の引き継ぎに関しては薬物銃器対策課と麻薬取締部の専管事項です。裏を取るには一課では、いえわたし個人の権限では……」

「分かった、しばらく時間をくれ。厚労省から記録を取り寄せてみよう」

越田は頭痛を堪《こら》えるように額を押さえる。

「この件をわたし以外の誰かに話したかね」

ちらと郡山の顔が頭を掠《かす》めたが、猛の情報を秘匿している以上、郡山に話したことも隠さなければならない。

「いいえ、本部長にしかお話ししていません」

「それもまた賢明な判断だ。班長の推論が正しいとして、証拠固めをするには当の玄葉課長に気づかれてはならない。いいか、くれぐれも慎重の上に慎重を期してくれ。わたしの力の及ぶ範囲で援護する」

「ありがとうございます」

「差しあたってどこから探るつもりかね」

「まずは玄葉課長名義の預金通帳ですね。給料以外で大きな入金はないか。預金に不自然な動きがないのなら、普段の生活に異変はないか。高級車および高級家具の購入はないか、株式や先物の売買記録はないか、家族または家族以外の関係者にカネが流れていないか……」

越田は両手を組んだまま冴子から視線を外さない。まるで面接の試験官に観察されているようで冴子は少し落ち着かない。

「それだけでは状況証拠に過ぎない。事件は麻薬の横流しと警官殺しだ。その程度の証拠では送検しても公判を維持できんぞ」

「家宅捜索で殺害に使用された拳銃が押収できれば」

「なるほどな。確かに死体に残された弾丸と線条痕《せんじょうこん》が一致すれば、ブツとしては一級品だ」

ただし家宅捜索をするためには令状が不可欠であり、裁判所を納得させるためにはやはり状況証拠の積み重ねが必要となる。

しばらく越田は値踏みをするような目で冴子を見ていたが、不意に口元を綻《ほころ》ばせた。

「人生は面白いものだな」

「はい？」

「わたしの異動についての噂話を聞いたことはあるかね」

「来年には中央にいかれるのではないかと」

「このテの噂は大体において正確だな。本部長として大きな失敗もなく、このまま任期を全《まっと》うできるものと思っていたのだが、ここにきて危急の事案が飛び込んでくるとはな」

危急と言いながら、越田はどこか楽しげだった。

「現役警官による押収物の横流しと同僚殺し。おそらくは千葉県警史上最悪のスキャンダルになるな。下手をすれば本部長のわたしも責任を問われ、中央どころか僻《へき》地《ち》の署長あたりに降格させられるかも知れん。だが言い換えればこの未曽《みぞ》有《う》の不祥事を解決し、県警本部内に蔓《はび》延《こ》る膿《うみ》を出し切れば、また別の評価が得られる」

再度前言撤回。

旧弊なオヤジだが、腰の据《す》わった野心家だ。ただのエリートではない。絶体絶命のピンチを千載一遇《せんざいいちぐう》のチャンスにする術《すべ》を心得ている。冴子は半ば呆《あき》れて、越田の顔を見つめる。

「何か必要なものはあるか」

「……えっ」

「孤立無援、徒手空拳《としゅくうけん》ではあまりに難儀だろう。断っておくが玄葉課長を被疑者扱いしているのではない。高頭班長なら事件を解明できると踏んでのことだ」

「できれば玄葉課長の動きを封じ込めていただければ助かります」

「そいつは難しい。彼は独特の嗅覚《きゅうかく》を持っていてな。自分に張り巡らされた罠を察知する能力に長《た》けている。不自然な命令や指示をすれば、途端に勘繰られるぞ」

「では自然な命令を下してください」

「そうくるか」

越田はにやりと笑う。

「本部長のわたしに指示するとは。やはり君は噂に違《たが》わないアマゾネスだよ」

「失礼しました」

「いつも指示する側だから、たまには新鮮でよろしい。その代わり、何か進捗があればまたわたしの方に直接報告してくれ」

「ご迷惑をおかけしました」

「それは全てが終わってから言い給え」

冴子は一礼してから本部長室を辞去する。

家宅捜索をして、生田殺害に使用された拳銃を見つけられるかは分からない。身辺を探って玄葉がぼろを出すとも限らない。そして本部内に玄葉の息のかかった者が何人いるのかも分からない。よくよく考えてみれば、こちらに有利な点など何一つない。

だが不思議に爽快感があった。

越田は孤立無援と言ったが、決してそんなことはない。自身がそれを示してくれたではないか。

冴子は刑事部屋に引き返す。やることは山ほどある。県警本部は既に安心できる住処《すみか》ではなく、どこに毒蛇が潜《ひそ》んでいるか分からない魔境と化している。

それでも足は軽快に動いた。

翌日、冴子は玄葉の自宅に向けてクルマを走らせた。

平日の午前八時、千葉市美浜区《みはまく》幸町《さいわいちょう》。

千葉街道を一本裏に入った住宅地の中に、玄葉宅があった。近くに駐《と》めたクルマの中で張っていると、玄関先に玄葉と幼稚園服を着た男の子、そして妻らしき女が姿を現した。二人一緒にお見送りのようだ。

玄葉はすっかり父親の顔をしている。あの顔で部下を撃ったとは俄《にわか》に信じ難《がた》いが、ユダヤ人を虫けらのように惨殺した将校たちも家に帰れば善き夫、善き父親だったことを考えれば、納得がいく。

園の送迎バスが停まる場所まで同行するのか、玄葉は男の子の手を引いて道路の向こうに消えて行く。妻は二人の後ろ姿を見送ると、そのまま家の中に引っ込んだ。

事前に仕入れた情報によれば、玄葉は妻と一人息子との三人暮らしだ。つまり妻が外出してしまえば、家はもぬけの殻《から》になる。

即座に空き巣の真似をするつもりはない。それよりも玄葉が拳銃を隠すとしたら、自宅のどこを選ぶのか。それを見極めるのが最初にする仕事だ。

平屋の一戸建て。周囲を見回しても同じ形の家屋は見当たらないので建売住宅ではなさそうだ。部屋の間取りは外観から推《お》し量るしかない。

玄関と裏口の位置を確認する。東側にある窓は、そこが浴室であるのを示している。更に裏庭に回ると、窓ガラスから広めのリビングを望めた。

何度も被疑者の家宅捜索を続けていると、外観だけでおよその間取りが予測できるようになる。冴子は頭の中で玄葉宅の見取り図を描き始めた。バス・トイレ・キッチンを除けば部屋数はおそらく五つ。寝室や子供部屋に拳銃を仕舞い込むのは危険過ぎる。隠し場所としては玄葉の自室である可能性が一番高い。

しばらく思案した後、玄葉の部屋は西側にあるとあたりをつけた。家宅捜索の際には真っ先にあの部屋を掻《か》き回してやる。

次に考えるべきは自宅以外の場所に隠している可能性だ。県警本部、というのはまず有り得ない。あるとすれば貸しコンテナを利用している場合だが、ではその在《あり》処《か》をどうやって洗い出すか——。

策を練っていると携帯電話が着信を告げた。発信元は山崎だった。

「わたしだ。こんな時に何の用だ」

『こんな時にって、高頭さんお取り込み中ですか』

「急用なら聞いてやる」

『どこまでも居丈高《いたけだか》な人だなあ。あのですね、お預かりした坊ちゃん、お返ししますから』

「おい。まだ昨日の今日だぞ」

『一日預かっただけでも恩に着てくださいよ。女房に理由取り繕《つくろ》うのが大変だったんだ。あのね、高頭さん。あたしは外じゃあともかく、家の中じゃ普通にくたびれた亭主なんです。そうそう自由に振る舞えませんよ。子供一人預かるのにはそれ相応の理由ってのが要《い》る』

「待て」

『とにかく坊ちゃんは無事学校に送り届けました。後はそっちで何とかしてください』

次の言葉を言い出す前に電話は切れた。

冴子は胸の裡《うち》で舌打ちをする。長続きしないのは覚悟していたが、まさか一日で終わるとは予想外だった。こうなった以上、猛の新たな保護先を考えなくてはいけない。

候補を思いついては却下していると、再び携帯電話が鳴った。

今度の発信元は捜査一課長の小沼《こぬま》だった。

「はい、高頭」

『高頭。お前、いったい何をしでかした』

のっけから不機嫌さ全開の口調だが、この男には珍しいことではない。捜査が順調に推移しようが暗礁《あんしょう》に乗り上げようが、いつも捜査員には渋面《じゅうめん》を作っている。

『今すぐ本部に戻って来い』

「どうかしましたか」

『今、一課の刑事部屋に薬物銃器対策課の連中が来ている』

不機嫌さの中に焦燥《しょうそう》も混じっていた。

『生田殺しの件で、お前から事情聴取したいそうだ』

3

小沼から話を聞くなり、冴子の頭の中でけたたましく警報が鳴った。こちらが身辺調査をすると同時に、向こうも動き出した。玄葉が冴子の動向に目を光らせている証拠だ。

「事情聴取？　いったいわたしに何の事情聴取なんですか」

『知るか。訊いてもはぐらかされるばかりでな』

薬物銃器対策課の動きを通じて玄葉の思惑が透《す》けて見える。先日、冴子が保管室を訪れた理由を探ろうとしているのだ。

それだけではない。事情聴取に託《かこつ》けて、冴子を牽制するという目的も充分考えられる。いずれにしても、玄葉が冴子の捜査を怖れているのは確かなようだ。

そう考えると少しだけ気が晴れた。あの自信ありげな顔が冴子の動向で一喜一憂しているのを想像すると、小気味いいとさえ思えた。

「待たせてやってください」

『何だと』

「こちらの捜査にまだしばらく時間がかかるとでも言っておいてください」

『ふざけるな』

小沼はそう毒づくが、口調から察してそれほど本気ではない。小沼が本気で怒る時は、叱責《しっせき》も何もなくただ会話をぶち切るだけだ。

「生田殺しは組対の案件でもありますから。きっとこちらの情報が欲しいんだと思います」

『生田の弔い合戦ということか。それにしても捜一の班長を取り調べるというのは、どういう了見だ。高頭。お前、いったい何を摑んでいる？』

さすがに小沼は構図の断片を読んでいる。だが小沼は玄葉と階級が同じだ。麻薬の横流しに関して、玄葉と繋がっていないという保証はどこにもない。

ここはぼかしておいた方が賢明だろう。

「まだ何も摑んでいません。五里霧中《ごりむちゅう》ですよ」

『それなら、どうして連中が焦っている』

「こっち以上に五里霧中だからだと思います。大抵の人間は暗闇の中に放っておかれると、少しでも明るい方を目指しますから」

束の間、小沼は沈黙する。この男の下で働くようになってずいぶん経つが、未《いま》だに黙っている時は不気味でならない。

『おめおめと向こうに事件を持って行かれる気はないが、同じ本部内で戦争するつもりもない。情報を自分だけで秘匿しようなんて夢にも思うなよ』

くそ。やはり勘づいているようだ。

『とりあえず捜査で出張《でば》っている旨は伝えておく』

とりあえず。つまり今日のところは猶予を見てくれるという意味だ。

『ただし、終わったらすぐ戻ってこい』

「了解」

会話を終えてから、思わず携帯電話を叩きつけたくなった。

元より人事には無頓着《むとんちゃく》な方だった。誰がどこの派閥に属しているのか、誰が誰を嫌っているのか、そんなものに興味はなく、ただ自分の動きやすい環境であればよかった。捜査を進める上でストレスがなければ、他のことはどうでもよかった。そして、今まではそれが幸いして捜査一本に集中できたから結果もそれについてきた。

だが今度の一件では悪い方に転んでいる。玄葉の息が掛かっている者は誰と誰か。もちろん押収麻薬の横流しに加担しているかどうかは別問題として、各々の関係と旗色《はたいろ》が分からない。現状、自分が率いる高頭班の面々と越田本部長以外は全員敵だと考えた方が安全だろう。

畜生。冴子は姿の見えない敵を罵りながら、アクセルを踏み込んだ。

生田は独身であり、本部近くの官舎に住んでいた。その部屋の中は既に捜査一課と鑑識《かんしき》課によってパソコンからノート類、埃《ほこり》ひと摘《つま》み、髪の毛一本に至るまで採取され尽くしている。しかし現在に至るまでこれはと思える手掛かりは見出せていない。

生田の追っているものが上司の犯罪というのなら、その理由にも察しがつく。個室とはいえ、官舎内には玄葉の子飼いの部下が息を潜めている可能性がある。そんな状況下で重要な情報を自室に保管しておくはずもない。どこか別の場所を選んでいるに違いない。

冴子の思いつく場所は一つしかなかった。

千葉市稲毛区《いなげく》小中台町《こなかだいちょう》。

この辺りは新興住宅地が集中しており、新設の小中学校とともに、これも新しい団地が並んでいる。ただし一方で、古くからの住宅地が真新しいマンション群に挟まれるように点在している。

古い住宅地の一角に生田の実家があるはずだった。生田の遺体を引き取りに来た際、両親に一応の聴取はしているが、実家にはまだ足を踏み入れていない。願わくば玄葉たちの手が伸びていないことを祈るのみだ。

玄関に〈忌中〉の張り紙があったので、生田の実家はすぐに分かった。

「ごめんください。千葉県警刑事部の高頭と申します」

インターフォン越しに所属と氏名を名乗るが、なかなか応答がない。二、三度繰り返しているとようやく中年女性の声が返ってきた。

『警察の方でしたら、どうぞお引き取りください』

「わたしは生田巡査部長の事件を担当している者です。少しだけお時間をいただけませんか」

『生前、息子から、千葉県警の関係者を家に上げるなと言われていました。つい先日も同僚と名乗る方が来られましたが、やはりお引き取り願いましたので……』

高頭班からは実家に捜査員を送っていない。

では、やはり組対の捜査員がやって来たのだ。

「お母さんですね？　聞いてください。生田巡査部長が家に上げるなと警告したのは彼と同じ薬物銃器対策課の捜査員です。わたしは所属が違うのです」

『難しいことはよく分かりませんけど、でも同じ県警本部の方なんでしょう？』

「先日やって来た同僚という者は、訪問の目的を何だと言いましたか」

『線香を上げさせて欲しいと』

「わたしは線香を上げに来たのではありません。生田巡査部長の仇を取りに来たんです。死者を悼《いた》むことなら県警本部の誰でもできるでしょう。しかし犯人を挙げるのはわたし以外にはいません」

傍《かたわ》らで聞けば相当に気恥ずかしい台詞《せりふ》だが、これは本音だった。そしてまた、息子を亡くしたばかりの母親の胸を打つ言葉だと信じていた。

どうか届いてくれ——。

強く念じながら待っていると、静かに玄関ドアが開けられた。恐る恐るといった体《てい》で顔を覗かせたのは五十代半ばと見える女性だった。

「今、仰ったことは本当ですか」

訴えるような視線に、冴子は深く頷いた。

家の中には父親もおり、急拵《きゅうごしら》えの仏壇の前に座っていた。

「失礼します」

一礼して線香を上げ、生田の遺影を見る。警察学校卒業の際に撮られたものだろう。制帽を被り、緊張した面持《おもも》ちの生田がそこにいた。

同じ本部内にいながら、顔を合わせたことはほとんどない。それでも生田が麻薬事件の撲滅《ぼくめつ》に奔走《ほんそう》した挙句《あげく》、直属上司に殺されたかと思うと、その無念さが痛いほど伝わってくる。仏前で合わせた手は決しておざなりではなかった。

焼香を終え、振り返ってみると両親もともに頭《こうべ》を垂れていた。冴子が黙っていると、やがて母親の口が開いた。

「高頭さんは忠幸《ただゆき》と一緒にお仕事を？」

「いえ。ずっと生田巡査部長とは部署が違いましたから。ただ彼が極めて優れた捜査員であることはわたしの耳にも届いていました」

「そうですか……あの子は学生の頃から、ちょっと行き過ぎなくらい正義感が強くて、警官になった時はわたしたちも天職だと喜んでいたんですが……警察官というのは危険な仕事なので殉職というのは覚悟していました。でも、どこかで絵空事みたいに考えてたんです。まさか、本当に死んでしまうなんて……」

聞いていて身につまされた。

自ら拳銃を手にして犯罪者を追い詰める商売だ。大して考えなくても日常が死と隣り合わせになるのは自明の理だ。それなのに、日々に慣れるとそのことを忘れがちになる。目の前に仲間の死体が転がってから、改めて自分が戦場の真っただ中にいることを思い知らされる。

「忠幸が殺される二日前でした……久しぶりにあの子が帰って来たんです。何せ、仕事が忙しいからと盆や正月も碌《ろく》に帰らない子でしたから、わたしらもちょっと驚いたんです。そうしたらいきなり、千葉県警の同僚や上司が訪ねて来ても、家の中に一歩も入れるなって……」

すぐに思いついた。

「生田さん、ひょっとしてお二人に何かを預けたんじゃあないですか？　同僚や上司の訪問を拒《こば》んだのは、その預かったものを警察関係者に渡すなという意味ではなかったんですか？」

両親は思い詰めた様子で顔を見合わせる。

「彼は官舎住まいでした。警察関係者で固められている場所では危険だから、ここに預けたんじゃないですか」

すると、今度は父親がゆっくりと面《おもて》を上げた。

「もしそうだとしたら？」

「わたしに渡してもらえれば、生田巡査部長の仇を取ることに使わせていただきます」

「しかしあなたが忠幸にとって信頼できる人物なのかどうか、本人がいない今、証明のしようがないではありませんか。もしあなたが忠幸の警戒する側の人間であった場合、わたしたちは忠幸に顔向けができない」

冴子はポケットからICレコーダーを取り出した。

「では、今からの会話を全て録音してください。もしわたしが裏切ったと判断された時には、このレコーダーを検察庁なりマスコミなりに持っていけばいい」

父親はしばらく黙っていたが、やがて納得したように頷くと仏壇の前に進み出た。

立て掛けてあった遺影を取り上げると、そこにライターのようなものが隠れていた。

手渡されて分かった。USBメモリーだった。

「中身は何だったんですか？」

「まだ見ていません。息子の殉職を知らされてからこっち、あたふたしておりましたから……これにどれだけの価値があるのかは分からないが、一般市民であるわたしたちが持っているより、あなたに預けた方が有効でしょう」

言葉の端々に口惜《くや》しさが滲《にじ》んでいる。冴子は渡されたUSBメモリーを握り締めた。

「決して無駄にはしません。生田巡査部長の執念も、ご両親の思いも」

玄葉たちの動きを牽制する意味で、今日の訪問の件は口外しないように念を押してから生田家を辞去した。

このUSBメモリーには、おそらく押収麻薬横流しについて何らかの情報が収められている。生田が秘匿しようとしていたことから、玄葉にとっては致命的な物証である可能性が高い。

今すぐ中身を見てみたい欲求を抑え、クルマのドアに手を掛ける。

その時だった。

伸ばした手を誰かに鷲摑《わしづか》みされた。

「ご苦労様」

声に振り向くと、そこに目下の敵が立っていた。

「玄葉課長……」

その瞬間、冴子は自分の迂闊さを呪いたくなった。県警本部の車両は全車にGPSが搭載されている。本部で監視していれば、冴子の乗ったクルマがどこに向かうかは手に取るように分かる。おそらく本部に到着した玄葉は、冴子が生田の実家に向かっていることを知り、急遽《きゅうきょ》追い掛けて来たに違いない。

「ちょっと失礼」

言い終わらぬうちに、玄葉は冴子のポケットに指を滑らせる。抗《あらが》う間もなくUSBメモリーを奪われる。

「それはわたしが！」

「おっと。こちらには令状があってね。班長は持っているのかな」

冴子は唇を噛んだ。

「どちらにせよ、生田の持っていた捜査資料は全て薬物銃器対策課で検証することになっている。このUSBメモリーもいずれこちらから取りに伺う予定だったが、高頭班長のお蔭で手間が省《はぶ》けた。ありがとう」

「尾行《つけ》していたな」

「口を慎《つつし》め、高頭班長」

叱責口調だが、玄葉は唇の端で嗤《わら》っていた。

「とびきり優秀な部下を失った管理職が、その無念を晴らすために現場を駆け回っているんだ。君と鉢合《はちあ》わせしたのは偶然に過ぎない」

「とびきり優秀な部下を自分の手で葬《ほうむ》った気分はさぞかし最高だろうな」

「根も葉もないことを喋《しゃべ》り続けていると、精神障害を疑われるぞ。言わずもがなだが、生田巡査部長を失ったウチの人的被害は高頭班長の想像以上だ。また彼とは階級を超えて戦友と呼べる間柄だった。お蔭でわたしは彼の死以来、夜ごと心痛で眠れない」

ふん、自分の悪事が露見しないか心配で眠れなかっただけだろう。

「ウチからの事情聴取の話は聞いているだろう？　小沼一課長の話では業務多忙ということなので、ついでに迎えに来てやったよ。恩に着ろ……と言いたいところだが、これはあの両親からUSBメモリーを預かってくれたことで帳消しにしてやろう」

「事情聴取なら、知っていることを全て供述する。生田が何を追っていたのかも」

「それはいい。事情聴取というのはそうでなくてはいけない。だが」

玄葉は冴子の腕を摑んだまま乱暴に引っ張っていく。その先には玄葉が乗りつけたらしき警察車両と、中には見慣れぬ捜査員の顔があった。

「証拠も何もないような供述では記録どころか聴取する気にもならんだろう。何せウチの捜査員は年がら年中、そういう嘘吐きのろくでなしばかりを相手にしているからな」

「それならわたしも同じだ。今もとんでもない嘘吐きを相手にしている。しかも仲間の背中に弓を放った裏切者だ」

玄葉はまじまじと冴子を見た。

「君はこんな時でも止まろうとしないな。いつも突っ走るばかりだ」

「性分《しょうぶん》なもので」

「スプリンターのメダリストによれば、時速四十キロメートルを超えると視界の両側はまるで壁になるそうだ。一種の視野狭窄《しやきょうさく》みたいなものだな」

そして冴子を憐《あわれ》みの目で見た。

「君も同じだ」

冴子が通されたのは、自身も何度か使用した取調室だった。ただしいつもとは座る椅子が逆になっており、それだけで相当な違和感がある。

取り調べの担当主任は薬物銃器対策課の遠藤《えんどう》という男だった。冴子も廊下ですれ違う程度だったが、執拗《しつよう》な性格であることは噂で聞いていた。

のっぺりとした瓜実顔《うりざねがお》に目鼻がついている。薄い眉は酷薄《こくはく》そうで、おまけに目は好色そうだ。

「まさか〈県警のアマゾネス〉から話を訊く羽目になるとは想像もしていなかったな」

階級が同じ警部だからという訳でもないのだろうが、やや乱暴な口調は早くも冴子を被疑者扱いして心を挫《くじ》けさせようとしているのか。

「アマゾネスはいかにも大袈裟《おおげさ》だと思ったが、捜一の知り合いに訊いてみたら名に恥じない凶暴ぶりなんだって？　何でも二人組の強盗犯相手に大立ち回りを演じた挙句、その二人を半死半生の目に遭わせたらしいじゃないか」

それこそ公務執行妨害だったので、抵抗できなくなるまで叩きのめしたまでだ。あの程度で何が凶暴なものか。

「先にこちらから訊かせてくれ。わたしを引っ張る容疑は何だ。公務執行妨害とでも言い含められたのか」

「質問するのはこっちだ。立場を弁《わきま》えてくれ」

「納得のいかない状況で、そっちの言うことに従えるものか」

「あんたの取り調べはいつもそんなに懇切《こんせつ》丁寧なのかね」

不意に遠藤は表情を固くした。

「言っておくがこっちは生田の弔い合戦のつもりで事件を追っている。生田は有能なだけじゃなく真面目だった。無口な方だったが、それは余分なことを一切口にしなかったからだ。責任感もあって、直属上司の俺も一目置いていた」

何とこいつが直属上司だったか。

「ウチのエースだった。だが成績だけじゃない。頼りになる家族を一人失ったも同然だ。だから平素はあまり感情に走らない捜査員も、今回に関しては暴走気味になっている。たとえ被疑者が同僚や上司であっても、怒りの矛先《ほこさき》が鈍ることはない」

「その点は同情する」

「あんたがそれを言うのか。まあいい。まずあんたと生田の個人的な繋がりから話してもらおうか」

「個人的な繋がりなど何もない。それはわたしと生田の経歴を見れば一目瞭然《いちもくりょうぜん》のはずだ。組対と何度か合同捜査をしたことはあるが、それでも個人的に顔を合わせたのは一度もなかった。今回の事件でも、わたしにとっては単に被害者という存在だ」

「生田が殺害された時刻のアリバイを証明できるか」

「何だって」

耳を疑った。

まさか自分に生田殺しの嫌疑が掛かっているのか――。

混乱しかけた頭を慌てて鎮《しず》める。

真に受けるな。ただ動揺させようとしているだけかも知れない。

「当日はハーブショップの店長殺しで、宏龍会の鯖江という男を取り調べている」

「そんなことは出退表を見りゃ分かる。あんたが鯖江の取り調べを開始したのは当日の午前九時からだった。訊きたいのは死亡推定時刻とされる午前一時から三時までの間だ」

「官舎でとっくに寝ている時間だ」

「証明できる者は」

「生田巡査部長と同様、独身だからそんな者はいない」

「じゃあアリバイはなしということで」

訊かれる側に立たされて、改めて思う。深夜一時から三時までのアリバイなど立証できる者の方が珍しい。ところがこうした要因で被疑者への疑惑が濃厚になっていく過程は、当事者にとって恐怖ですらある。

「生田に対して恨みでもあったか。それともあんた自身が麻薬の常習犯だったのか」

「ちょっと待て。どうやら本気でわたしを生田殺しの被疑者に仕立てたいらしい

「仕立てるも何も、それ以外には何の意図もない」

「捜査を任された一課の班長が、その事件の犯人だったというオチか。ふざけるな」

「意外性というのは、突き詰めていけばふざけた話だ。だが、あんたが犯人だったとしたら好都合であるのは確かだ。証拠だろうが何だろうが捏造《ねつぞう》も隠滅も思うがまま、部下を無駄に走らせて捜査を攪乱《かくらん》するのもお手のものだ」

「馬鹿な。担当を振り分けるのは課長の裁量だろう」

「難事件や重要事件の類《たぐい》であれば、検挙率の高いあんたの班に任せようとするさ。それも折り込み済みだったんだろ」

「国兼刑事部長を呼んでくれ。いや、小沼課長でも構わない。いくら何でも、こんなに薄弱な根拠で現場の指揮官を聴取するなんて、組対はどうかしているんじゃないのか」

「ふん、今度は他課への内政干渉か。容疑者の分際で大層なこった」

「内政干渉はそっちの方だろう」

努めて冷静さを保とうとしても、つい喧嘩腰になる。

「聞けよ、遠藤さん。これは罠だ」

「罠？」

「お宅の玄葉課長がわたしに仕掛けた罠だ。玄葉課長は生田殺しの専従班長であるわたしの動きを封じようとしている。捜査の攪乱を狙っているのは玄葉課長なんだ」

冴子は保管庫の押収麻薬の目録と現物が一致しないこと。そして生田の両親から預かったUSBメモリーを玄葉に取り上げられたことを説明する。

「そちらにすれば信じたくない話だろうが、保管庫の管理は玄葉課長の専管だ。もし玄葉課長が横流しの張本人なら、押収麻薬の持ち出しは自由自在だし、目録と現物の乖離《かいり》が発覚しない理由も説明がつく」

冴子はじっと遠藤を見据える。この男が押収麻薬の横流しに加担しているのかいないのか、それを顔色から窺《うかが》うのは困難だった。

「阿呆か、あんたは」

遠藤は呆れたように言う。

「言うに事欠いてウチの課長が生田を撃っただと。寝惚《ねぼ》けるのも大概《たいがい》にしとけ」

「押収品目録と現物を照合しろ。そうすればわたしの言ったことが事実と分かるはずだ」

「違うな」

「何が違う」

「百歩譲って、あんたの言う通り保管庫の目録と中身が違っていたとしよう。だが、それだけでウチの課長が麻薬を横流ししていたというのは穿《うが》った推理だ。保管室自体は署員なら誰でも入室できるし、あんたがやったように保管庫の錠を破るのも可能だ。第一、開錠できたと言うのなら、あんた本人が押収麻薬を盗み出していないと誰が言い切れる」

しまった。

瞬時にして冴子は凍りつく。感情に押されて陥穽《かんせい》に嵌《は》まった。保管庫を破ったことで自分への嫌疑を大きくしてしまった。

次に思い浮かんだのは猛の証言だった。冴子にとっての切り札、生田殺害の目撃証言。それさえ告げれば、冴子への嫌疑はたちどころに消え、代わって玄葉が窮《きゅう》地《ち》に立たされる。

しかし告げられない。

遠藤が押収麻薬の横流しに一枚嚙んでいないという保証はどこにもない。もし玄葉の息が掛かっているとすれば、冴子が口を開いた途端、猛が狙われる。今ここで猛の証言内容を明らかにすることはできない。

「USBメモリーを取り上げた一件も、ウチの課全体の雰囲気を考えれば変な話じゃない。部下の仇を討ちたいというのは、玄葉課長らしいしな」

「だからと言って、わたしに疑いを向けるのも的外れだぞ」

「あんたが保管庫にあった押収麻薬を横流しし、それに勘づいた生田を射殺した。そういう筋書きならすんなりいくんだがな」

「それこそ妄想だろう。物的証拠は何もない」

「あるぞ」

聞き間違いかと思った。

「……もう一度、言ってくれ」

「証拠ならちゃんとある。検察に送れば花丸つけて返ってくるようなブツだ。だからこそ、あんたを容疑者と特定したんだ」

遠藤は鼻歌でも歌いそうな顔をして、胸元から一枚のプリントを取り出した。

見慣れた自動拳銃シグ・ザウエルＰ２３０。警察の採用銃として冴子も使っている。

「シグ・ザウエルがどうした」

「これは高頭班長。あんたに支給された銃だ。番号を確認してみろ」

「だから！　それがどうしたと聞いているんだ」

「生田の体内から採取された弾丸。その線条痕があんたの銃と一致した」

今度こそ、冴子は二の句が継げなかった。

「知っていると思うが、今は銃身をマンドレルで打ち付けてライフリングを刻む工法だから、理論上は同じライフリングの銃が複数存在することになる。しかしあんた、現場ではよく威嚇《いかく》射撃をしたそうだな。だから容易に識別がついたらしい。生田の身体に残っていた弾は、紛《まぎ》れもなくあんたの銃から発射されたものなんだよ」

4

冴子はしばらく茫然《ぼうぜん》と遠藤の言葉を反芻《はんすう》していた。自分の銃と生田の体内に残存していた弾丸の線条痕が一致しただと――。

「そんな馬鹿な。何かの間違いだ」

「鑑識の弾《はじ》き出した結論に、身内であるあんたが異議を唱えるのか」

半ば呆れ顔の遠藤を見ているうち、やっと気がついた。

嵌められた。

何者かが鑑識からの報告を改竄したのだ。それができる人間は限られている。これもおそらく玄葉の仕業《しわざ》に違いない。

「遠藤さん、違う。これもわたしを陥《おとしい》れるために玄葉課長が」

「いい加減にしろおっ」

もう我慢ならないというように遠藤は拳を机に叩きつけた。

「アマゾネスとまで異名を取った捜一の班長が何て見苦しい真似しやがる！　言い逃れするに事欠いて、誰それの罠だの陥れられただのと往生際《おうじようぎわ》の悪い。これだけ証拠が揃ってるんだ。あんたも刑事なら、現状裁判になりゃあ勝ち目がないことくらい分かるだろう」

悔しいが遠藤の指摘はもっともだった。捏造されたものとはいえ自分には動機があり、チャンスも方法もある。とどめが線条痕の一致だ。「銃の指紋」と言われるように、物的証拠として充分な説得力を持つ。このままでは、間違いなく同僚殺しの犯人にされてしまう。

自分の足元が急に揺らいだような気がした。こんなにも警部という肩書は不安定なものだったのか。こんなにも検挙率トップという名誉は胡乱《うろん》なものだったのか。

落ち着け、と胸の奥底から声が聞こえた。

敵の罠に落ちた時、闇雲に暴《あば》れても自傷するだけだ。無駄な体力を使わず、体勢を整え、反攻の機会を窺え。

「……黙秘する」

「何だと」

「弁護士を呼んでくれ。それまでは、もうひと言も喋らん」

「ミイラ盗りがミイラになったか。ふん、情けない」

遠藤の渋面を眺めながら、冴子の思考は猛烈な速さで回転する。

この段階ではまだ任意での事情聴取だ。遠藤の態度からもそれは読み取れる。線条痕の一致だけでは、送検するのに証拠不充分だと考えたのか？　いずれにしてもまだ逮捕状が出ていないらしいのが救いだ。もし逮捕・勾留となれば完全に身動きが取れなくなる。

「まあ権利だから弁護士は呼んでやるよ。しかしどの弁護士を指名する？　自覚しているだろうが、アマゾネスの悪名は弁護士会に轟いている。いくら相手がヤクザ者でも、被疑者を足腰立たないほどぶちのめしたのはあんたくらいのもんだ。人権派の弁護士にとっちゃあ天敵みたいな存在だ。さて、どんな正義の味方が弁護についてくれるのかね」

「御子柴《みこしば》弁護士あたりはどうだ」

冴子は皮肉を込めてその名を告げた。弁護士としてはとびきり優秀だが、その分警察からの受けが徹底的に悪いことで名を馳せた男だ。悪名というのなら冴子といい勝負だろう。

「幸か不幸かわたしもまだ会ったことはないが、一度顔を見てみたいと思っていた。ちょうどいい機会だ」

遠藤は露骨《ろこつ》に嫌な顔をした。

それでも冴子の気が晴れることはない。敢《あ》えて警察が毛嫌いする弁護士を引き合いに出したのは、玄葉を牽制する意味がある。

遠藤とのやり取りの中で冴子は怖ろしい可能性に思い至った。他でもない猛の存在だ。

いくら証拠を捏造しようが、猛が証言しさえすれば全てが引っ繰り返る。それにも拘《かか》わらず猛に手が伸びないのは、犯人の顔を見たことを冴子と郡山以外には知られていないからだ。

もし玄葉がそれに気づいたとしたら放置しておくはずがない。現場の指揮官である冴子に生田殺しの罪を被せるような男だ。必ず口封じに動く。

結局一日限りで山崎は猛の子守を放棄した。やはり個人宅に他人の子供一人を匿うのは無理らしい。玄葉がその気になれば施設を急襲しかねない。だが法廷闘争を匂わせておけば玄葉もそれに合わせて証拠を補完しようと画策するだろうから、その間は猛から注意を逸《そ》らすことができる。

小一時間も沈黙を守っていると、先に遠藤が折れた。

「どうやら本気で協力するつもりはないみたいだな」

「協力は惜しまない。ただしそちらに合わせるつもりもない」

「長期戦の構えか。ふん、それならそれでいいさ」

口ぶりで想像がつく。長期戦と嘯《うそぶ》きながら、組対の面々は早急に逮捕状を取るつもりだ。

「とりあえず一課に帰らせてもらう。仕事が山のように残っているからな」

許可もないまま立ち上がったが、遠藤はじろりと睨《にら》んだだけで椅子に縛りつけるような素振《そぶ》りは見せない。

「承知していると思うが、二十四時間体制であんたを監視するからな。滅多なことはするなよ」

「ほう。それなら風呂場でも監視を続けるか」

からかってみるが、遠藤は小さく舌打ちをするだけで挑発に乗ってこない。つくづく感情の読めない男だ。

「着替えくらいは持って来させろ」

「事情聴取は明日の午前九時から再開する」

それが合図だった。冴子は取調室を出ると刑事部屋に直行する。なるほど遠藤の宣言に嘘はなく、廊下を歩いている時も背後から二名の捜査員がつかず離れず追ってくる。何と庁舎の中まで尾行するつもりらしい。

畜生、と冴子は小声で毒づく。これだけ警戒されていては本当に身動きが取れない。

今や冴子の切り札は猛だけとなった。猛の証言が公《おおやけ》になりさえすれば直《ただ》ちに冴子の包囲網は解かれ、玄葉が逆に捕縛《ほばく》される。言い換えれば、猛こそが玄葉のアキレス腱《けん》という訳だ。向こうがそれに気づく前に、彼をどこか安全な場所に匿わなくてはならない。

刑事部屋に戻ると、部下たちの目が一斉にこちらを向いた。

冴子は彼らの目を見て、自分が後手《ごて》に回ったことを思い知らされた。部下たちは全員、飼い主に叱られた犬のような目をしていた。もちろんこの場合の飼い主は冴子ではなく、そのもっと上、小沼課長か国兼刑事部長といったところだろう。

彼らの気まずそうな顔を見ていれば、どんな指示が下されたのかも大方の見当がつく。もう元の飼い主の命令には従うな、だ。

それでも郡山だけは冴子の顔を忘れていないようだった。

「お帰りなさい、班長」

「留守中、誰か来たのか」

「小沼課長が……」

玄葉とは階級が同じだが、一課班長による同僚殺しという弱点を突かれて、敵の軍門に降《くだ》ったらしい。

確認のためにデスクの抽斗《ひきだし》を開けてみる。思った通り、小物の置き場所が微妙に変わっている。おそらく小沼か誰かが、デスクの中を漁《あさ》ったに違いない。

「班長の方はいかがでしたか」

「警察官を拝命してから、初めてセクハラなるものを受けた」

「そりゃあまた」

「監視をつけて、風呂場の中まで見張ってくれるそうだ」

「……よくもそんな余裕こいていられますね」

「こういう時のための余裕だろうが。当事者でないお前が狼狽《うろた》えてどうする」

「いったい、どういう根拠で班長が事情聴取されたんですか」

「生田の体内から検出された弾丸の線条痕がわたしの拳銃と一致したそうだ」

「そんな馬鹿な！」

「ああ、そんな馬鹿なことが実際に起こったのさ。おい、ちょっと顔貸せ」

冴子は郡山の腕を摑んで刑事部屋から連れ出す。部下たちが別の飼い主に忠誠を誓った今、あの部屋で滅多なことは話せない。いつもの喫煙室へ……と思ったが、近づいてみると、ガラスの向こう側に自分を尾行していた二人の姿を認めた。

ふん、ここが密談の場所というのは把握済みか。

冴子は回れ右して、今来た道を引き返す。

「班長、いったいどこへ」

「悪いが、ちょっと恥を掻いてもらうぞ」

有無を言わせず連れて来たのは女子トイレの前だった。

「ちょっ、ちょっと班長、ここは」

「うるさい」

抵抗する郡山を無理やりトイレの中に引き摺り込む。入れ違いに出て来た女性警察官が、郡山を見るなり目を剝《む》いた。

「班長。何だってこんな場所に」

「ここなら監視役もおいそれと入って来れないだろ」

個室に郡山を連れ込む。大人二人が入ると、さすがに身動きが取れなかった。

「県警本部の女子トイレに盗聴器や盗撮カメラを設置する猛者《もさ》も少ないだろうから、聞かれたくない話はここでするよりない。ただし小声で話せ」

郡山は居心地悪そうに、それでもこくこくと頷いてみせる。

「小沼課長はお前らに何をどう言った」

「高頭班長に生田殺しの容疑が掛かっていると……それだけです」

小沼が玄葉の犯罪に加担しているのか、それとも単に組対の動きにまごついているだけなのか、聞いた限りでは判断がつかない。だが、郡山以外は全員敵と認識しておいた方が無難だろう。

「わたしが押収麻薬の横流しに気づいたのを知って、罠を仕掛けてきやがった。お前はまだ自由に動けるのか」

「今のところは、まだ」

「おそらく鑑識の報告が組対に渡った時点で改竄されている。改竄前の報告を手に入れろ。鑑識課のデータを消したとしても復活できるはずだ」

「正当な手続きを踏んだんじゃ、できない作業ですね」

「証拠改竄なんて手を使ってくるんだ。こっちだって合わせてやらないとな」

「……今回に限らず、いつも無茶をされてる印象があるんですけどね。それで班長はどうしますか」

「玄葉のアキレス腱を切る、格好の武器がある。覚えているな」

周囲を警戒して具体的な名前を避けたが、郡山にはちゃんと通じている。

「その武器を安全な場所に移す」

「でも班長には組対の監視がついているんですよ」

「何とかするさ」

はっきり答えなかったのは盗聴を怖れたからではない。冴子自身、どうやって監視を振り切るのか考えが纏《まと》まっていなかったからだ。

「出て来いっ、高頭冴子！」

廊下から野卑《やひ》な声が届く。

「こんな場所に部下連れ込みやがって」

さすがに痺《しび》れを切らしたか。組対にも女性警察官はいる。このまま粘っていても郡山ともどもつまみ出されるのがオチだろう。

「お前、先に出て行け」

「班長は」

「こういうところからお手々繋いで出て行きたいのか」

命じられると、郡山は恥ずかしそうに個室を出た。子供ならともかく、中年男の恥じ入る姿を見てもひたすら鬱陶しいだけだ。

さて、これからどうするか——思案し始めた時、今度はドアが遠慮がちにノックされた。

「高頭警部、長過ぎます。申し訳ありませんが、済んだらすぐに出て来てください」

やはり組対の女性警察官らしい。トイレ時間さえ管理されるとは、早くも囚人扱いということか。

「大だ。離れてないと臭うぞ」

冴子は腹立ち紛れに水を流す。

午後八時を過ぎた頃、一度きりの外出を許可された。官舎へ着替えを取りに行くだけというのに見張りがついていた。

手錠や腰縄こそないものの、手を伸ばせば触れる距離に三人も監視役がいれば拘束と同じだ。冴子は何度か後ろを睨みつけるが、組対の刑事たちは顔色一つ変えない。

「駄目ですよ。俺たちはヤクザ者見慣れてますからね。そんな目で睨んだところで、こっちはときめいちまうだけっスよ」

中の一人、武村《たけむら》という刑事が軽口を叩く。だが、この種の返しなら自分の方が上だ。

「ほう、そのときめく相手に野郎三人というのはどういうことだ。一人で口説く勇気もないのか?」

武村は憮然《ぶぜん》とした様子で黙り込む。

「なあ、お前らは本気でわたしが生田巡査部長を殺したと思っているのか」

一転、真剣な口調で問い掛けてみる。望みは薄いが、ここで彼らを説得できればそれに越したことはない。

「黙っていてくれませんか、警部」

武村の返事は予想した通りのものだった。

「警部の拳銃と線条痕が一致しているんです。そんなブツがあるっていうのに、まだ言い逃れですか」

「支給された拳銃で生田を撃ち殺せば、必ず足がつく。わたしがそんなことも考慮しない阿呆に見えるか」

「人間、咄嗟の時には思考よりも感情が先立つ。それは警部だって例外じゃないでしょう」

「聞け。生田を殺《や》ったのは玄葉課長だ。あいつは押収麻薬の横流しが生田に知られたから、口封じをしたんだ」

「それ以上、喋らんでください。敬語を使えなくなる」

不意に武村の言葉が尖《とが》る。

「いくら気に食わない上司でも他人から悪口を言われたら頭にくる。それに、俺は何度か生田とコンビを組んだことがありましてね。クスリを腹の底から憎む、刑事らしい刑事でしたよ。生田がディーラー跡地から死体で見つかったと聞いた時には、怒りで目の前が真っ暗になった。犯人を八つ裂きにしてやりたいと思った。その犯人が、上司といわれるのは悔しくてしょうがない」

官舎の入口は目の前に迫っていた。エレベーターに乗って五階まで上がれば細い通路が冴子の部屋と繋がっている。まさか五階から飛び降りることもできないので、官舎の中に入ってしまえば退路を失う。

やるなら今しかない。

「あなたも〈県警のアマゾネス〉とまで異名を取った人だ。この期《ご》に及んで悪足掻《わるあが》きはやめて欲しいですね」

「どうしてわたしがアマゾネスと呼ばれているか、分かるか」

手を伸ばせば届く距離。

足ならもっと伸ばせる。

「それは、その……ガタイが大きいからでしょ」

「少し違う」

冴子は左足を軸足にして大きく身体を回転させる。蹴り上げた右足は空中で弧《こ》を描き、正確に武村の脇腹へめり込んだ。足の甲に肋骨《ろっこつ》の折れる感触が伝わる。

「戦闘部族だからだ」

意表を突かれて棒立ちとなった一人の股間を、すかさず蹴り上げる。相手は低く呻《うめ》いてから膝を折る。男という生き物は不便だと思う。こんなにも打たれ弱い急所を無防備にぶら下げている。

残り一人が両手を広げて飛び掛かって来る。

大柄だから動きが鈍いとでも思ったのか。

冴子はひらりと身を躱《かわ》し、相手の脇に入った。

大外刈り一閃《いっせん》。相手はアスファルトで後頭部を強打した。

三人とも急所を急襲されて悶絶《もんぜつ》している。情けない、と冴子は毒づく。これでも組対の刑事か。ヤクザ相手が聞いて呆れる。

「もう少し、本部の道場で精進《しょうじん》しろ」

三人のポケットから手錠を取り出し、それぞれの手足を互いに潜《くぐ》らせて知恵の輪状態にする。こうすれば回復したとしても、まともに歩くことができなくなる。ついでに携帯端末と手錠の鍵も取り上げる。

「公務……執行妨害」

武村が呟き込みながら立ち上がろうとするが、他の男と繋がれているのですぐに倒れてしまう。

「悪いが、もう少し横になっていてくれ」

丁寧に断ってからもう一度鳩尾《みぞおち》に蹴りを入れる。武村は盛大に胃の中身を吐き出して、アスファルトの上に伸びる。

冴子は今来た道を逆方向に駆け出した。官舎の部屋に用はない。今は一刻も早く猛の身柄を確保することだ。

こんなことになるならクルマを用意しておくべきだったが、今更後悔してもしょうがない。冴子は駅ビルの方向へ急ぐ。取り上げた携帯端末と手錠の鍵は、通りがかりのトラックの荷台へ放り込んでおいた。

ＪＲで西船橋《にしふなばし》まで行き、そこから東京メトロ東西線に乗り換えて南行徳《みなみぎょうとく》へ。所要時間は一時間弱といったところだろう。

電車に飛び乗ると、乗客何人かの視線を浴びた。女丈夫《じょじょうふ》の冴子にとって今更珍しい反応ではないが、警察から追われる身になった途端、警戒心を抱かせた。まるで、まるで指名手配を受けた逃亡犯の気分だな——そう考えて気がついた。まるで、ではない。

まさにこの瞬間、自分は逃亡犯になっているのだ。

児童養護施設〈光の子〉の場所はすぐに分かった。

門限があるからだろう、施設の正門は既に閉まり内側から鍵が掛けられていた。このまま門扉《もんぴ》を飛び越えるのも不可能ではないが、正門上部に設置してある防犯カメラのことを考えると得策とは思えない。そこで冴子は裏手へ回ることにした。これも猛の言葉を信用すれば、裏手は猛のような子供でも容易に乗り越えられるらしい。

果たして裏手のゴミ置場は金網で仕切られているだけの簡便な造りだった。金網をよじ登り、難なく施設の敷地に着地した。施設の規則が厳しいのか、施設から子供の声は聞こえない。消灯しているのか、窓からは明かりも洩れていない。腕時計を見てみると、午後十時を五分ほど過ぎていた。

ふと猛の訴えが頭を過《よぎ》った。施設内では虐待《ぎゃくたい》が横行していること。その中心人物が園長の息子であるために実態がなかなか表沙汰にならないこと。

今更ながら、猛が施設に戻ったことが悔やまれた。

冴子は足音を殺しながら敷地の中を進む。

猛の話によれば〈光の子〉は四チームに分かれており、一チームに一棟の宿舎が割り振られている。猛の所属はチームB、表から二つ目の棟がその宿舎だ。

夜目でも入口くらいは分かる。ドアノブに手を掛けたまま辺りの様子を窺っていると、自分が警察官であることをうっかり忘れそうになる。

ノブを回そうとして驚いた。何と鍵が掛けられている。ノブの中心に鍵穴があるので、外側から施錠《せじょう》されていることになる。猛の話では宿舎に施錠はしていないはずだが、猛の脱出後にマニュアルが変更されたのかも知れない。

自然に顔が強張《こわば》る。

何が児童養護施設だ。これでは猛の言う通り、刑務所と変わりないではないか。

冴子はポケットからピッキング・ツールを取り出す。事情聴取の際、身体検査を免《まぬか》れたのは僥倖《ぎょうこう》だった。県警本部の保管庫を開錠できたのであれば、施設への侵入もさほど困難ではあるまい。

ピッキング・ツールを操作すること一分足らず、かしゃりと軽《かろ》やかな音を立てて錠は開いた。あまりの呆気《あっけ》なさに冴子は少しまごつく。もしかして自分には泥棒の素質があるのだろうか。

ドアを細目に開けながら中を覗く。室内は暗いが、窓明かりで畳に布団が敷き詰められているのが分かる。耳を澄ませば静かな寝息が聞こえる。

ここもまた、足音を忍ばせて進んで行く。すると三歩ほど行ったところで声を掛けられた。

「誰？」

女の子の声だった。

「先生……じゃないよね」

「静かにしてくれ」

「泥棒？」

「を、捕まえる方だ。お巡りさんだよ」

女の子はむくりと上半身を起こした。パジャマの胸に〈さや〉と名札が縫《ぬ》い付けてあるのがぼんやり読み取れる。

「証拠は？」

子供の癖にしっかりしている。冴子は仕方なく警察手帳を取り出した。身分を開示した相手としては過去最年少だろう。

「御堂《みどう》猛はどこにいる」

そう尋ねると、離れた場所から声が上がった。

「俺ならここにいるよ」

薄暗闇の中、一つの影が立ち上がる。近づくと確かに猛だった。

「何だ。あの刑事さんじゃないかよ」

よかった。やはり、まだここに玄葉の手は伸びていない。

「今すぐ着替えろ。ここを出るんだ」

「えっ」

「ぐずぐずするな。一刻を争う」

「でも、いきなり、どうして」

「質問になら後で答えてやれるが、出るのは今しかできん。つべこべ言わずにさっさと着替えろ」

切迫した空気が伝わったのか、猛は一度頷くとすぐにパジャマを脱ぎ始めた。

「あのさ、着替えてる最中でいいから教えてよ。どうしてここを出て行くんだよ」

「逃げる」

「誰から」

「お前を狙うヤツらがいるんだ。だからしばらくはそいつらから隠れてもらわなきゃならない」

「何日も？　それならゲーム機や色々持って行きたいんだけど……」

「荷物になるようなモノは置いて行け。最低限、着替えと現金があればいい」

有無を言わせぬ口調に、猛は押し黙る。元より機敏なのだろう。着替えて身の回りの物を纏めるのに五分とかからなかった。

冴子は先刻の女の子に駆け寄った。

「さやちゃん、だったたな。このこと黙っておいてくれないか」

「猛くんを助けてくれるの？」

「ああ。悪いヤツらから護ってやる」

「それなら誰にも言わないであげる」

「ありがとう。さ、猛、行くぞ」

猛の手を引いてドアに向かう。その途中、また部屋のどこからか男の子の声が上がった。

「今度は失敗するんじゃねえぞ」

その声を背中に受けて、二人は宿舎から飛び出した。

「この間と一緒だ。裏のゴミ置場から外へ出る」

「金網を越えて？」

「慣れているんだろ」

すると猛は不敵に言い返してきた。

「俺はともかく、刑事のすることじゃないよな」

第三章　逃走

1

夜中にも拘《かか》わらず、携帯電話で呼び出すとすぐに山崎《やまざき》が出た。

「わたしだ」

『高頭《たかとう》さん。どうしたんですか、こんな時間に』

「まだ日付も変わってないのに、こんな時間もないだろう。今すぐ会えるか」

『今すぐって……あの、あたしは今、家庭人でこんな夜更けに外出したら、家のモンに怪しまれちまうんで』

「出て来れないか。それならこっちからお前の自宅に向かう」

『えぇっ』

「宏龍会《こうりゆうかい》ナンバー3のヤサがこちらに知られてないとでも思ったか」

『……拒否したって、どうせ無理やり押し掛けようって肚《はら》でしょ』

「察しがいいな」

『しょうがない。じゃあ都内のどこかで待ち合わせしますか』

「こっちに足がない。電車を使えば大勢に目撃される。南行徳《みなみぎようとく》駅の近くにいるから迎えに来い」

遂に電話口の声が跳ね上がった。

『いい加減にしてくれえっ、自分を何様だと思ってるんだ』

「それならいい、やっぱり、こっちから自宅に押し掛ける」

沈黙の後、向こう側から大袈裟《おおげさ》な溜息が聞こえてきた。

『……高頭さん。あんた、ヤクザよりタチが悪いよ。いいよ、そっちにクルマを回してやる』

電話の切り方が乱暴だったが、まあ、これくらいは仕方のないところか。

冴子《さえこ》は電話が終わると、猛《たけし》を連れて駅前のパチンコ屋へと向かう。

「カネ稼ぐにしたって、もう店は閉まってるぞ」

「違う。あの辺一帯には防犯カメラが設置されていないから、身を潜《ひそ》めるのにちょうどいいんだ」

組対《そたい》の追尾を振り切ってからは電車を乗り継いで来た。おそらく各所に設置されたカメラで、駅から〈光の子〉までの冴子の行動は確実にトレースされる。既に猛を確保したのでそれは一向に構わないが、ここから先は移動の足跡を一つも残したくない。

ネオンの消えたパチンコ屋の軒先《のきさき》に佇《たたず》んでいると、アスファルトの上から昼間の余熱が立ち上ってくる。じっとりと汗を誘うが、それでも下手に動いて見つかるよりはよほどマシだ。

「やっと、ひと息」

いきなり猛が背負っていたリュックサックを下ろし、中を検《あらた》め始めた。

「何してるんだ」

「急いで出て来たから忘れ物がないか確認。なかったらコンビニかどっかで買わないといけないし」

齢《とし》の割には案外しっかりしている。少し感心しながら中身を覗《のぞ》くと、ちゃんと教科書が入っている。国語・算数・生活科……。

「お前、そんなもの持って来たのか」

「おかしい？」

「いや、別におかしくはないがゲーム機云々《うんぬん》と言っていたから、そっち系統かと思っていた」

「ゲーム機は、あれば退屈しないって程度。どうせ、しばらく学校に行けないんだろ。それにさ、施設に戻ってから身体検査されて、色々取り上げられたんだよ」

「そうだな。数日になるか数週間になるか……」

「だったら教科書持って来て正解だった。そんなに長い間勉強しなかったら、どんどん遅れるから」

「お前は意外に優等生なんだな」

「優等生？　ジョーダン。こんなの普通じゃん」

「そうなのか」

「ひょっとして施設の子供だから、勉強なんてしないとか思ってた？」

思っていた。

「勉強は大事だよ。普通の家でも施設育ちでもそれは同じだ」

「学校か施設で、そう教えられたのか」

「全っ然。特に施設の小暮《こぐれ》なんて『お前たちに必要なのは、勉強よりも愛想だ』とかふざけたこと言ってるし。でもやっぱり学歴ってそいつの勲章みたいなもんだし」

「勲章ねえ……」

まさか八歳児から学歴主義を披瀝《ひれき》されるとは予想していなかったので、冴子はいささか鼻白《はなじろ》む思いだった。

猛はその顔色を読んだようだ。

「子供が学歴とか言うのおかしい？」

「それだけが全てじゃないだろう」

「それは言い訳だよ」

猛は唇を尖《とが》らす。こういう仕草は子供っぽいが、口から出てくる言葉が大人びているのでひどくちぐはぐな感が否《いな》めない。

「施設ってさあ、学校が終わった後でもみんなと顔合わせるじゃん」

「そうだろうな」

「するとさ、分かるんだよね。成績がいいヤツって帰ってからも予習とか復習とかちゃんとやってるし、成績悪いヤツはゲームしてるかマンガ読んでだらだら過ごしてるんだよ。生まれた時から利口だとか馬鹿だとかいないだろ？　頑張って勉強したヤツはいい成績取るし、サボったヤツは悪い点取るだけだ。すっごい簡単な理屈だと思わない？」

「まあ、理屈はそうだ」

「そうやってちゃんと努力したヤツがいい点を取って、好きな大学に入れるんだろ。だったら学歴って頑張った結果じゃない。学校にもさ、今の冴子さんみたく学歴が全てじゃないって言う先生がいるけど、それってほとんどは怠けていていい点取れなかったヤツの言い訳じゃんか」

なるほど、と冴子は思う。学歴で社会のポジションが決まることに批判が集まるが、出自や肌の色を重視されるよりはよほど正当だ。

「施設の子だからって理由だけで馬鹿にするヤツら、沢山いるんだ。そんなヤツ殴《なぐ》ったって意味ないよ。勉強してた方がよっぽどいい」

言葉の端々《はしばし》から、猛の置かれている状況が垣間《かいま》見えてくるような気がした。大人びていると言ってしまえばそれまでだが、八歳児が現実を直視せざるを得ないほど苛烈《かれつ》な環境ということだ。

「警察は学歴社会じゃないの？」

素朴な口調で訊かれたので、ついキャリアとノンキャリアの違いについて説明しかけた。八歳児相手に仕事の愚痴をこぼしてどうするのか。

「頑張った人間がいい成績を取る、というのは同じかも知れないな。ただし、これはどんな職業でもそうなんだろうが、刑事には資質ってのが必要になる時がある」

「資質？」

「嘘を見抜く力、犯人を決して逃がさないという執念。それは警察学校でも教えてくれない。自分が現場で習うものだ。努力すれば誰でも一定の場所までには到達できる。しかしそこから先は、刑事の資質を持った者でないと辿り着けない」

へえ、と猛はひどく感心した素振《そぶ》りを見せる。

「どうかしたのか」

「うん、ちょっとびっくりした。あんまり冴子さんがまともなこと言うもんだから」

ひと睨《にら》みしてやろうかと思った時、携帯電話が鳴った。

『今、駅のロータリーに着きましたよ』

山崎だった。

「パチンコ屋の前にいる」

間もなく黒塗りのセダンがやってきた。おそらくこれが山崎の寄越したクルマだろう。

ドアを開けると後部座席には山崎、運転席には鯖江《さばえ》が乗っていた。

「よお、久しぶりだな」

冴子が話し掛けると、鯖江は不味《まず》いものを舌に載せたような顔をする。

「あんたとは、あまり会いたくないです」

「そうか、気が合うな。わたしもそうだ」

山崎は山崎で、猛を見るとうんざりとしたようだった。

「また、お前かよ」

二人とも嫌ってくれて何よりだ。ヤクザと仲のいい刑事や子供など、碌《ろく》なものではない。

「こんなところじゃ立ち話もできん。取りあえず、どこかに流せ。クルマの中で話そう」

猛を助手席に座らせ、冴子は山崎の隣に滑り込む。山崎の合図で鯖江がクルマを出す。

「それで、こんな時間にあたしたちを呼び出して何のご用ですか。まさかこの子供と一緒にディズニーランドにでも行かせろって話じゃないでしょうね」

「似たようなものだ。わたしたち二人をどこかに匿《かくま》え」

「へっ？」

「実は施設から猛を連れ出した。わたしも妙なヤツらに追われている」

「……高頭さん。あんた、いったい何やらかしたんですか」

「通常の捜査活動さ」

「ご免こうむりますね。そのガキ一人匿うのも一日が限界だったんだ。この上お巡りさんまで匿いきれる訳がない。第一、あたしたちにそんな義理はないでしょうに」

「お前の方に一日しか匿う甲斐性《かいしょう》がなかったからこうなったんだ」

「オジサンの家、俺は結構快適だったよ。麻香《あさか》ちゃんも可愛かったしさ」

「このクソガキ！　いつの間にウチの娘に目ェつけやがった」

「ゲームの話してただけじゃん」

「あのね、高頭さん。も一度言いますけど、真っ当な家庭だってガキ一人預かるには相応の理由が要《い》る。何日も置いておくなんてのは無理だ。悪いこたぁ言いませんから、施設に帰した方がいい」

「今更、無理だな。ただ連れ出した訳じゃない。塀を乗り越え、施設の鍵をピッキングし、無断で連れ出した」

「……そういうのは誘拐って言うんですよ。何でまたそんな危なっかしい真似をしたんですか。それじゃあ、ますますあんたたちを匿ったら、こっちの立場が危うくなる。とっととクルマから降りてくださいよ」

「前にわたしが言ったことを憶えているか」

「何のことです」

「市中に出回っている麻薬の、不明な供給ルートだ。それを暴《あば》いてやる条件で、そっちの情報を回し便宜を図る約束だったよな」

「便宜を図ることまでは約束に入ってませんよ！」

「ルートは判明したぞ」

「おや」

山崎の口調が一変する。

「つまりそこと揉めて、こういう事態になったということですか？」

「まあ、そんなところだ」

「いったい、どんなヤツらですか。やっぱりあたしたちの同業者ですか」

「今ここで言う訳ないだろう。言ったが最後、それでお前たちが取引を解消させてしまう」

「信用ねえなあ」

では信用できるヤクザというのは何だと思ったが、これは口にしない。

「匿えって言うんなら、ウチの組事務所なんてどうですか。強面《こわもて》五、六人で周りを固めておけば、そうそう近づく馬鹿もおらんでしょう」

それは冴子も考えたが、相手が組対の薬物銃器対策課では却《かえ》って不都合かも知れない。向こうにすれば常時、暴力団の事務所に押し掛ける理由がある。もし自分たちが宏龍会の庇護《ひご》の下にあると分かったら、別件でも何でも拵《こしら》えて事務所を急襲するに違いない。今や玄葉にとって、自分たちは暴力団よりも厄介な存在なのだ。

「その提案はパスだ。詳しいことはまだ言えんが、相手はそっちが想像している以上に武闘派で、しかも歯止めが利かん。平気で本部の事務所を襲うぞ」

「……高頭さん、それ本当ですか」

「本当かどうかはわたしの目でも見て判断するんだな」

「そんな無茶な」

「本当か嘘か。危険か安全か。そういう二者択一を繰り返して、今のお前があるんじゃないのか」

山崎は口をへの字に曲げると、冴子の顔を凝視《ぎょうし》した。

中年男にじろじろ見られて気持ちのいいものではないが、山崎の視線はそれとは少し違う。喩《たと》えて言えば、レントゲンで心の奥底まで覗かれているような不気味さがある。

やがて山崎は、ついと視線を外した。

「どうやら、高頭さんが危険と対峙《たいじ》しているのは本当みたいですね」

「このご時世、宏龍会も派手なドンパチしたいとは思わないだろう」

「そうですね、今どき切った張ったの時代じゃなし、あまり目立つことしたんじゃ、すぐお巡りさんたちが潰しにかかる。ウチのオヤジもそんなことは望んでませんや。さてと、それならウチの事務所に匿うことは不可能として……何なら外国にでも高飛びしますか」

「それでは、わたしが捜査を続けられん」

そしてもう一つ、空港を通過する際、面の割れている冴子を素通りさせるほど、税関は甘くない。

「欲を言えば、どこかの街中に潜伏できれば一番都合がいい。密《ひそ》かに生活しながら捜査を続行したい。もちろん猛が安全に暮らせることが最優先だ」

「ううん、注文の多いお客だなあ」

「腐っても広域暴力団なんだろ。顔の広いところを見せたらどうだ」

「別に腐っちゃいませんけどね……でも、そのご要望だと、街全体に監視の目が行き届かないところで、しかもあたしたちの縄張りって話になる。そんなもの日本の中に……」

そこまで言ってから、山崎はぽんと手を打った。

「ああ、ありましたよ。高頭さんのご要望にお誂《あつら》え向きの物件が」

「どこだ」

「高頭さん、大阪のA地区、ご存じですか」

A地区——冴子も行ったことはないが、話には聞いたことがある。典型的な労働者の街だが路上生活者も多く、そのために治安が悪いという噂だった。

「人夫出しにはウチの下部組織が絡んでいるんですけど、まあ縄張りと言えば縄張りですな。あそこだったらお巡りさんも巡回しません。普通だったら交番勤務の巡査が、定期的に一軒一軒回って住民調査ってのをするんですが、ここではそれも叶《かな》わない。元々、大阪市民自体が警察嫌いなのに、そこの住人は輪を掛けて毛嫌いしているんでね。何せ近年、交番が住人からの焼き討ちに遭ったなんてのは、あそこくらいのものだから」

山崎は愉快そうに話す。

A地区については、似たような話を冴子も聞き知っていた。今の話にも関連するが、狭い地域に大小八つほどの組事務所が林立し、警官の立ち入りも少ないために暴力団関係者や素性《すじょう》の怪しい人間が屯《たむろ》しているという。なるほど、そういう場所なら玄葉《げんば》たちもそうそう潜入しないだろうし、冴子たちが偽名を使っても早晩露見《ろけん》することもあるまい。

「えっ、交番が焼き討ちなんてされたの」

横で聞いていた猛が、好奇心に目を輝かせる。

「すげえな。そんな場所、初めて聞いた。何かスリリングじゃん。でもさ、長く住むんだったら学校とか塾とかはどうしようかな」

「あのな、いくら何でも日本国内だから小学校や塾くらいはあるぞ」

猛の話を横で聞いていると、緊迫感がどんどん薄らいでいく。妙に肝《きも》が据《す》わっているこことに加え、どうやら天性の楽天家のように思える。

「大阪行くのも初めてだなあ」

「遠足じゃねえぞ。で、高頭さん、どうしますか」

大阪市内に潜伏するという考えは悪くなかった。冴子の敵はあくまでも玄葉と薬物銃器対策課の数人だけで、何も全警察を敵に回している訳ではない。大阪なら玄葉たちにも地の利がなく、大阪府警の頭越しに融通も利かない。一方こちらは冴子本人が無理でも、郡山《こおりやま》が何とか動ける余地がある。大阪から指示を出して玄葉に探りを入れることも可能だ。

「分かった、そこにしよう。二人分の住まいは確保できるか」

「何とかしましょう。それで高頭さん、供給ルートの情報は？」

「わたしたちがそこに到着してからでも遅くないだろう。どのみち、お前たちの縄張りなら軟禁状態みたいなものだからな」

「そりゃまあそうですけれどね……じゃあ明日一番の新幹線で大阪へ向かってください。向こうの詳しい場所は追って連絡します」

「いや、今から大阪へ向かう」

「はあ？」

「明日まで待ってられん。それに東京駅をうろうろしている間に猛を狙われる危険性が高い。今すぐ東名高速に乗れ」

「ちょ、ちょっと高頭さん、勘弁してくださいよ。いくら何でも今から大阪って」

「別にお前が運転する訳じゃないだろう。お前はわたしの連絡を待っていたらいい。今も言った通り、宏龍会の懐《ふところ》に入って行くんだ。簡単にトンズラもできん」

山崎は憮然《ぶぜん》とした表情で鯖江の方を見る。ハンドルを握る鯖江は罰掃除を申し渡された子供のような目をしている。

「ええい、くそ」

山崎は毒づきながらスマートフォンを取り出した。

「ああ、俺だよ……いや、それがな。相手の都合で今から大阪に向かわなきゃならなくなった……いや、だから、本当に急な話なんだって！　俺だって泡食ってんだからな。いや、ちゃんと明日には東京に戻るから」

何やら言い訳がましい会話を終わらせると、山崎は腕組みをしてシートに腰を沈めた。

「行くぞ、大阪だ」

「委員長もですか」

「お前一人残していけるか。後ろから羽交《はが》い絞《じ》めされかねんぞ」

「運転中にそんな危ない真似はしない」

「じゃあ運転中じゃなかったらするんですかい」

そこに猛が割り込んできた。

「ねえ、お願いがあるんだけど」

「何だ」

「大阪へ行ったら、すぐには戻って来れないんでしょ」

「まあな」

「だったら一度だけでいいからお母さんに会っておきたい。浦安《うらやす》の病院に入っているから、ちょうどこの近くだろ」

猛の母親の入院先は冴子も把握している。行けないことはないだろう。

だが冴子の警戒心が立ち寄るのを拒否した。警察の情報である以上、玄葉も同じ情報を握っている。網を張っていないという保証はどこにもない。

「残念だが、どうせこの時間病院は閉まっている。明日の開院まで待っていたら、こっちの身が危ない。悪いが、面会は大阪から帰ってからにしろ」

猛は一瞬、顔を歪《ゆが》ませたが、すぐ気を取り直したように前を向く。

「……高速、乗りますから……」

鯖江はそう断ってから、浦安インターチェンジに入って行く。

「ねえ、大阪までこのクルマでどれくらいかかるの」

訊かれた鯖江はひどく不機嫌そうだった。

「……ざっくり八時間」

「え。じゃあその間、何も食べないの？　休憩は？　トイレも行かないの？」

「……途中で何箇所かサービスエリアがある」

「サービスエリア？　俺、そういうのも初めてなんだ」

「……遠足じゃねえって、さっきも委員長から言われただろうが」

「遠足じゃなかったらサービスエリアに寄っちゃいけないのか？」

二人の会話を聞いていた山崎が、顔を冴子に向ける。

「高頭さん、あのガ……お子さん、あたしらの素性を知ってるんですか」

「知ってるさ」

「よく物怖《ものお》じしませんね。頭のネジでも緩《ゆる》んでいるんですか」

「さっき、あの子の背負ってきたリュックサックの中身を見た。国語や算数の教科書がしっかり入っていた。下手したらわたしやお前より、ずっと賢いかも知れないぞ」

「逃げるっていうのに、教科書ねえ。もっと気の利いたモン、持って来りゃいいのに」

「物怖じしないのは、そっちに殺気がないからじゃないのか。お前らだって何の理由もなく、八歳児を手に掛けようとは思わないだろう」

「理由があったって嫌ですよ。ヤクザってのは単なるはみ出し者であって、殺人鬼じゃないんですから」

「猛はな、敵か味方を判断する能力に長《た》けている。あの子の身の上は聞いただろ」

「まあ、大体のところは」

「八歳児が施設内暴力と闘いながら一人で生きて行くんだ。きっとそういう能力が自然に備わったんだろう」

「……嫌な話ですな」

「広域暴力団のナンバー3にして嫌な話はあるか」

「今言った通りですよ。あたしらははみ出し者だが、異常者じゃない。子供がいるヤツだって多い。高頭さんはご存じですかね。刑務所の中でもイジメの類《たぐい》は横行しているが、一番標的にされるのは幼児を虐待《ぎゃくたい》したり殺したりしたヤツらだ。子供殺しだけはね、どんなワルでもヤクザ者でも許せない外道《げどう》の仕業《しわざ》なんですよ」

「それならお前たちは今日、善行を一つしたことになる」

「どういう意味ですか」

「わたしが敵に回した相手はワルやヤクザ者以下の生き物でな。あんな子供でも平気でコンクリ詰めにして東京湾に投げ込むヤツらなんだ」

2

四人を乗せたクルマが高速に入って一時間もすると、深夜の景色が単調なせいか、あるいは振動が心地よいせいか、猛はすっかり寝入ってしまった。

サービスエリアで猛を後部座席に移し、山崎が助手席に座る。

「寝顔は普通にガキなんだよな」

猛を運ぶ際、鯖江が洩らしたひと言が印象的だった。

「八歳児にしては普通じゃない体験をしているからな」

「それにしても高頭さん。本当に大丈夫なんですか。この子、誘拐同然で引っ張って来たんでしょ」

「前にも自分で施設を脱走した。常習犯だから施設側もそうそう驚かないだろうな」

「……確かに普通じゃないよなあ」

山崎は少し感心しているようだった。

「そういうお前は普通だったのか」

「まあ、あたしは途中まではサラリーマンでしたからねえ。そういう暮らしが長かったもんだから、未《いま》だに抜けないんでしょうね」

それが今では広域暴力団のナンバー3なのだから、世の中は分からない。

「自分を省《かえり》みて思うんですがね、人間は環境に左右されると言いますけど、あれも間違ってますな。環境に左右される人間とされない人間がいるということです。どんな劣悪な環境に育ったってまともな子供はまともな大人になるし、そうじゃない子供もいる」

「ヤクザ者がいっぱしに教育論を唱えるか」

「というよりは経験談ですな。それからついでに言わせていただけりゃ、こんなガキを青田買いするほどウチは人手不足じゃない」

「……何が言いたい」

「高頭さんは猛をどうするつもりですか」

「事件が無事に解決するまで、身の安全を確保する。それだけだ」

「そうですか。あんまり危険な目に遭わせて欲しくはないですな」

「何だ。一日預かって仏心でも湧いたのか」

「これでも人の親ですんでね。いくら他人の子でも、みすみす物騒《ぶっそう》な場所に放り込むのには抵抗がありますよ」

「それなら匿う先の管理体制をしっかりしておけ」

「ヤクザ者に匿わせること自体、どうかと思いますけどねえ」

山崎は助手席で肩を竦《すく》める。

山崎の物言いが癪《しゃく》に障《さわ》ったが、言っていることは真っ当なので反論できない。八歳児を犯罪の渦中《かちゅう》に巻き込むことは冴子にしても望むところではない。だが望まざることに猛は殺人の現場を目撃してしまった。猛にしてみれば巻き込まれた形なのだろうが、目撃された玄葉にしてみれば向こうから飛び込んできたようなものだ。こうなった限りは物騒だろうが何だろうが、一番有効な方法で猛を護るより他ないではないか。

富士川《ふじかわ》を過ぎた辺りで、不意に山崎が声を掛けてきた。

「高頭さん、例の供給ルートの件ですがね」

「何だ」

「あたしの考え違いだったらいいんですが、その未知の供給ルートってのは高頭さんの身内、つまり県警そのものじゃないんですか?」

えっと声を上げたのは、冴子ではなく鯖江だった。

「い、委員長。それって」

「お前が驚いてるんじゃねえよ……。高頭さんくらいのお人が怯《おび》えるほどの武闘派だというんならウチと同程度のヤクザ者なんだろうけど、それならとっくにウチの情報網に引っ掛かってるはずだ。何せ狭い世界なんでね。ところがそんな話は聞いたことがねえ。あと思いつく暴力組織といったら警察、その中でクスリを扱っているのは組対の薬物銃器対策課……まあ、そういったところじゃないんですか？」

聞きながら舌を巻いた。妙に堅気《かたぎ》の生活に執着している風だが、さすがに宏龍会幹部といったところか。推測にさほどの誤りはない。

「突拍子もない話だと自分で思わないのか」

「思いませんねえ。クスリの出処《でどころ》が県警の押収物と仮定すれば、市場価格を無視したダンピングも納得できる。何たって原価はロハですからね」

「仮にも相手は警察官だぞ」

「高頭さんみたいなはぐれ者がいるんだ。別の方向にはぐれているお巡りさんがいても不思議じゃない。えっと、今あそこの課長さんは玄葉とかいう人じゃなかったですか？」

「そうだ」

「その玄葉さんですけど、確かに胡散臭《うさんくさ》い御仁《ごじん》ではありますね。県警の課長職で一戸建ての家にあのクルマはちょっとばかし釣り合わない」

そんなことまで調べているのか。

「クスリを横流しして、臨時収入を得ていたんだとしたら納得もできますしね」

冴子は山崎の真意を推《お》し量る。口調から察するに、山崎はこの仮説に相当な自信を持っている。事実、外れてもいない。

問題はこの男が千葉県警を相手に、どこまで本気になれるかにかかっている。

「その仮定が正しかったとしたら、お前はどう立ち回るつもりだ」

「知らん顔決め込むって手もありますけどね。それじゃあクスリのダンピングが続くばっかりだし、万が一、押収麻薬の横流しが明らかになったら組対やら県警上層部への波及は免《まぬか》れない。何人かはクビを切られ、大勢の幹部職が憂き目に遭う。マスコミからは非難囂々《ひなんごうごう》、市民からも石を投げられる」

「嬉しそうだな」

「基本、敵対関係ですからね。実利はともかく、ざまあ見ろという気分はあります」

「実利はないのか」

「人心一新とかで首がすげ替わると、却って面倒なんです。殊《こと》に組対のお巡りさんが全取っ替えだと、今までのやり方と違ってくるでしょうから、こちらもまた新しい対処を考えなきゃいけない。失地回復、汚名返上とばかりに目の色変えて、こちらを摘発《てきはつ》し出したら厄介ですしね」

「いったい、どっちなんだ。県警を潰しにかかるのか、それとも手を握ってよろしくやるつもりなのか」

「世の中全てが二者択一とは限らないんですよ、高頭さん」

表情は見えないものの、山崎が薄く笑っているのは想像がついた。

「高頭さんがあたしたちを使ってまで護ろうとするからには、猛はよっぽどヤバいものを見ちまったんでしょう？　いったい何を目撃したんですか」

「言えん。捜査上の機密事項だ」

「そうくると思いました。ただ、猛が玄葉さんの顔色を変えさせるような切り札であるのは確かでしょう？」

「だったらどうした」

「切り札は手の内に隠しておくのが利口ってもんです。だから猛を匿うことには協力させてもらいますよ」

これを好意的な申し出と考えるほど冴子は甘くない。猛が玄葉延《ひ》いては組対のアキレス腱《けん》と知れば、山崎はそれを取引の材料とすることも考えられるからだ。

決して山崎を信用してはならない。しかし、その組織力を利用しない手もない。

現時点では、山崎が用意する場所に身を伏せていた方がいい。山崎の道具にされたくなければ、そこから先の行動は別途考える。

ただし釘は刺しておくべきだろう。

「普通の家庭生活が望みだと言ったな」

「言いましたね」

「子供殺しはどんなワルでもヤクザ者でも許せないと言ったな」

「言いましたね」

「それならお前自身、八歳児に刃物を突きつけるような真似はするなよ」

「えっと、ヤクザからそういう言質《げんち》を取ろうとしますか」

「ヤクザと約束するんじゃない。家に帰れば普通の父親として振る舞いたい男と約束するんだ」

「……やっぱり食えない人ですね」

「じゃあ食おうとするな」

二人の会話を横で聞いていた鯖江が短く嘆息《たんそく》した。

阪神高速環状線に入ったのは午前八時過ぎだった。その頃には車窓からの陽光に眉をくすぐられたのか、猛も目を覚ましていた。

「あ、もう着いたの」

起きたばかりの猛は外の景色を見て、身を乗り出す。

「わっ、スゲェ」

猛が見たのは環状線にひしめき合うクルマの列だが、確かに同じ環状線でも首都高速中央環状線とはずいぶん様子が異なる。鯖江は豊中《とよなか》インターチェンジから阪神高速に入ったため右車線を走っているのだが、出口を求めて左に車線変更しようとするクルマの振る舞いがひどく乱暴だった。かなりのスピードが出ているにも拘わらず、碌に車間距離を取らずに車線を跨《また》ぐ。当然のことながら後ろのクルマはクラクションを鳴らすが、割り込んだ方は無視を決め込む。そんな光景があちらこちらで見られる。

猛が興味深げに目を奪われている横で、冴子もその様子を観察する。

「元気のいいクルマが多いな。これも土地柄か」

「そうでしょうね。あたしもこっちに出張する度《たび》に、同じ光景に出くわしますから」

一行は夕陽丘《ゆうひがおか》出口で下りて、しばらく走る。

低層住宅の続く町並みで、道路幅が狭い。昔ながらの下町風情だが、至るところにブルーシートを見掛ける。

裏通りに入ると、道路の両脇にぎっしりと自転車が駐《と》めてある。猛はこれにも目を輝かせて、「スゲェ」を連発している。

冴子は道往く者に視線を走らせる。労働者の町らしく作業着姿の者が多いが、溌《はつ》剌《らつ》とした印象を受けるだけで、特に不穏な様子はない――。

いや、訂正だ。今しがた、シャッターの下りた店舗の前で横になった男の姿を目にした。

「さ、着きましたよ」

クルマが止まったのは、四階建てのホテルの前だった。袖看板にも〈ホテル新プラザ〉とある。

ホテルの一室に匿うつもりかと感心しかけたが、壁に掛けられた料金表を見て思い留まった。

〈ホテル新プラザ
全室　テレビ・冷蔵庫・冷暖房完備
宿泊料金（一室）
・和室シングル（一泊）1，800円
・洋室シングル（一泊）2，000円
・洋室ツイン（一泊）2，400円〉

「ご不満ですか？　言っときますけど、このホテルがここらじゃ最上グレードなんですからね」

山崎はそう言ってからフロントに向かおうとする。

「何だ。運転手はクルマごと待たせるのか」

「下手にクルマを駐車しておけないんですよ」

「車上荒らしか」

「いいえ。クルマ駐めておきますとね。いきなり変なのが現れて、『このクルマは俺が拾った。拾得物だから一割寄越せ』とか平気な顔で因縁《いんねん》つけてくるんですよ」

何かの冗談かと思ったが、こちらに向けた顔はどことなく迷惑そうなのでどうやら本当らしい。

中に入ると、ホテルとは名ばかりの簡易宿泊所であるのが分かる。入口のすぐ横に設《しつら》えられた窓サイズの受付をフロントと称するらしい。そのフロントにごま塩頭の老人がひょいと顔を出した。

「おや、山崎さん」

「部屋、空いてるだろうな」

「そりゃあもう。山崎さん枠で常時ふた部屋は空けてますから」

「洋室ツイン。期間は無期限」

「はい、承知」

管理人はいったん山崎に背を向けると、壁から鍵を取り出した。

「あと、山崎さん。すんませんけど、この人たちの名前だけ書いといてくれませんか。まあ、お巡りが巡回することは少ないいんですが、取りあえず宿泊者名簿だけは整えておかんと、後でうるそう言われますんで……」

言われた山崎は面倒臭そうに頭を掻《か》く。

「どうします？　まさか本名を書いておく訳にもいかんでしょう」

いくら宏龍会の息のかかった宿泊所でも、警察の捜査が及ばないという保証はない。偽名で素性を隠すに越したことはない。

「筆跡を残したくない。代筆してくれ」

「ええですよ」

管理人は事もなげに言う。場合が場合でなければ突っ込みを入れたいところだ。

だが咄嗟《とっさ》に適当な偽名など思い浮かばなかった。

「どうしますか」

悩んでいる様子の冴子を見て山崎がほくそ笑む。

この野郎、警察官が偽名に悩むのがそんなに面白いか。

「いっそのこと、お前の女房と娘の名前にしておけば色々と便利なんだがな」

さすがに山崎は機嫌を悪くしたようだった。

「そういうおふざけは趣味じゃありませんな」

「ねっ、別の名前なら何でもいいんでしょ？」

二人の間に猛が割って入る。

「それならさ、キャサリンとウィリアムなんてどう？」

腰が砕けそうになったが、意外にも管理人は真面目な顔で「ああ、それでもかめしまへんよ」と鷹揚《おうよう》に応える。

「どうせ偽名なら何でも一緒やし、最近はバックパッカーとかで外国人のお客さんも多いんで、却ってその方が目立たんかも知れまへんな」

「……勝手にしろ」

「そしたらキャサリンさんとウィリアムさん、お部屋にご案内しますんで」

山崎は必死に笑いを噛み殺している様子だった。

管理人は〈寺島《てらしま》〉というネームプレートをしていた。まさか管理人までが偽名のはずはないだろうが、今のやり取りをした後では、素直に信じることが何だかみっともなく思えてくる。

冴子たちに宛てがわれたのは最上階の角部屋四二五号室だった。

「はいはい、これが当ホテル自慢のスイートルームですよー」

窓の小さな六畳一間、確かに冷蔵庫とエアコンがついているが、どれも相当年季の入った代物《しろもの》で、テレビときたらヤニで画面がべとついている。

「ああ、ちゃんとトイレもついていますからね」

ただし風呂はついていないらしい。なるほど簡易宿泊所とはこういうものか。

いきなり昭和の時代に戻ったような錯覚に襲われる。

それではごゆっくり、と寺島は鍵を冴子に渡して去って行った。冴子と山崎の話に、深入りしたくないという態度が露骨《ろこつ》に表れていた。

「それで高頭さんはこれからどうしますか。まさかこの六畳間で、ずっと潜伏生活を続けるつもりなんてないんでしょう」

日付も変わり、自分の逃亡を知った県警ではそろそろ騒ぎが始まっているはずだ。そしてそれよりひと足早く、玄葉たち組対の追跡も開始されているだろう。

頼みの綱は全ての情報を共有している郡山だけだ。今の冴子にできることと言えば、郡山を己《おのれ》の手足とし、この六畳間から玄葉たちの動静を探るしかない。

「サラリーマン生活が長かったと言っていたな」

「大手の建築屋で資材調達を任されてました」

「有能だったのか」

「まあ、あたしはともかく下についてくれた人間が有能でしたね。お蔭でずいぶん楽をさせてもらいました」

「わたしも同様だ。わたしが不在でも、残った部下が縦横無尽に動く」

「〈県警のアマゾネス〉高頭班の検挙率の高さは、それが理由でしたか。いやあ、羨《うらや》ましい限りですな。あたしの方は交渉役なんてほとんど個人種目みたいな仕事ですから、他人に任せることもできやしない」

追従《ついしょう》なのか本音なのかは分からないが、山崎は悩ましく苦笑する。

「お前はどうするつもりだ。どうせいざとなったら、わたしや猛を取引の道具にでも使うつもりなんだろう」

「高頭さんもいい性格してますね。もしあたしが子供を取引材料に使いでもしたら、組織の利益は護られるかも知れないけど、あたし自身に対する評価は微妙になる。少なくともウチのオヤジは、俠気《おとこぎ》ってのを重宝《ちょうほう》がる遺物なんでね」

山崎はひらひらと片手を振ってみせる。

「とにかく玄葉さんが供給ルートの元締めであるのが判明しただけでもめっけものですよ。相手が誰であろうと、正体が分かりさえすれば対策の立てようもありますからね」

「いったい何をするつもりだ」

「そりゃあ勘弁してください。ベッドを提供させられた上にこちらの手の内を全部開陳《かいちん》させられたんじゃ、割に合いませんや。言っておきますが、玄葉さんについての情報供与は、この場所を提供したことでチャラです。もっともそれだって高頭さんから直接訊き出したことじゃないんですけどね。とにかく、これで貸し借りはなしですから」

「ああ、結構だ。また恩を売りたくなったら、こちらから連絡してやる」

山崎はじろりと冴子を睨む。一瞬だけ、その瞳の中に昏《くら》い熾火《おきび》のようなものを見た。

「ヤクザとつるんでいる刑事さんをずいぶん見てきたけど、高頭さんみたいな人は初めてですね。それじゃあ精々気をつけて」

「何に気をつけるんだ」

「取りあえずは全てのことに」

そう言い残して、山崎も部屋を出て行った。

冴子は念のためにいったん外に出て、山崎が立ち去ったことを確認する。

次にドアをロックし、部屋の隅々を丹念に調べ始めた。

「何してるのさ、冴……キャサリン」

「しっ」

猛を制して部屋を這《は》い回る。目視した後はポケットから盗聴器センサーを取り出し、壁やコンセントに翳《かざ》してみる。六畳間なので、調べ尽くすにも大した時間を要さない。

「どうやら大丈夫のようだ」

「何がさ」

「小型カメラや盗聴器の類は仕掛けられていない。もっともこのセンサーは簡易型だから、本来はコンセントも外したいところなんだが……」

「でも、俺たちはさっきここに着いたばかりなんだよ。そんなものいつ仕掛けるのさ」

「元々、仕掛けられていた可能性がある」

「……刑事って疑い深いんだね」

「そういう商売だ」

盗聴される心配がなくなったので、携帯電話で郡山を呼び出す。

相手は一回目のコール音が鳴った瞬間に出た。

『今取り込み中で』

声を殺しているのが分かった。

『いったん切ります』

予想通り、相当切羽《せっぱ》詰まった状況に置かれているらしい。そのまま待っていると、きっかり三分後に着信音が鳴った。

『失礼しました』

「経過時間から計算すると喫煙室に逃げ込んだな。周りに人気《ひとけ》がないのは確認したな」

『それは大丈夫ですが……さっき聞きました。組対から逃げ出したんですって』

「人聞きの悪いことを言うな。組対のセクハラが怖かっただけだ」

『……ちょっと笑えません』

「あのままおとなしく拘束されていたら、早晩百点満点の自白調書を撒かれて檻《おり》の中に放り込まれていた。わたしだけじゃない。必ず猛にも累《るい》が及んでいただろうな」

『まさか、猛まで……』

「そのまさかだ。ちゃんとこちらで保護している」

『時間帯を考えれば、正規の手続きで保護したようには思えませんが』

「機先を制するにはああするしかなかったからな」

『脱走の上に誘拐ですか……』

「お前がやった訳じゃないから、気に病まなくてもいいだろう。それにこれはチャンスだぞ。玄葉たちがわたしたちの追跡を最優先しているうちは、横領隠しが後手《ごて》に回る。こっちにブツを拾い上げる目ができる」

『班長たちは今、どこに』

「馬鹿。言えるか、そんなもの」

教えれば、その分郡山も危険に晒《さら》すことになる。

「旧式のガラケーでGPSも使えない。今のところ連絡するには好都合だ。それより班の掌握はどうなっている」

『今のところ小沼《こぬま》課長が兼任で指揮を執るようです』

くそ、と内心で毒づく。

小沼が玄葉と繋《つな》がっていないという証拠はまだ摑《つか》めていない。最悪、高頭班の面々も玄葉の手中にあると考えた方がリスクは回避できる。

「面従腹背《めんじゅうふくはい》、できるか」

『班長以外でしたら』

「賢明だ。どのみち現場に不慣れな上司の命令に従っても収穫は少ないからな」

『その課長が、班長のことを〈原発〉と評してましたよ』

「どういう意味だ」

『便利だが、近くに置いておきたくないそうです』

ふん、なかなか上手いことを言うじゃないか。

『まず、何から着手しますか』

「押収麻薬を処分して得たカネの動きを洗え。玄葉本人か、もしくは組対の裏ガネに流用されているはずだ。一度、玄葉の自宅を覗いてみたが、課長職にしてはいい家に住んでいた。あとクルマもな。住宅ローンの償還期限なりクルマの購入記録なりを探れば、結構なブツが拝めるかも知れん」

『了解』

「それからわたしと猛の追跡についての進捗《しんちょく》状況も忘れるな。内容如何《いかん》でこちらも潜伏場所を移動する」

『一つだけ教えてくれませんか』

「何だ」

『班長たちのいる場所は、本当に安全なんでしょうね？』

「少なくとも警察の中にいるよりは安全だ」

市民の生命と財産を護るべき警察本部の中が一番危険というのは、何たる皮肉だろう――冴子は苦笑を浮かべながら電話を切る。

気づくと、猛がこちらを見ていた。

「ずっと聞いていたのか」

「他にすることがない。ところでさ、キャサリン」

「……その呼び方は何とかならないか」

「でもさ、人前で冴子さんとか猛って呼び合うのも変じゃないのかな」

猛の言うことにも一理ある。これからどれだけ長期戦になるか見当もつかない。その間、猛を部屋に閉じ込めておくこともできない。その場合には自分が警護しなければならないので、どうしても連れ立って外出する機会が出てくるだろう。

だが、それはまだ先の話だ。

「とにかく外へ行って来る。お前は留守番だ」

「どこに行くの」

「武器を調達してくる」

3

組対の包囲網から脱出した際に丸腰だったのは、今考えても迂闊《うかつ》だった。その後の展開を全く考えなかった訳ではないが、猛を匿いながら警察から逃げ回るとなると、護身用の武器くらいは欲しいところだ。

ホテルの外に出ると、改めて饐《す》えた臭いに気づく。

どこでもそうだが街にはその街独自の臭いがある。それはたとえば生産物の臭いであったり、海の臭いであったり、あるいは新築ビルの建材の臭いだ。

この街の饐えた臭いは男たちの汗の臭いだった。男たちが二十四時間働いて流した汗の臭いが、建物や塀、そして道路に滲《し》みついている。

通りを歩いているとやけにブルーシートが目立つ。隙間から荷物や自転車がはみ出しているところを見ると、どうやら倉庫代わりにしているらしい。

道路沿いにはずらりと露店が並ぶ。露店といっても地べたに商品を並べただけの簡易なものだが、その品揃えが冴子の目を引いた。

スニーカーの右だけ、カーテンレール、ビー玉、ひょっとこの面、韓国製タバコ、一カ月前のマンガ雑誌、高下駄、縦笛、旧型のゲーム機——とにかく雑多なものが何の脈絡もなく並べてある。

見ていると、商品の後ろで胡坐《あぐら》を組んでいた男がじろりとこちらを見上げた。

「何や、冷やかしやったらさっさと去《い》ねや」

冷やかしではなく武器を探していると答えればどんな顔をするか——悪戯心《いたずらごころ》がむくむくと頭を擡《もた》げたが、変に警戒されても損なのでやめておく。

途中で派出所を見掛けた。二階建ての細長い建物で一階の窓は金網、二階の仮眠室は鉄格子に護られている。まるで牢獄のような造りに冴子はほうと感嘆の溜息を洩らす。よほどここの住民は警察が嫌いなようだ。

実際、過去にもこの地区では何度も住人による暴動が起きている。現在までに二十四回を数え、中には警察署が焼き討ちに遭ったことさえある。全国には千二百ほどの警察署が設置されているが、住民から焼き討ちに遭った警察署はここくらいのものだ。

正直、その事実だけで冴子はここの住民を色眼鏡で見てしまう。いくら日々の生活に不満があろうとも、警察署を焼き討ちにするなどおよそ法治国家日本の出来事とは思えない。無秩序・無政府は秩序を護る警官の敵だ。

A地区について大まかなことは冴子も聞かされている。この狭い地域に何と暴力団の事務所が八つもひしめいている。住民票を持たぬ者も多く、逆に書類上だけの住民も少なくない。借金の取り立てに逃げ回る債務者や訳ありの人間が行方を晦《くら》ますために、ここに転居届を出すからだ。

派出所の一階窓から中を覗くが、警官は常駐していないらしい。地域の治安を考えれば不安になるが、逃亡中の冴子にとっては都合がいい。

冴子のように長身の女はどこでも目につく。歩いているだけで道往く者たちがじろじろと無遠慮な視線を投げてくる。

服装にも問題がある。今着ているのはスーツだが、この界隈《かいわい》にあっては浮いている。皆と同様にジャージや作業着といった服に着替える必要がある。

「よお、姐《ねえ》ちゃん」

通りの向こう側から野卑《やひ》な声が掛かる。見ればニット帽を被った赤ら顔の老人が、冴子に向かってコップ酒を掲げている。

「よかったら一緒に呑《の》まんか。姐ちゃんやったら一杯くらい奢《おご》ったってもええで」

冴子は呼び掛けを無視して通り過ぎる。そういえばこの地区の結核罹患率《りかんりつ》は全国平均の二十八倍にも上るらしい。ああいう輩《やから》には猛を近づけない方が無難というものだろう。

「キャサリン」

いきなり背後から呼び止められた。振り向くと猛がこちらに向かって駆《か》けていた。

猛の声に振り向いたのは冴子だけでない。周囲にいたほとんどの人間が、興味深げに二人の顔を見比べている。

「やった、追いついた」

「何が追いついただ。留守番してろと言っただろう」

「隣から変な声が聞こえるんだよ。気味が悪い」

ラブホテルとして使う者もいるだろうから、妙な声が聞こえるのはむしろ当然だろう。もとよりそんな場所に八歳の少年を匿うことに無理がある。

「連れて行ってよ」

「遊びじゃないぞ」

「分かってるよ、武器を調達しに行くのが遊びじゃないくらい」

猛の目は懇願《こんがん》するように訴えている。確かに鍵の掛かる部屋だが、寺島が合鍵を持っていることを考えると不安も残る。

「それなら片時もわたしの傍《そば》から離れるな。少しでも怪しい素振りの人間がいたらすぐに教えろ」

「うん。分かったよ、キャサリン」

「……キャサリンはやめろ」

「じゃあ冴子さん」

キャサリンよりはマシだが、三十女と八歳児の組み合わせでさん付けというのも違和感がある。

「それじゃあ……お母ちゃん」

そう呼ばれた瞬間、長らく忘れていた気恥ずかしさに襲われた。顔も少し熱くなった。

だが二人の年齢差と連れ立っているシチュエーションを考えれば、そう呼ばれるのが一番自然という結論に達した。

「どうしても呼ばなきゃならなくなった時に呼べ」

すると、何故か猛は嬉しそうに頷《うなず》いた。

「でも、武器なんてどこに売ってるの」

「大っぴらに売られている武器もあるのさ」

電車でなんばまで移動し、三階からなんばＣＩＴＹを通って十分。地上に出ると
パソコンとアニメやら特撮やらのオタク商品に溢れ返った商店街が出現する。

検索によれば西日本最大の電器屋街、名前を〈でんでんタウン〉というらしい。

冴子も訪れるのは初めてだが、なるほど同じ電気街の東京秋葉原《あきはばら》と似た雰囲気が漂っている。

「わ、すごい」

男の子というのは元来こういうものが好きなのだろうか、猛は目の色を変えて街の風景に見入っている。

防犯グッズの店はすぐに見つかった。冴子はスタンガンとマスタードスプレー、それから猛の護身用に防犯ブザーをレジに持って行く。応対したのは初老の親爺《おやじ》だった。

「このスタンガン、威力は？」

「威力？　電流なら４ｍＡ《ミリアンペア》やね」

「小さいな。5mA以上のモノはないのか」

「4mAで大抵の野郎はふらふらになりますよ」

「大抵の男以外に狙われたら、あんたが責任取ってくれるのか」

親爺はお前が襲われるタマかというような顔をしたが、やがて唇を尖らせた。

「この辺りに売ってるモノはこれが最大ですな。それでも不安やったら改造するしかおまへん」

「親爺さんならできそうだな」

代金以外に万札一枚をトレイに載せると、親爺はカネを握り締めて、奥の部屋へ消えていった。

正直、もっと武器らしい武器も欲しいところだが今は現金の持ち合わせも少ない。いずれ足のつかない方法でATMからカネを下ろさなくてはいけないだろう。

中古の衣料販売店で親子揃いのジャージ、自分用に作業着と帽子を買う。日中から安いジャージを着こんでいれば親子を演出できる。だぶついた作業着と帽子で辛うじて女であることを隠せる。

「お前にはこれを渡しておく」

帰りの電車の中で防犯ブザーを猛に渡す。

「紐《ひも》を引くととんでもない音が出る。誰か怪しいヤツが来たら引け」

「こう?」

あっと思った時にはもう手遅れだった。

車両の中にけたたましい警戒音が鳴り響いた。

冴子は猛を小脇に抱え、逃げるようにして次の駅で降りた。

「……お前な」

冴子は説明書を繰りながらようやく防犯ベルの音を止めた。

「電車の中に誰か怪しいヤツがいたのか」

「ごめん……」

「まあいい。これで使い方も効果も分かっただろう」

「……それだけ?」

「それだけって何が」

「殴ったりしないの? 先生は叱った後で殴ったけど」

「先生って誰だ」

「〈光の子〉の小暮」

「真っ当な大人は子供を殴ったりしない」

「お前らは殴らないと、人の言うことが分からないって言った」

「子供を納得させるだけの頭がないだけだ」

冴子は駅のトイレで作業着に着替えて帽子を被ってみた。自分でもどうかと思うが、取りあえず女には見えない。これならじろじろと見られることもないだろう。

捜査の進捗が知りたくて郡山に連絡を取る。

『ああ。待っててください、ちょっと移動しますからいったん切ります』

どうやら署内にいるらしい。しばらく待っていると郡山の方から電話がきた。

「わたしだ」

『どうも』

「そっちの様子はどうだ」

『組対は八方手を尽くして班長の行方を追っています。実家の方にも探りを入れたみたいですね』

「実家の方は大丈夫だ。もう二年も帰っていない」

『……別の意味でどうかと思いますが、とにかく手掛かりすらないようですね。玄葉課長の顔色を見ていたら分かります。相当焦っているみたいですね』

「猛が失踪した件はどう扱われている」

『自分で攫《さら》っておいて失踪とかよく言いますね。そちらは小沼課長が声を上げてウチの案件になってます。誘拐されたのが八歳の子供だっていうんで、今のところは非公開捜査で押し通してます。本部長も容疑者が班長なので、慎重には慎重を期せと指示していますね』

非公開捜査であれば、まだ潜伏している余地がある。

「カネの流れは調べがついたか」

『すみません。玄葉課長の資産が相当なものだというのは分かるんですが、押収麻薬の横流しとリンクさせるまでには至っていません』

特定の人間の資産調査には捜査関係事項照会書が必要になってくるが、郡山の単独捜査ではそれも叶わない。調べるにしても一筋縄でいかないのは、冴子も予想していたことだった。

『後は銃弾のすり替えですが、これは銃器保管庫の権限を持つ玄葉課長でも可能です。ただ現時点で玄葉課長が関与している証拠は摑めていません』

結局、向こうが冴子たちの消息を摑めていない代わりに、こちらもブツを押さえられていないということか。

「捜査記録が改竄《かいざん》されているのはデータ上からもだったな」

『そうです』

「それなら最初のデータは削除されていることになる。鑑識《かんしき》の誰かを使って削除されたデータを回復させろ。削除の日付と改竄データの日付でヤツらの不正が立証できるかも知れん」

『やってみます』

「お前の方はどうだ」

『今のところ決定的な詰問《きつもん》はまだ……ただ生田《いくた》の面従腹背を見破った人間にわたしの三文芝居がどこまで通用するか』

「危なくなったら、すぐにケータイを処分しろ。少なくともそれで問い詰められることはなくなる」

『班長の方こそ大丈夫なんですか。班長一人ならともかく子連れじゃあ身動き取れないでしょうに』

「それなら身動きしなければいいだけの話だ。当分は頭を低くしておく」

『気をつけて』

誰か来たのか、郡山は慌ただしく会話を畳んだ。

再び電車に乗り、A地区の最寄り駅で下車する。駅前は既に薄闇が下り、街灯が怪しく瞬《またた》き出していた。

大通りを歩いていると、自販機コーナーで屯していた男たちが一斉にこちらを見た。冴子は何とも感じなかったが、握っていた猛の手に力が加わった。同い年の子供に比べれば度胸が据わっている方だが、それでもこの状況は結構な恐怖なのだろう。

駅前には既に出来上がった様子の男たちが徘徊《はいかい》している。しかも派出所に常駐の警官がいないとなれば、治安が悪くなるのも当然だった。

この時間に歩いてみて、作業着に着替えたのは正解だと思えた。いくら子連れであろうとスーツ姿で出歩けば弥《いや》が上にも目立つ。ただでさえ潜伏している身分で、不必要に目立つなど愚かでしかない。

男たちと擦《す》れ違う度に、猛の手がぎゅっと握ってくる。

「怖いのか」

そう尋ねてみたが、猛は虚勢を張って首を横に振るだけだった。

やがて〈ホテル新プラザ〉のネオン看板が見えてきた。ここまで来ればひと安心と、猛の手が緩みかけたその時だった。

「何や。そんななりしてるから男かと思たけど、よう見りゃ女やないか」

突然暗がりから男たちが近づいてきた。

スキンヘッドの肉太《ししぶと》りとひょろりとした短髪、そして骸骨《がいこつ》のように肉の削《そ》げ落ちた男の三人組。どう見ても堅気の人間には見えない。

「ここに泊まってるみたいやな。こんな高級ホテルに泊まれるくらいやったら、わしらが遊ぶカネくらい、余裕で持っとるやろ」

肉太りがへらへら笑いながら片手を出す。

横柄な態度についいつもの癖が出た。

「お前らに恵んでやるカネなんかない。失《う》せろ」

途端に三人組は顔色を変えた。こういう際の順番でも決まっているのか、次は短髪が肩を揺らしながら前に出る。

「威勢ええなあ、姐ちゃん。せやけどそんなもん、ここらじゃ通用せんぞ。子供の前やから言《ゆ》うてイチビっとったら、命いくつあっても足らへんからな」

イチビるの意味は不明だが、おそらく大意は格好をつけるとかのことだろう。

「女相手にカツアゲか。チンピラでもそんなことはしないぞ」

「アホか。ここ、どこやと思てんねん。他所《よそ》の理屈なんぞ知るかい」

冴子は三人の体格からそれぞれの戦闘能力を推し量る。肉太りは体力はあるものの動きは鈍重そうだ。短髪は逆に体力がなくても機敏に動けそうな身体つきをしている。唯一量り難《がた》いのは骸骨で、他の二人に比べて得体《えたい》の知れなさがある。

三対一、いや子供を連れている分はハンデになるので尚更《なおさら》不利と考えた方がいい。だが冴子の格闘術は県警本部でも上位に位置する。調達したばかりのスタンガンもある。一人一人片付けていけば楽勝だろうと高《たか》を括《くく》っていた。

ところが骸骨が予想外の動きを見せた。すっと視界から消えたかと思うと、あっという間に猛を捕まえて冴子から取り上げたのだ。

「さ……お母ちゃん！」

猛は身を捩《よじ》って抵抗するが、所詮八歳児の抵抗などたかが知れている。骸骨はそれこそ赤子の手を捻《ひね》るように、易々《やすやす》と猛を捕獲する。

「その子を放せ」

「つって放すような馬鹿はおらんよな」

初めて発した骸骨の声はひどく乾いていた。暴力に慣れ、卑劣《ひれつ》にも慣れたヤクザの典型的な声だった。

「卑怯者」

「誉めてもうてありがとう。せやけど放さへんからな。見たところ、腕に自信があるみたいやけど、あんたが一発蹴り入れる前にこの子のほっぺたに色つくよお。さあ、早《は》よう出すもん出せや」

言いながら骸骨はポケットから何やら取り出した。薄暗がりで細部は見えないものの、街灯の光でぎらりと刃が光った。

人質を取られてはどうしようもない。こんなヤツらにみすみす有りガネをくれてやるのは業腹《ごうはら》だが、どうせ財布の中の現金は買い物を済ませた後で微々《びび》たるものだ。

ただしカードと携帯電話だけは渡す訳にいかない。カードを使用されては冴子たちの潜伏場所が特定されかねない。携帯電話には生田事件の情報が断片的ながら記録されている。

「ほら、これがありったけだ」

冴子は札入れに入っていた紙幣を残らず取り出してみせた。肉太りが進み出て、その手から紙幣を奪い取る。

「ひい、ふう、みい……ってちょっと待たんかいコラあ。有りガネが四千円ぽっちてどうゆうことや」

「どうもこうもない。それが全財産だ。この高級ホテルの二泊分だぞ」

激昂《げっこう》しかけた肉太りを骸骨が窘《たしな》める。

「まあ、この辺うろついてるヤツやったら現金少なめに持ち歩くんは生活の知恵やからな。そしたらカードも寄越してもらおか」

冴子は猛から一瞬も目を離さない。その柔らかそうな頬《ほお》に刃物の切っ先が当てられている。

「そんな子供を人質にしないと女も脅《おど》せないのか」

「着実に仕事を進めんのが流儀でな。さ、早よせえ。この子の頬にもう一つ口ができるぞ」

事が済んだら必ず礼はしてやる――そう思いながら札入れごと放り投げようとし

たその時だった。

「このクソッタレが！」

いきなり物陰からわらわらと人影が湧いて出た。その数はざっと七、八人。その
新手《あらて》かと思いきや、どうも様子がおかしい。その数はざっと七、八人。その全員全員が三人のチンピラに襲い掛かっているのだ。

「こんクソガキ！」

「おどれらこそ、ここをどこや思てんねん」

よく見れば全員がマフラーやマスクで顔を隠し、バットや鉄パイプで三人を撃退している。

不意を突かれた三人はまともな反撃もできず、一方的に殴打されている。その機に乗じて猛は骸骨の縛《いまし》めを掻《か》い潜《くぐ》って冴子の許《もと》に駆けて来た。

「離れていろ」

冴子は猛を背後に庇《かば》うと懐からスタンガンを取り出し、乱闘中の骸骨に近づく。

闇の中で一閃《いっせん》、火花が散った。

露出した頸部《けいぶ》に電極を当てると、骸骨は棒で貫かれたように身体を硬直させ、そしてどうと地に伏した。

おう、と覆面《ふくめん》たちから歓声が上がる。

「早くそいつを連れて立ち去れ。動けないのが二人になったら抱えきれなくなるぞ」

冴子がそう告げると、短髪と肉太りは舌打ちをしながら骸骨の身体を抱えて道路の向こうへ去っていく。その後ろ姿に向かって覆面たちが次々に野次る。

「おととい来《こ》んかあ」

「食い詰めたヤー公の来るとこ違うぞ」

「顔はきっちり憶えたさかいなあ、今度見たら尻から手ェ突っ込んで奥歯ガタガタ言わしたるでえ」

やがて三人の姿が見えなくなると、ようやく彼らが覆面を脱ぎ始めた。

「姐さん、物騒な武器持ってたんやな」

下から現れた顔を眺めて驚いた。何とその中の一人は、日中冴子に声を掛けてきた赤ら顔の老人ではないか。

「あなたは」

「おう、憶えてくれてたんか。そりゃ光栄なこった」

覆面の下は誰もが中高年や老人で、安手のジャンパーや作業着を身に着けていた。どうやらこの地区の住民らしい。

彼らを代表してか、老人が話し掛けてくる。

「旅行……やないよなあ。外国人には見えへんし」

「ありがとうございます。お蔭で助かりました」

猛は冴子の背後に回って、ずっと腰にしがみついている。

「母子でこんな場所に来るからには何ぞ理由があるんやろうけど、まあ暗《くろ》うなったら出歩かん方がええな。いくら腕に自信があるか知らんけど子供が危ない」

「以後、気をつけます。それにしてもあなたたちこそいいんですか。ああいう輩は意外に執念深いですよ」

「ええよ。この辺では見掛けん顔やから、どうせどこぞで食い詰めたヤクザモンが、小遣い稼ぎに出張してきたに決まっとる。あんなモン、今度来たって地元のヤー公に半殺しにされて終《しま》いや」

なるほど、そこまで計算した上での襲撃だったという訳か。

「ああ、あんたらは気にせんでええよ。あの三人は昼間もわしらの仲間にちょっかい出しよったんでな。たとえあんたが脅されてなくとも、おんなじことをした。まあ、女子供相手にあんだけ卑怯臭いことしよるのが分かったから、手加減する気が失せてちょうどよかったのもあるし、それに……」

「それに?」

「他所者のヤクザを追い返すと、ここらを縄張りにしとる宏龍会の人間から小遣いもらえる」

「小遣い、ですか」

「ここにはここのルールゆうモンがある。他所者が油揚げ掻っ攫おうとするんは、ヤクザかて嫌がりよるからな」

　老人は歯の抜けた口で大笑いした。この場で宏龍会の山崎の名前を出せばどんな反応を示すか興味があったが、黙っていることにした。

「姐さん、まだしばらくはここにおるんか」

「ええ、まあ」

「外から来たモンには色々慣れんことが多い街やから、困ったことがあったら相談し。わし、大抵は昼間見掛けたところで酒食らっとるさかいに」

「あの、失礼ですがお名前を」

「わしか。わしは佐古《さこ》ジイで通っとるよ」

「佐古さん、ですね」

「もちろん本名やないけどね。どうせあんたも本名を名乗るんはヤバいんやろ」

「ええ」

「ここで本名が必要になるんは、生活保護受け取る時だけや。気にせんとき」

　去りかけていた男の一人が振り向いて陽気な声を上げる。

「何や佐古ジイ。その齢でコマす気ィかいな」

「おうよ。まだ現役やでえ」

男たちが立ち去った後も、猛は冴子の腰を摑んで離そうとしない。冴子は腰を屈《かが》め、猛と目線を合わせる。

猛は泣き出しそうになるのを必死に堪《こら》えていた。

「何だ、案外弱っちいんだな」

「バカヤロ……」

「うん？」

「まだ八歳なんだぞ」

「……そうだったな。悪かった」

「本当に悪いと思ってる？」

「ああ、思ってる」

「それなら言うこと聞いて」

「何だ。菓子でも買って欲しいのか」

「俺が寝ていても、絶対一人にするなよな」

4

翌朝、猛と一緒に通りを歩いていると自販機コーナーで佐古ジイの姿を見掛けた。

「昨夜はご迷惑をお掛けしました」

近づいて頭を下げると、佐古ジイは赤ら顔で冴子たちを迎えた。この時間から早くも出来上がっているらしい。

「せめて奢らせてくださいよ」

「え？　いいのかい。そりゃあ悪いなあ。せやけどまあ、折角のお誘いを断るような上等なタマでもないし、お言葉に甘えさせてもらおか」

自販機の前に立って驚いた。見慣れたカップ酒なのに値段がずいぶんと安い。中には五十円のジュースなどというものまである。

「外と同じ値段じゃ誰も買わへんからね。言うたらご奉仕価格っちゅうヤツや」

カップ酒ひと瓶分のコインを投入すると、また佐古ジイの声が飛んだ。

「姐さん、もう一本頼むわ」

「いいんですか。呑み過ぎはあまり……」

「何言うとんねん。もう一本は姐さんの分や。素面《しらふ》の人間相手に話でけるかいな」

そういうことか。

まさか朝っぱらからカップ酒を呷《あお》る羽目になろうとは予想もしていなかったが、昨夜の助太刀《すけだち》を考えれば断る訳にもいかない。

冴子は再度カップ酒のボタンを押す。猛には缶ジュースを与えておいた。

「へっへっへ、カンパーイ」

安酒は舌を刺すような味だった。冴子はそれを顔に出さず、ちびちびと呑む。

「ところで姐さん、名前は？」

この期《ご》に及んでも、まだ本名を告げることに逡巡《しゅんじゅん》する。

「いや何、呼び名で構へんよ。わしの佐古ジイ言うんも本名違うしなあ」

咄嗟に思いついたのは、情けないかな猛の発案した例の名前だった。

「……キャサリンと」

途端に佐古ジイは噴き出した。

「ぼ、坊主の方は何て？」

「ウィリアム」

佐古ジイはかっかと哄笑《こうしょう》する。

「ヒイッヒイッヒイッ。いや、あんたら最高やわ……ああ、悪い悪い。あんまり失礼やった。

「すみません。堪忍《かんにん》してな」

「ここに来るモンで、事情のないヤツなんてそうおらんやろ。まあ、大抵は自慢できるような事情やないけど」

　どこか懐かしげな口調だった。

「境遇はみんな似たようなモンや。相身互《あいみたが》いやな。せやから危ない場面では、皆できるだけ助け合わんといかん」

「できるだけ、ですか」

「もちろん無理はせえへんよ。命あっての物種やからね。まあ、よそモンのヤクザ追い返すくらいは訳ないけど」

「後で仕返しされませんか」

「そんなん、ここらを張っとる地元ヤクザが承知するかい。特に宏龍会が率先して潰しにかかりよるからな。姐さん、そういうキナ臭い話は好きやなさそうやな」

「これでも一応、女なので」

　すると佐古ジイはまた噴き出した。

「何を気取ってんねん。昨夜の立ち回り見たら、姐さんがそんじょそこらの女やないことくらいは分かるわ。わしが言いたいのんは、姐さんは他人に護ってもらうより自分で火の粉を払うタイプやろってことや。そんな小さい子連れてこんなとこに来とんねんやったら、それくらいの度胸がなかったら無理や。せやけどなあ、ホンマにその子を護りたかったら数の論理に頼るのも悪かないよ」

「数の論理。さっき言われた助け合いの精神ですか」

「ここに集まったモンはみんな弱い人間やからね。弱い人間が強い敵とまともに闘おうとしたら数に頼るしかない」

「とても弱い人たちには見えませんけど」

「こんなジジイが？」

佐古ジイは自虐《じぎゃく》するように嗤《わら》う。

「ここにおる連中は半分がた六十以上で生活保護を受けとる。言うたられっきとした社会的弱者や」

弱者であるのを誇るような口調が可笑《おか》しかったが、実状は笑える話ではない。

A地区を抱えるこの区の人口は約十一万人、うち生活保護受給者は二万八千人で全体の四分の一を占める。A地区が数字を押し上げている構図は歴然としており、しかもこの数値はますます悪化することが予想される。生活保護受給者の多い地域は当然ながら税収入も少なく、保険料の負担が高い。大阪市や区としては何とかこの構造を変えたいと行政変革を目論《もくろ》むが、投票率の高い高齢者は現状維持を望むので、いざ選挙となると保守系が有利になって改革が進まない。つまり区や大阪市にとって、A地区の住民は邪魔者でしかないのだ。〈強い敵とまともに闘う〉という言葉には、おそらくそういう意味も含まれている。

「わしらみたいな貧乏な年寄りが市の財政を圧迫しとんのは知っとるよ。せやけど、それでわしらにどないせえちゅうねん。まさか生活保護受け取らずに餓死せえとでも言うつもりか？　それはちょっと堪忍して欲しいなあ」

「まさか餓死しろとは言わないでしょう」

「いや、生活保護に回すカネが惜しくなっとんのは事実でさ。実際、窓口へ行っても何やかやと理由つけられて断られるモンが多くなっとる。その癖、一目でヤー公と分かるようなヤツにはおとなしゅうカネを渡してけつかる。国ってのはいっつもこうや。税金かて取りやすいヤツから取っていく。生活保護も切りやすいヤツから切っていきよる」

　これはその通りなので、冴子も口を差し挟む余地がない。

「生活保護受けな生きてけんような人間が支給を切られたら、ますます生きてけん。せやからわしらは警察やら役人やらに刃向かうしかない。そうすると、ますます嫌がられる。まあ、こういう繰り返しさ。気ィの荒いモンも少のうないけど、こんだけ搾取《さくしゅ》されてこんだけ苛《いじ》められたら、そら気も荒《あろ》うなるよ」

後半部分が弁解がましくなっているのは、聞いていて同情心が湧いた。

現実問題として、福祉とは切り捨てる人間の優先順位を決める制度だ。だから税金の徴収《ちょうしゅう》ができない者、選挙権のない者、選挙権があっても投票所に行かない者は真っ先に切られる。

A地区の高齢者には訳ありの者が多い。圧倒的に非正規雇用であり、健康面を考えても不利な点が多い。そして鬱憤《うっぷん》を晴らす手段が安酒と違法賭博しかないので、貧困と病苦に拍車がかかるという構図になっている。

他所の地域では治る病気も、ここでは治らない——まるで発展途上国のような話だが、高い結核罹患率を見る限り、それはこの国の厳然たる現実だった。

返事に窮《きゅう》していると、通りの向こうから別の老人がやって来た。

「何や佐古ジイ、昼前から別嬪《べっぴん》さんとサシ呑みかい。羨ましいな」

白髪交じりの髭《ひげ》を生やして野獣じみているが、目元は至って穏やかなひょろりとした老人だ。顔を見て思い出した。この老人もまた、昨夜覆面をつけて加勢してくれた一人だった。

「昨夜はありがとうございました」

冴子が慌てて頭を下げると、老人は軽く会釈《えしゃく》して自分も自販機からカップ酒を取り出した。その仕草が妙に優雅だった。

「ああ、紹介しよか。こちらキャサリンとウィリアム。このオッサンはセンセイ」

「そしたらよろしく」

センセイと呼ばれた老人は自分のカップ酒を目の高さに掲げてみせる。冴子はつい好奇心で訊いてみる。

「あの、以前は教員をされていたんですか」

「いえいえ」

センセイはひらひらと手を振るが、はっきりと否定も肯定もしない。おそらく深く追及されたくないのだろう。

「それにしても佐古ジイ、こんな時間から全開やな。話し声が向こうにまで届いてたぞ」

「いやあ、根が高尚やさかい、姐ちゃんを目の前にしたら政治経済の話が止まらんようになって」

「何が政治経済や。生活保護支給せんと暴れるぞ、言うてるだけやないか」

「ありゃ、聞かれてたか」

「大体やな、年寄りが昼間っから酒かっ食らって話す内容が高尚なはずないやろ」

「センセイはこう言うとるけどなあ。つまるところ政治経済なんぞ、要は自分が食べていけるかどうかが根っこやからな。それに専門用語や株価とか何やらミクスとかつけると大層立派に聞こえるだけや」

「そういうのは髪結い政談ちゅうてな」

老人二人が思い思いに喋《しゃべ》り出す。この中にいれば目立つこともないだろうと冴子は見物を決め込む。

冴子にはなかなか興味深い会話だったのだが、やはり八歳児には退屈なのだろう。猛は缶ジュースを飲み終えると、バッグから算数の教科書を取り出した。暇があれば教科書を開くというのは見上げた態度だが、酔っ払い連中の中でそれをするのは別の意味で度胸が要る。

不意にセンセイがそれを見咎《みとが》めた。

「何や、大人が酒呑んでる横で勉強か」

「今、まともに学校行ってないから」

センセイはほお、と感心するように洩らす。

「ウィリアムくんやったな。今、小学何年生や」

「二年」

「今時分の小二の算数は何を教えとるんや」

「えっと、九九とか分数とか」

「へえ、小二でやっと分数かい。わしらの頃、分数なんて一年の時にやったもんやが」

「けど難しいよ。何分のいくつと何分のいくつを足せとか引けとか」

「ちょい見せてみ」

センセイは猛から半ば強引に教科書を奪い取る。

「どれが分からへん？」

「三番目の問題。二分の一は六分の一の何個分ですかってヤツ。分母が違うから全然分かんないよ」

「ああ、これはな、実際に空き缶とか使って数えるとすぐ分かるけど、その方法で調べたらアカン」

「調べたらダメなの？」

「算数や数学は調べるモンやのうて、考えるモンや。第一、分母の数が二つや六つやったらまだ集めることもでけるけど、これが五十とか百になったら、どないして空き缶集めるつもりや」

「さっき、どこかのオジサンが自転車の前と後ろにすごく沢山の空き缶を積んでた。あれなら五百とか千あると思う」

「……あれは商売ものやから、道端で広げて数えるようなことはしいひん」

「じゃあ、頭の中で数える」

「数えるな言うたやろ。数字はな、モノで考えるな。概念として考えろ」

「ガイネンて何？」

　黙って聞いていると、やがてセンセイの講義が始まった。

「ええか。分数はただ数を量るんやのうて、〈単位〉と〈割合〉、それからこれが一番重要なんやけど2÷3とか整数で答えの出せん問題を解決させる手段でもある」

「2÷3なんて計算できないじゃん」

「ところが分数を使えば計算できる。つまりな、分数は整数を除外した考え方なんや」

「うーん、やっぱり難しい」

「ウィリアムくん、どうせヒマやろ。わしもヒマやからじっくり教えたるわ」

　続けて聞いていると、センセイの説明は流暢《りゅうちょう》でしかも分かり易かった。八歳児にも算数の重要さ楽しさが理解できるように平易な言葉を選び、噛《ほう》んで含めるように話している。その口調は優秀な教師や人気ゼミの講師のそれを彷彿《ほうふつ》とさせる。やはりセンセイという綽名《あだな》は伊達《だて》ではないようだ。

「センセイもなあ、個人塾でも始めたら生徒も仰山《ぎょうさん》集まるんやけど」

　二人きりの授業を見物しながら佐古ジイが口を開く。当のセンセイは授業に集中しているらしく名前を出されても気づく様子がない。

「どうしてされないのですか。経営者でなくても、どこかの塾ですぐに採用されるような気がしますが」

「無理や」

佐古ジイはあっさりと否定する。

「確かにセンセイは教えるのが上手いし、人柄もええ。せやけど一時間保《も》たへんのよ。長年の不摂生が祟《たた》って、二十分も話すと途端に息切れ起こしよる。せやからセンセイに務まる仕事は工事現場での単純作業しかあらへん。第一、ここに住んどるいう事実だけで、どんな経営者も色眼鏡で見よるからね」

どんなに素養があり、どんなに就労意欲があろうとも、出自で好条件の採用を撥《は》ねられ続け、肉体労働で酷使するうちに身体を壊していく。そして身体を弱くした者は、いきおい社会保障に頼らざるを得なくなる。それを本人だけの責任と決めつけるのは早計だ。少なくとも、そうした弱い立場の人間を救済し、生活を保障するのが政治の役目ではないだろうか――。

そこまで考えて、冴子は思わず苦笑した。

昨夜までは自分と猛の身を護るのに精一杯でこの地区の住民の事情など歯牙《しが》にもかけなかった。それが今では住民の社会保障を真面目に考えるようになっている。

人間というのは自分の目線をなかなか変えられない。今回のように身内から追われるような立場にならなければ、おそらく佐古ジイたちと同じ目線でものを考えることは金輪際《こんりんざい》なかっただろう。

こんな逃避行にも一つくらいは収穫がある——そう思った矢先だった。

「ちょっと！」

自転車に乗った若い警官が擦れ違いざまに声を掛けてきた。そして猛に視線を向けたまま自転車から降り、こちらに近づいてくる。

「あんたら、何してるんですか、昼日中から子供を巻き込んで酒盛りやなんて。大人だけならまだしも、教育上ようないことはあんたらだって分かるでしょうに」

口調も顔つきも真面目そうな警官だった。真面目だからこそ子供を囲んだ佐古ジイたちの無配慮を見咎めたのだろう。刑事高頭冴子からすれば労《ねぎら》いの言葉をかけてやりたいほど模範的な警官だ。

だが、今の冴子にとっては傍迷惑《はためいわく》なお節介でしかなかった。急いで猛に覆《おお》い被さり、人相を見られないようにする。

「とにかく子供だけは預かるから」

警官はこちらの真意に気づかないまま、無遠慮にやって来る。そして、その手が冴子と猛に伸びた時だった。

「ちょっと待てやあ」

今まで陽気な好々爺《こうこうや》を決め込んでいた佐古ジイがいきなり豹変《ひょうへん》した。

「別に子供に酒呑ませとる訳やない。皆で楽しゅう語り合っとるだけやないか。それをなんや」

警官の伸ばした腕を取り、乱暴に押し返す。老人の力でそれができたのは、横からセンセイの手助けがあったからだ。

「国家権力の横暴やな」

センセイは冴子を庇うようにして立ち上がる。背をしゃんと伸ばすと、警官よりも上背があった。

「警官風情が人のプライバシーに立ち入るな」

二人の剣幕に気後《きおく》れしたのか、警官は一瞬足を止める。だが足を止めたことが自尊心を刺激したのか、今度は気色《けしき》ばんでセンセイの前に進み出た。

「こ、公務執行妨害」

そう告げるのが精一杯の示威《じい》だった。

ところがその示威もセンセイには通じない。むしろこちらはこちらで公務執行妨害の言葉に刺激されたらしく、一層表情を強張《こわば》らせた。

どん、とセンセイの手が警官の胸を突いた。

火に油を注ぐ形になった。

センセイと警官が揉み合い、これに佐古ジイが加勢する。老人といえども二人がかりなので若い警官と同等に張り合っている。

「け、警察にこんなことをしてタダで済むと思うかあっ」

「そら、こっちの台詞《せりふ》じゃあっ、ボケえっ。手錠や拳銃持っとるからゆうてええ気になんなよ。そんなもんが怖くてここに住んでられるかい」

佐古ジイの啖呵《たんか》は朗々《ろうろう》として小気味よかったが、冴子は気が気ではない。揉め事になって事情聴取などという羽目になっては、二人の素性が明らかにされてしまう。

そして事態はさらに悪化した。何の気紛《きまぐ》れか、巡回中だった別の警官がこれを見るなり駆け寄って来たのだ。

「お前ら、いったい何してるんだ！」

同僚警官が揉みくちゃにされているので駆けつける気持ちは痛いほど分かった。

しかし迷惑なことに変わりはない。崇高《すうこう》なはずの職業的な使命感が、第三者にはこれほど鬱陶《うっとう》しく感じられるものだとは。

二人の老人に二人の警官では力の差が歴然だった。佐古ジイは新手の警官に引き剝《は》がされ、あっという間に羽交い絞めにされる。

「助けてくれえっ」

佐古ジイの放ったひと声が騒動に輪をかける。救いを求める声を聞きつけて、四方から気の荒そうな男たちがわらわらと集まって来たのだ。

いいようのない不安で背筋がぞくりとした。

流血を招く騒乱、デモ、集団暴行。いずれもその端緒《たんしょ》となるのは些細《ささい》なきっかけに過ぎない。警官から冴子たちを護ろうとしたいざこざに複数の住民が巻き込まれ、またぞろ警察署焼き討ちなどという事態に発展しないという保証はどこにもない。いや日頃から鬱憤を溜めている住民にしてみれば、警官への暴行ははけ口になる。

だが冴子の危惧《きぐ》をよそに、住民たちは剣呑《けんのん》な雰囲気を発散しながら警官に詰め寄る。

「何やおどれら、年寄りと母子に何しようとしとるんじゃ」

「ポリ公二人がかりで取り押さえる、ちゃんとした理由はあるんやろな」

「理由もないのにやっとんなら、それなりの覚悟はあるんやろうなあ」

「一般市民がいっつもおとなしゅうしとると思たら大間違いやぞ」

燎原《りょうげん》の火が拡がるというのは、こういう光景なのだろうか。どんどん拡大されていく憤怒《ふんぬ》を感知しながら、冴子には見ていることしかできない。

誰か火消しを。卑怯なようだが自分以外の誰かに火を消してもらわなければ。

咄嗟に選択したのはセンセイだった。その後ろに立ち、苛立《いらだ》ちを鎮《しず》めるように肩を押さえる。

「この場を丸く収めてください」

「導火線に火が点《つ》いた」

「すぐに消してください。この子の授業が中断したままです」

「せやけど」

「子供に流血沙汰を見せるのと、算数の楽しさを教えるのと、どちらがいいですか」

センセイはちらと冴子の方を振り返り、眉間《みけん》に困惑を滲《にじ》ませる。

「そんな選択を迫らんで欲しいな」

「あなたは揉め事が好きそうには見えません」

「それはそうやけど……」

「この中で、ご自身以上に理性的な言動ができる人がいると思いますか」

「……やってみる」

浅く頷くと、センセイは一度豪快な咳払いをした。豪快過ぎて空咳まで続いた。

「そこのお巡りさん、手を離してくれんか」

理知を感じさせる声に、最初の警官が反応する。

「ちょっと行き違いがあったが、わしらは別に子供に酒を勧めた訳じゃない。わしはこの子に算数を教えとった」

言いながら、地面に落ちていた猛の教科書を拾い上げる。教科書の表紙を突きつけられた警官は目を白黒させる。

「申し訳ないが、これはあんたたちの早とちりだ。今すぐそのジジイを解放してくれへんか」

「馬鹿なこと言うな。これはれっきとした公務執行妨害や。ここにいる全員から事情を聴取する義務がある」

「あんたら二人だけで、ここにおる全員をか」

問われた警官は周りを見回して虚勢を張ろうとするが、どうにも仕草が心許《こころもと》ない。

「事が大きゅうなって万が一死傷者が出てみい。責任者探しになった時、誰が一番割を食うと思う？　警察を含めて役所っちゅうのは、平気で末端の人間を切るぞ。その辺、分かってるか」

「しかし義務が」

「怪しい人間を職質する義務と同時に、誤解が解けたら円満に済ます義務もあるやろう。警棒振り回すより愛想振り撒いた方が、市民に好かれる。市民に好かれたら巡回もやりやすうなるぞ」

センセイの場違いなほど冷静な物言いに、集まった男たちは毒気を抜かれた様子だった。

「あんたもお巡りさんやったら、なかなか自分の非は認めにくいと思うけどな。するはいっときの恥、せざるは一生の恥とも言うぞ。後々のこと考えたら、ここは退《ひ》いた方がお互いのためや。さあ、その手、放し。佐古ジイもそれ以上暴れんといてくれ」

そして次の猛の言葉が決め手となった。

「お巡りさん。俺、ホントに算数習ってたんだよ。テストで悪い点取ったら、お巡りさんのせいだからな。責任取ってよ」

剣呑だった空気が途端に緩み、男たちの間から忍び笑いが洩れた。

やがて警官も冷静さを取り戻したらしい。悔しそうな表情を残しながら、ゆっくりと佐古ジイの縛めを解く。「けっ」と子供じみた悪態を吐《つ》いて佐古ジイが離れる。もう一人の警官も情勢を見てセンセイから距離を取る。

「……子供はちゃんと登校しろ」

情けない捨て台詞を残し、二人の警官はいつの間にか倒されていた自転車を起こしてあさっての方向に去って行く。

「ざまあみい」

誰かが憎まれ口を叩いたが、おそらく彼らの耳には届かなかっただろう。

「いやあ、みんな済まんかった」

解放された佐古ジイは肩を解《ほぐ》しながら破顔一笑《はがんいっしょう》する。

「何やら一触即発やったけど先生とこの子の機転で難を逃れた。みんなにも迷惑かけたみたいで申し訳ない」

「誰も怪我とかせんかったらええわ」

一人が鷹揚に言う。

「まあ、ポリを二、三発殴りたかったのはあるけど今度に回しとくわ」

口々に笑いながら、男たちも散って行く。

その様子を見ながら冴子は奇異な感に打たれる。さっき二人の警官に迫られた際、自分には彼らに対する嫌悪と敵対心しかなかった。一昨日まで彼らの同業者であったはずなのに、気持ちはずっと佐古ジイとセンセイの側に傾いていたのだ。

職務質問を受ける立場になってから、遅ればせながら客観視できたことがある。

警官とは何と横暴なのだろう。

警察とは何と居丈高《いたけだか》なのだろう。

手錠と拳銃を貸与されていた時、自分の行動は全て正義に基づいたものだと信じていた。また、そうと信じなければ部下の意志を統率し、蔓延《はびこ》る犯罪を一掃することなどできないと思っていた。一般市民からどう思われようと、与えられた権力を正しく行使すればいいと自分に言い聞かせてきた。

だが、それは大きな錯覚ではなかったのか。

自分が正義と信じるものは、ひどく狭義のものではなかったのか。

己の立場を利用して押収麻薬を横流しした玄葉は唾棄《だき》すべき警察官だ。だがそれと同様に、一般市民を権力で恫喝《どうかつ》して意のままにしようというのも、徒《いたずら》に権力を行使することではないのか。

いきなり我が身の恥部を曝《さら》け出されたような気分に戸惑っていると、猛の方は何事もなかったかのようにセンセイと授業を再開させた。

第四章　潜伏

1

きっと途轍《とてつ》もない悪夢だったのだろう。

目が覚めた時、冴子《さえこ》は自分がひどく寝汗を掻《か》いていることに気づいた。

「大丈夫？　冴子さん」

真上から猛《たけし》が覗《のぞ》き込んでいた。

「……何でもない」

「そう。ずいぶんうなされてたみたいだから」

猛はけろりとした顔でそう言うと、冴子の頰《ほお》を突《つつ》き始めた。

「早く起きないと、ご飯冷めちゃうよー」

「ご飯?」

言われてみれば温かな香りが鼻腔《びこう》をくすぐってくる。上半身を起こすと、真横にトーストと目玉焼きを盛った紙皿があった。

「どうしたんだ、これ」

「どうしたって作ったんだよ。あ、俺の分はもう食べちゃったから」

猛は空になった紙皿を振ってみせる。

「作ったって、お前がか」

「目玉焼きくらい誰だって作れるよ。トーストなんて、ただ焼くだけじゃん」

佐古《さこ》ジイたちとは顔馴染《かおなじ》みになったが、食事の度《たび》に外出していたのでは危険が増すばかりだ。なるべくホテルから出ずに済むようにと昨日はA地区内の激安スーパーへ買い出しに出掛け、食材はそこで仕入れてきた。

激安を売り物にするだけあり、商品につけられた値段はどれも目を剝《む》くような安さだった。このタマゴもその時に買ったものだが、何と一パック一円で売られていた。場所が違えばこうも値段が変わるものかと半ば呆《あき》れていたのだが、部屋に戻ってラベルを仔細《しさい》に眺めると安価の理由が納得できた。安い食材は、どれもこれも賞味期限直前だったのだ。

賞味期限直前の生鮮食料品など今まで口にしたこともなく、恐る恐る目玉焼きをトーストごと齧《かじ》ってみる。

驚いた。火を通し過ぎもせず、半熟加減がトーストのバターと相俟《あいま》ってちょうどいい風味を醸《かも》し出している。

「……美味《うま》い」

言葉は自然に口から出た。下手をすれば冴子が作るよりも美味《おい》しいのではないか。

連日事件に追われると、どうしても外食やコンビニ弁当で済ませることが多くなる。班長という立場上、部下を残して自分だけ官舎に戻る訳にもいかないので、自炊の機会は更に少なくなる。今すぐフライパンを振れと命じられたら、ここまでのものが作れるか正直自信がない。

「だけどさ、賞味期限が迫ってるからタマゴ、大急ぎで使わなきゃいけないんだよ。三食ともタマゴだから覚悟しといてよ」

「今どきの学校はそんなことも教えるのか」

「男も料理作れなかったら駄目だって、先生が言ってた。あんたたちの世代は毎晩奥さんが食事作ってくれるかどうか分からないし、第一結婚できるかどうかも怪しいから、余計に料理覚えなきゃいけないってさ」

冴子は苦笑する。少子高齢化というものは、たかが八歳の子供にそんな覚悟まで強《し》いるものなのか。

将来展望という点については、冴子より猛の方がよほどしっかりしている。

冴子も二十代後半までは人並みに結婚願望があった。だが昼夜の区別もない現場に投入されると、拘束時間の長さから異性との接点がなくなる。たまにこれは、という男がいても容疑者ではどうしようもない。そのうち〈県警のアマゾネス〉などという異名をもらうと、ますます男とは縁遠くなり、班長に任命される頃にはすっかり家庭を持つことを諦めた。

もし自分が家庭を持っていたら、最初の子はちょうど猛くらいの齢《とし》だろうか――

そんなことを考えながら咀嚼《そしゃく》する目玉焼きは、なかなかに味わい深いものがある。

「色々と優等生なんだな、お前」

「ジョーダン。どこの世界の優等生が脱走なんて繰り返すのさ」

猛は笑い飛ばした。その声を耳にしても、冴子には愉快さよりも不憫《ふびん》さが先に立つ。

以前、聞いたことがある。やっと歩けるようになった乳幼児でさえ、母親が何の世話もできないと認識すれば一人で排泄《はいせつ》を済ませるようになる。猛の生活能力の高さも、おそらく母親不在の事情に起因するものなのだろう。

「いい嫁になりそうだな」

「だったら冴子さんを婿《むこ》にもらってあげるよ。冴子さん、強いから安心していられる」

憎まれ口も優等生か。残りのパンを頬張り、冴子は空になった紙皿をゴミ箱に放り込む。

「冴子さん、『ごちそうさま』は？」

「……ごちそうさま」

「はい。どうも」

猛が点《つ》けていたらしいテレビが朝のニュースを伝えている。ローカル局の強みなのか、キャスターも気象予報士も関西弁で通している。

「ねえ」

不意に猛の口調が変わる。

「いつまでこうしていればいい？」

冴子は返事に窮《きゅう》した。

「こういうのも嫌いじゃないけどさ。逃げてばっかりじゃ勝ち目ないよ」

「ゲームで覚えた理屈か」

「俺、結構強いから」

「ゲームなら何度死んでもリセットできるが、現実はそういう訳にいかない。お前はそんなにあっさり死にたいのか」

「……嫌だ」

「ただ逃げるだけじゃない。隠れているからいい。敵にしても、相手がどこに潜《ひそ》んでいるか分からなかったら焦る。焦ったヤツは必ずどこかでミスをする」

「冴子さんはそのミスを待っているの」

「ああ。ミスがあれば敵に動きがあるからな」

それでも猛は不満顔だった。

「何だ。やっぱりイジメに遭っても、仲間と暮らせる施設がいいか」

猛は唇を尖《とが》らせて黙りこくっている。

「……そっち行っていい？」

そっち、というのが自分の隣だと理解するのに数秒を要した。どう返すかを考える間もなく、猛は冴子の布団に潜《もぐ》り込んでくる。

「昨日は風呂に入ってないから汗臭いぞ」

「気にしないよ、そんなの」

べったりとくっつくでも離れるでもなく、猛は微妙な間合いを保つ。隔《へだ》たり方で、冴子にもようやく察しがついた。

施設の仲間ではない。

猛は母親に会いたいのだ。

そういえば、と冴子は唐突に思い出す。ほとんど拉致《らち》するように〈光の子〉から連れ出して、猛が母親に会いたいと申し出たのは最初だけだ。それ以後はひと言も口にしていない。

八歳の子供が痩せ我慢か。

ふと胸の奥に熾火《おきび》が灯《とも》る。真横に寝ている小動物を抱き締めてやりたい衝動に駆《か》られる。

馬鹿な、と冴子は熾火を消しにかかった。この齢になって今更母性本能をくすぐられてどうする。

「あのさ、冴子さん」

「何だ」

「昨日の買い出しでずいぶんおカネ使ったよね」

いくら激安スーパーでも、二人で抱えるほどの食材を買い込めば相応の出費にはなる。お蔭で冴子の札入れには、もう硬貨しか残っていない。

「カードは危険だから使えないんだよね」

「買い込んだ食料品がなくなったら、どうするの」

「そうだ」

さて、どうするか。

カードの使用には慎重にならざるを得ない。冴子と猛の捜索は非公開捜査だが、だからこそ各金融機関への照会は徹底されているに違いない。結局は現金だけが頼りだ。

手っ取り早く現金を得るには、ここの住民に交じって日払いの仕事にありつくしかなさそうだった。

「働くしかないだろうな」

「あの、毎朝並んでいる男の人たちに交じって？」

「生物学的には女だが、力じゃ引けは取らん」

「冴子さんが外に出ている間、俺は何してたらいいのさ」

「ここに籠《こ》もって勉強していろ。何ならセンセイを呼んできてもいい」

話しているうちに、それが満更でもないような気がしてきた。作業着を着てヘルメットを被れば、外見も誤魔化《ごまか》せる。工事現場で男たちと働いていれば、二人を捜索する捜査員たちへのいい目眩《めくら》ましになるかも知れない。

この地区での職探しの方法は佐古ジイから聞いていた。町の中心にある職業安定所界隈《かいわい》に朝の三時から屯《たむろ》していると、手配師がやってきて頑丈そうな労働者に仕事を与えてくれる。

よくしたもので、朝の三時に集まるような者は若くて健康な人間が多いので、自《おの》ずと日当の高い現場に派遣される。つまり時間が遅くなるに従って集まる労働者の平均年齢は上がり、それにつれて与えられる仕事も日当が低くなっていくという寸法だ。

明日あたり早起きしてみるか――そんなことを考えていると、不意に郡山《こおりやま》からの連絡が途絶えていることを思い出した。

最後の連絡では、改竄《かいざん》される前の鑑識データと玄葉《げんば》の資産を調べるように命令しておいた。そろそろ経過報告があってもいい頃だった。

いや、違う。

郡山の性格を考えれば、捜査に進展がなくても定時連絡してきてもよさそうなものだ。あの男は誉められる報告よりも、貶《けな》される報告の方が重要だということを知っている。

虫の知らせだ。冴子は傍《かたわ》らにあった携帯電話で郡山を呼び出した。

『おかけになった電話番号は、電波の届かない場所にあるか、電源が入っていないため、かかりません』

途端に不安が膨《ふく》れ上がった。

郡山には、もしも身辺に危険が迫ったら携帯電話を処分するように指示してある。今のメッセージは、その信号ではなかったのか。

無論、郡山が電波の遮断されている室内にいる可能性もある。冴子はもうしばらく様子をみることにした。

「冴子さん。電話、かからないの？」

「まだ分からん」

「向こうは冴子さんが隠れているの知ってるんでしょ。何かあったら向こうからかけてくるんじゃないの」

猛の言うことにも一理あるが、それは本人が自由に連絡できる状況に限られる。冴子たちや郡山に迫っている危険というのは、拘束される可能性を孕《はら》んでいる。

まさかと思い、テレビのチャンネルを次々に替えてみるが、これといったニュースには当たらない。

じりじりしているうちに一時間が経過した。冴子は再度、郡山の携帯電話を呼び出してみる。

『おかけになった電話番号は……』

駄目だ。

焦燥《しょうそう》が顔に出たのだろう。猛が心配そうに冴子を見上げている。

続いて別の人間を呼び出す。こちらはコール一回目で出た。

『山崎《やまざき》です』

「わたしだ。至急、調べてくれ」

『あのね、高頭《たかとう》さん。朝早くに電話してきていきなり調べものしろって』

「じゃあ、朝早くから艶《つや》っぽい話でもしたいのか」

『……高頭さんとはご免こうむりたいですな』

「部下と連絡が取れなくなった」

『へっ。それだけの用件で？　そんなもん、家族か何かのふりして何気に警察へカマかけてみればいいじゃないですか。どうしてあたしがそんなことを』

「県警にかかってきた外電は全て録音される」

そこで郡山に指示した内容を説明すると、電話の向こう側から盛大な溜息が聞こえてきた。

『そりゃ高頭さん、十中八九海に沈められてるか山に埋められてるかのどっちかだよ』

山崎の口調は至極《しごく》淡々としていた。

『獅子身中《しししんちゅう》の虫なんて、いつまでも腹ん中に飼っとくもんじゃない。虫下し飲むか吐き出すのが一番でしょう』

自分の部下を虫扱いされて、冴子は苛立《いらだ》ちを募《つの》らせる。

「玄葉は警察官の上級職だ。いくら身辺を嗅《か》ぎ回られたとしても、そうそう乱暴な手は使うまい」

『何で今更、希望的観測を持ち出すんですか。嗅ぎ回ってた手前の子飼いを呆気《あっけ》なく射殺した野郎なんでしょ。他人の手下なんざ、それこそ虫以下の扱いして当たり前だ』

悔しいが山崎の指摘は正しい。上にいけばいくほど、下にいる人間は小さく見えるものだ。

「郡山が決定的な証拠を摑《つか》んだ可能性は高い」

『それは同意します。急所に嚙みつかれたら、誰だって叩き落としたくなりますからね』

「その証拠を入手できれば、玄葉をしょっ引ける。お前たちが排除したがっている供給ルートは、それで自然消滅するぞ」

『だから郡山さんの消息を探れ、ですか。相変わらず無茶ぶりしますねえ、高頭さん』

「放っておく時間が長ければ長いほど、証拠隠滅《いんめつ》の機会が増えるぞ」

電話の向こうで舌打ちの音が聞こえた。

『……まあ県警に知り合いがいない訳じゃなし、消息を訊ねることくらいは簡単ですけどね。それで本人が行方不明だったら、高頭さんはどうするつもりなんですか。遠隔操作できる手下を失って、いつまでもドヤ街暮らしを続けるつもりですか』

「その時になったら、またお前に頼みごとをするかも知れん」

『ちょっと、あんた！　いい加減に』

「わたしがここへ来て、のんべんだらりと毎日を過ごしていたと思うか。ここの連中はみんな気の置けない人間揃いでいいな。酒を勧めると、色々と興味深い話を開陳《ちん》《かい》してくれる。それはもう、大阪府警が感激のあまりお捻《ひね》りを投げて寄越すような話だ」

山崎の声が一段落ちる。

『いったい何を言ってるんですか』

「たとえば生活保護に纏《まつ》わる話だ。この地区を抱える西成《にしなり》区の生活保護率は大阪市の中でも突出している。確か二三九パーセント、だったか。それだけ分母が大きければ、当然不正受給者も多い。その不正受給の裏にヤクザが絡んでいる例も少なくない。わたしの呑《の》み友達はそのシステムを事細かに教えてくれたぞ。ついでに不正受給の仕方を懇切丁寧《こんせつ》に指導してくれた恩人の名前もな。その何人かはお前も知ってるヤツじゃないのか」

しばらく山崎は押し黙っていた。

「何でも生活保護の申請が通り易《やす》いように、腕の一本も折っておくとか、頼るべき親類縁者がいないように住民票を改竄するとか、高度な入れ知恵をしてくれる。それでめでたく生活保護が支給されたら、毎回そこから六割をピンハネするらしい。ああ、そういえば受給者を対象にトイチでカネを貸したりもしているってな。何ならその楽しい会話をケータイに録音してある。よかったら聞いてみるか」

『……あんた、ヤクザを脅《おど》そうっていうんですかい』

「ただの世間話だ。それに宿まで提供してくれた恩を仇《あだ》で返すような真似は好かん。しかし出てきた名前が割によく聞く名前だったから、吹聴《ふいちょう》したくて堪《たま》らなかったところだ」

『分かりましたよ。手下さんの消息、ちょいと聞いておきますから、その口塞《ふさ》いどいてください』

腹立ち紛《まぎ》れだったらしく、通話を乱暴に切った。

「冴子さ……」

「黙っていろ」

猛の言葉を途中で遮《さえぎ》る。

「まだ何も決まった訳じゃない。要《い》らん憶測をしたら方向性を間違える。こういう時は我慢して、状況がはっきりするまで待つのが一番なんだ」

冴子は再び待つ。山崎と話したことで不安が倍増したように思える。

郡山が捜査一課に配属された頃、そのトレーナー役を買って出たのは冴子だった。表情に乏《とぼ》しく、それでも冴子の言うことを愚鈍なまでに実行しようとする態度は、教え方さえ間違えなければ優秀な警察官に育つ資質を秘めていた。

そして、その通りになった。表情の乏しさは鉄面皮《てつめんぴ》となり、愚鈍さは実行力に変質した。今では捜査一課きっての不言実行とまで称されるようになった。

もし冴子の命令で動いたばかりに、郡山の身に万が一のことが起きたとすれば、それこそ罪悪感で一生苦しむ羽目になる。

無事でいろ――。

祈っていると、今度は一時間もしないうちに向こうから電話がかかってきた。

『山崎です』

「どうだった」

『まだ生死の確認は取れてませんけどね、郡山さん、どうやら組対《そたい》の取り調べで軟禁状態になっているみたいですな』

思わず肩から力が抜ける。だが、次のひと言がまた緊張をもたらした。

『一昨日《おととい》から郡山さんの姿を見掛けていないって話でした』

いつもの組対のやり口だ。一般の容疑者ならまだ緩《ゆる》やかなのだが、ヤクザ相手の取り調べでは睡眠も碌《ろく》に取らせず、一人の容疑者に四、五人がよってたかって質問責めにする。違法すれすれの手法だが、相手がヤクザ者ということで容認されているフシがある。

それを郡山にも適用しているのだ。郡山も素直に吐くような男ではない。一昨日から姿が見えないというのは、未《いま》だに粘っているという徴《しるし》だ。

『まあ、どっかの海に沈められた訳じゃないですけど、状況は似たようなものですな』

「何だと」

『千葉県警に限りませんが、組対が本気になった時の取り調べってのは苛烈《かれつ》らしいですから。あたしも自分で受けたことはないが、まず精神的な揺さぶりが相当キツいって話だ』

同じ話は冴子も洩れ聞いている。

「毒には毒をもって制すの言葉通りだ」

『ひどい言われようだ。しかし、どのみち長保《ながも》ちしそうにない。高頭さん、そちらの居場所は郡山さんに伝えてあるんですか』

「いいや。ケータイ自体も危なくなったら処分するように指示してある」

『賢明です。しかしこうなった限りは、郡山さんがあらいざらい吐いたって前提で動いた方がいいでしょうな。ああ、それからもう一つ。これは高頭さんも織り込み済みだと思いますが、県警は全国の警察にお二人の写真を手配しましたよ。少なくとも当分そこから出ない方がいいでしょう』

　それは冴子も同感だった。

『まだ県警からウチに探りは入ってませんが、こちらもとばっちりを食うのは嫌ですよ』

「知らぬ存ぜぬを通せばいいだろう」

『ウチにどんなメリットがあるんですか』

「爆弾を向こうに取られるか、お前たちで持っているかの違いはあるぞ」

　一方的に言って通話を切る。

　猛は相変わらず心配そうにしている。

「どうだった？」

「大丈夫だ。取り調べを受けているだけらしい。郡山もこのホテルのことは知らないから、ヤツらがすぐここへ踏み込むことはない。安心しろ」

「ねえ、冴子さん。警察が駄目なら新聞とかテレビで本当のことを話せばいいんじゃないの」

「こちら側に証拠がない。お前がカメラの前で何を喋《しゃべ》っても、わたしから強要されていると見られるのがオチだ」

「これからどうするの」

「いよいよここで息を潜めているしかなさそうだ」

働くにしても外部に派遣されれば、それだけ危険度が増す。作業着で男たちに交じっていたとしても、それだけで安全とは言えなくなってきた。

「あのさ」

「うん？」

「これ、センセイから聞いたんだけどさ。この辺の人たちって、アパートに住んでいる人とホームレスの人がいるんだよね」

「ああ」

「アパートに住んでる人は生活保護が受けられるんだけど、それでも生活は苦しいって」

同じ話は冴子も聞いている。先刻の不正受給の件以外にも、生活保護には別の問題がある。

この地区に流れてくる人間にはギャンブルで身を持ち崩した者が多い。そういう人間にカネを与えたら、まずギャンブルに走るに決まっている。だから生活保護支給日の月初めにはパチンコ屋が大盛況になる。支給されたカネは当然の如《ごと》く数日でなくなり、また月初めまで窮乏《きゅうぼう》生活が続く。

「でもアパートに住んでいない人は川で貝や魚を獲ったり、空き缶集めたりしておカネ稼いでいるから、まだ楽な方なんだって。だからさ……」

「だから?」

「俺も空き缶集めようかって」

猛の目を覗き込む。どうやら本気で言っているらしい。

冴子は自分を罵《ののし》りたくなった。子供にカネの心配をさせる大人など最低だと思っていたが、まさか自分がそうなるとは予想もしていなかった。

「そんな心配する暇があったら教科書でも読んでろ。立派な大人になるためには勉強しなきゃいけないんだろう」

「でも」

「大人のする心配を子供がするもんじゃない」

冴子は猛の髪に手をやり、わしわしと撫《な》でた。

すると、不思議に落ち着いた。

2

「まだ吐く気にならんか」

眼前の郡山は机に突っ伏したまま、さっきから微動だにしない。玄葉は郡山の前髪をぐいと摑み上げた。

郡山の両目には痣《あざ》ができ、唇の端《はし》が切れている。本来、被疑者であっても肉体的な暴力はご法度《はっと》だが、どうせ捜一の刑事であるこの男も自分が尋問する際には手荒なことをやってきたに決まっている。今度はされる側になったとしても文句は言えまい。

「班長との通話用のケータイは復元が不能になるまで破壊、わたしの課に拘束されてからは必要最低限しか喋らない。全く大した刑事だよ。さすがに〈千葉県警のアマゾネス〉子飼いの部下だ。君なら組対でも十二分に仕事ができるだろうな」

「どうも」

「担当が少し手荒な真似をしたかも知れんが、何しろ警官殺しの事件だからな。気が立って、わたしでも抑え切れないところがある。元々ヤクザばかり相手にしてきた猛者《もさ》たちだから、あまり手加減というのを知らない。まあ、知る必要もないんだが」

　普段よりも玄葉の口が軽くなっているのは、ビデオが回っていないせいもある。尋問の際には可視化のために記録を残す決まりだが、身内への聴取ならそれも必要ない。尋問した事実も握り潰してしまえばいい。幸い自分はそういうことが可能なポストにいる。第一、郡山の口から洩れる言葉を記録するなど自殺行為に等しい。

「実際、わたしも生田《いくた》くんを殺されて冷静さを保つのが困難な時がある。誰よりも麻薬犯罪を憎み、誰よりも優秀な捜査員だった。周囲の信望も厚く、彼が死体で発見された時は班の全員が無念の涙を流したものだ。当然、被疑者である高頭班長と、その右腕とされる君への風当たりは強い」

　組対の中でも押収麻薬の横流しについて知っているのは、自分の他には四人しかいない。保管記録の改竄には、どうしても共犯が必要だったのだ。しかしこれ以上増やすつもりもない。秘密を知っている嘉手納《かでな》と車田《くるまだ》は、郡山の取り調べ専従員にした。あの二人に任せておけば郡山もあっさり自白すると高《たか》を括《くく》っていたが、どうやら計算違いだったようだ。

「無論、現段階で高頭班長は重要参考人に過ぎない。生田の命を奪った弾丸とライフルマークが一致したんだ。重要参考人にされたって仕方ない。だが、その一点で彼女を犯人と決めつけるような真似はしない。高頭班長にも抗弁の機会を与えてやるのは当然のことだ。しかし、その高頭班長が逃亡してしまっては元も子もない。え、そうじゃないか」

玄葉は郡山の髪を摑んでいた手を離す。

郡山はまた机の上に顎《あご》を載せたまま玄葉を睨《にら》んでいる。

この二日間、睡眠も碌に取らせず、席を立たせるのはトイレの時だけだ。水は飲ませるが食事は与えない。郡山一人にこちらは三交替で尋問に当たっている。そろそろ体力と気力の限界を迎えているはずだが、この男のしぶとさには特筆すべきものがある。事情が事情でなければ、本気で組対に取り込みたい人材だ。

「なあ、郡山くんよ。そうやって黙秘を続けるのも立派だが、ここらで考え方を変えてみたらどうだ」

切り口を変えようとしたが、郡山の表情は動かない。

「このまま逃亡を続けていても、高頭班長の立場は悪くなる一方だ。現段階で聞ける話も聞けなくなってしまう。彼女に投降を勧めろ。君の呼び掛けなら、きっと高頭班長も応えるはずだ」

その時、やっと郡山の口が開いた。

「そんなこと、ある訳ないじゃないですか……」

「何だと」

「あの高頭班長ですよ。わたしどころか本部長の命令でも聞きやしませんよ。何が危険で何が危険でないか、あの人はまるで野生動物みたいに嗅ぎ分けることができる」

「わたしの提案は危険かね」

「少なくとも同僚を殴《なぐ》る蹴るような場所に戻ってくるのは危険でしょう」

郡山は押収麻薬の横流しについて、高頭からどこまでを聞いているのか——その判断で今後の方針は大きく変わる。冴子の秘密主義が幸いして、郡山に洩らしてなければ説得を続ける。だが情報を共有しているようであれば早晩、生田のように始末するしかない。殺人、ことに警官殺しは後始末が厄介だから、なるべくならこれ以上死体を増やしたくない。

「いったい君をそこまで頑《かたく》なにしている原因は何だ。高頭班長から何を吹き込まれた」

すると、また郡山は口を噤《つぐ》んだ。玄葉は心中で悪態を吐《つ》く。

何かを聞いていると自白すればただでは済まない。しかし何も聞いていないと言えば、冴子への説得を強要される。どちらにしても貧乏くじなので沈黙を守るより他はない。郡山はそれを理解しているのだ。

「君は高頭班長に忠誠を尽くしているつもりだろうが、一方で県警本部に多大な迷惑をかけているんだぞ。全国の署に高頭班長の手配が回っている。またぞろ現役警察官の不祥事かと、各県警からは問い合わせの嵐だ。千葉県警の面目《めんぼく》は丸潰れ、全署員が恥辱《ちじょく》に耐えている」

「そりゃあ現役の警察官が悪事に手を染めていたら面目は潰れるでしょう。それで他府県警から非難されたって自業自得ってものです」

なかなか意味深なことを言う。

玄葉の犯行を知っているようにも知らないようにも聞こえる。こういう小賢《こざか》しい真似をするのも、冴子の薫陶《くんとう》を受けているせいか。

「しかし班長の潔白《けっぱく》を信じているのだろう？　だったらこんな馬鹿な行為はやめさせろ」

「何度も言いますが、班長は誰の言うことだって聞きやしません。あの人が従うのは自分自身だけなんですから」

「天上天下唯我独尊《てんじょうてんげゆいがどくそん》か。そういうのはタテ社会の警察組織では邪魔にしかならん」

「ウチの班長はそれで成績上げてましたけどね」

郡山という男は、こと自分の上司に関しては饒舌《じょうぜつ》になるようだった。

「刑事はチームで動くものです。個別にエスを抱えている組対の刑事でも、それは同じでしょう」

「君に言われるまでもない。折角《せっかく》の組織だ。効率よく捜査員を動かさなくてどうする。殊《こと》に今回のように対象に逃げられた場合は、人海戦術も必要になる」

「その辺がウチの班長はちょいと違ってましてね。いくら役立たずを揃えたところで強い軍隊が作れる訳がない。弱将の下に強兵が集まる訳がない。だから班を束ねる者は誰よりも勇猛で、誰よりも剛腕でなきゃいけない。そして部下は置いていかれないように、班長より先を走ってなきゃいけない。二言目にはチームチームと言い出すヤツに限って、自分一人じゃコソ泥一匹捕まえられやしない」

「……それが〈アマゾネス〉誕生の由来という訳か」

「さあどうでしょう。しかし高頭班長の束ねる班が県警一の検挙率を誇っているんだから、満更的外れな指針でもないでしょう。そういう班長は組織の邪魔になっているんじゃない。むしろ組織が邪魔になっている。あの人が組織の立場でモノを言う人間に従わないのは、そういう理由です」

「あからさまなスタンド・プレーだろう」

「高頭班長の口癖、知ってますか」

「唯我独尊じゃないのか」

「『白でも黒でも、ネズミを多く獲ってくる方がいい猫だ』。何でも鄧小平《とうしょうへい》とかいう人の言葉らしいですな」

「やれやれ、刑事を猫扱いか」

「柄《がら》の悪い市民からは犬扱いですからね。似たようなものですよ。それに犬だって獲物を咥《くわ》えてきてなんぼだ。群れてキャンキャン吠えてるだけじゃ、いずれ処分される」

「なるほど。君のところの班長さんは確かに野性味が溢れているからな。飼い主が呼んだくらいじゃ帰って来んか」

「班の中には、あの人のことを鉄砲玉なんて言うヤツもいますから」

郡山は疲れた口調で、しかし愉しげに話す。リーダーとしての資質は玄葉よりも冴子の方が上なのだと、遠回しに自慢しているのだ。

「ふん。一匹で行動している分には確かに身軽だし、深い草叢《くさむら》に潜み続けることも可能だろう。だが大きな荷物を抱えていては、そうもいくまい」

「……荷物?」

「御堂《みどう》猛とかいったか。何故か彼女は養護施設の子供を拉致して逃亡している。如何《い》に敏捷《びんしょう》な動きをする野生動物も、子供を匿《かくま》いながらでは足も遅くなるだろうし、勘も鈍る。子供を狙う外敵もいるしな」

その途端、郡山はぐいと顔を上げた。

矢庭《やにわ》に眼光が鋭くなり、凶暴な顔つきになった。やはり子供に話が及ぶと、この手の男は冷静沈着でいられなくなるものらしい。

「八歳児の人質ですよ。無茶な作戦を立てたら命に関わる」

「だから我々もおちおち手が出せないと言うのか。それはどうだろうな。群れを成した犬は、一度猛《たけ》り出したら飼い主の手にも負えなくなる」

玄葉は歌うように話す。こうした喋り方が相手の神経を逆撫《さかな》でするのは承知の上だ。

ディーラー跡地で生田を射殺した際、確かに人の気配を感じた。懸命に探しても見つからなかったのは、相手が子供だったからだ。

署内の廊下であの子供が自分を見上げた時の表情。そして逃走した冴子がわざわざ養護施設から拉致したことで、猛が殺害の目撃者であるのは容易に想像がつく。冴子も邪魔な存在だが、猛は更に致命的だ。生かしておいていいはずがなく、見つけ次第口を封じなければならない。

「課長。あなたはひょっとしてあの子供を……」

「あの子供をどうするって？　うん？　郡山くん、その先を言ってみたらどうだ」

郡山は再び口を噤む。

だが、内心で不安がっているのは手に取るように分かる。

「逃げるから追われる。追うから、ついつい手荒な真似になる。しかし向こうから懐《ふところ》に飛び込んできた雛鳥《ひなどり》を捻り潰すようなことはできん。これは喩《たと》えに過ぎないが、狩りというのは押しなべてそうだ。だから君が猛くんの身を案じるのなら、高頭班長に投降を勧めるべきだと思うのだがね」

声が少し擦《かす》れてきた。どうやら喋り過ぎたようだ。ここらで他の担当に交代するとしよう。

玄葉が席を立つと、それを合図に嘉手納が入ってくる。特に申し送りをすることはなく、今度は嘉手納が郡山の正面に陣取る。

自分が諭《さと》すように郡山を引きつけた後、次は嘉手納が苛烈に追い込んでいく。古典的な尋問手法だが、それなりに効果が認められるから古典的になったとも言える。

「黙ったまんまじゃ、埒《らち》明かねえぞおっ」

出てきたばかりの取調室から、早速嘉手納の怒声が聞こえてきた。休憩を充分とって、気力が漲《みなぎ》っているらしい。

刑事部屋へと続く廊下を歩きながら、玄葉は今の会話を反芻《はんすう》してみる。郡山の受け答えの中に、冴子の潜伏場所を示唆《しさ》するような文言はあったか、なかったか。

しばらく記憶を辿ってみたが、郡山がつい口を滑らせたような場面は見当たらなかった。肉体的にも精神的にも追い詰めたはずだが、それでも口を割るどころかヒントさえ与えようとしない。同じ刑事だから、こちらの駆け引きも知悉《ちしつ》している。かつて尋問で、これほど手間暇のかかる相手はいなかった。

あの強情さは冴子の教育もさることながら、持って生まれた正義感のなせる業《わざ》だろう。正義感──全く始末に負えないものを後生大事に抱えているものだ。

正義感ほどタチの悪いものはない。何の利益ももたらさないのに、満足させるために無尽蔵《むじんぞう》の対価を支払わなければならない。つまり感情を充たすだけのために、地位や財産、平穏な生活や身の安全まで捧げるのだ。

生田がいい例だった。倫理やら刑事の矜持《きょうじ》やら、青臭い理想論を滔々《とうとう》と並べ立てて、玄葉の不正を糾弾《きゅうだん》した。

あの男は目の前にあるカネよりも社会秩序の方が大事だと抜かした。全く何も分かっていない。社会秩序というのは倫理が世の中を統《す》べることではない。犯罪が適度に抑えられ無政府状態になっていない状態を指すのだ。

生田は県警が慢性的に陥《おちい》っている予算不足を無視していた。カネよりも社会秩序だと？　ふざけたことを言う。カネがあるから社会秩序が護られるのだ。貧困と不足が混乱を招く。そんな単純な理屈も分からないのか。

犯罪捜査にも犯罪防止にもカネはかかる。組対では捜査員毎《ごと》にエスを飼っているし、協力的な暴力団員との付き合いもあるので尚更《なおさら》そうだ。毎期首《きしゅ》に計上される予算では、とてもではないが組織を運営していくことができない。もっともこの問題は大なり小なりどこの警察署も抱えている問題で、捜査員や幹部連中が裏ガネ作りに奔走《ほんそう》するのはそういう理由だ。何も私利私欲のためだけに不正をしている訳ではない。

玄葉にしても同様だ。自宅や自家用車の購入に充《あ》てた分もあるが、横流しで得た資金の多くは捜査費用に流用している。カネに色はついていない。出処《でどころ》の汚いカネでも、真っ当な使い方をしてやれば綺麗になる。

だが生田は理解しようとしなかった。だからやむなく排除した。個人の正義などクソの蓋《ふた》にもなりはしない。それよりも捜査費用だ。巨悪と対峙《たいじ》するためには相応の設備と兵隊が要る。カネがなくては戦争も平和維持活動もできない。

警察官に必要なのは正義感ではない。

捜査能力と割り切りの早さだ。

無論、玄葉も警察官になった当初からそんな割り切り方をしていた訳ではない。多くの警察官同様、玄葉には玄葉なりの正義感も誇りもあった。だが実績を積み、昇格するにつれて抱えていた理想が現実と乖離《かいり》していくようになった。

家族を持ち、部下を持ち、護るものが増えるにつれて個人の正義や理想は後退する。現実を維持しようとすれば、現実を破壊しかねない理想が雲散霧消《うんさんむしょう》するのはむしろ当然だった。

生田は玄葉の違法行為を暴《あば》き、組織を崩壊させようとした。自分を含めた組対の捜査員とその家族のため、生田の口を封じることが玄葉にとっての正義だ。

そしてまた、生田と同じような色をした冴子が邪魔をしようとしている。彼女もまた県警の敵だ。目撃者の子供もろとも口を閉ざしてもらうしかない。

それには何としても郡山の口を割らせることだ。本人の頑強さはこの二日間で思い知らされた。同じ尋問方法を繰り返してもいいが、事態は急を要する。いっそ郡山の家族を突いてみるか――。

考えに耽《ふけ》っていると、後ろから車田が追い掛けてきた。

「課長、見つかりましたよ」

思わず足を止めた。

「本当か」

「巡回中の巡査が御堂猛の特徴と一致する子供を目撃しました。子供には高頭と思《おぼ》しき女も同行していたと証言しています。ビンゴですよ」

「よし、早速そこの交番なり所轄《しょかつ》なりに逮捕させろ」

「それが……」

車田は途端に声を落とした。

「何か不都合でもあるのか」

「巡査が高頭たちを発見したのは大阪のA地区なんです。あの二人、どうやらそこに潜伏している様子で……」

大阪のA地区だと。

一瞬呆気に取られた玄葉だったが、しばらく考えて合点《がてん》した。

A地区はこの国で唯一、警察施設が焼き討ちに遭った場所だ。当然、治安はよくない。そして治安がよくないということは、警察権力を思うように行使できないことを意味している。一般市民が立ち入りを躊躇《ちゅうちょ》するように、周辺の警察官もなかなか足を踏み入れようとしない。ホームレスの数も多く、全住民の把握さえ難しい。冴子と猛が紛れ込むにはうってつけの場所だ。

「証言は確かなんだな」

「子供はともかく、高頭はあのガタイですからね。間違えようたって間違えるもんじゃありません」

「塒《ねぐら》は押さえているのか」

「まだのようです。何せああいう場所ですからね。人一人捜索するのも骨が折れます」

「骨を折るのはこっちじゃない」

　玄葉は人差し指を振ってみせる。

「人探しは現地に任せる。そのための所轄だ」

「しかし課長。逮捕した高頭が、西成署の連中に要らぬ情報を流したらコトですよ」

「捕縛《ほばく》するのはもちろんウチの班だ。大阪府警にはヤサ探しだけやってもらう。事件は警官殺しだ。身内の仇《かたき》を討ちたいと申し出れば、先方も従わざるを得ない。第一、協力を要請するのは本部長を介してだから、向こうに拒否する理由はない」

「その……通りです」

「本部長にはわたしから話を通しておく。ウチの課は大阪府警との連絡を密にし、二人の潜伏先が判明次第、現場に直行して身柄を確保する。まず先遣隊として君と嘉手納くんに大阪入りしてもらう」

「了解」

　そして玄葉は声を一段低くする。

「高頭冴子は警官殺しの容疑者である上に、頑是《がんぜ》ない子供を施設から拉致して人質に取っている。この場合、容疑者逮捕に優先して子供の安全を確保しなければならない。現場の状況によっては、人質を護るために発砲も止むを得ないケースも当然に発生するだろう。また不幸にも流れ弾が人質に向かう虞《おそれ》も皆無ではない。犯人確保の瞬間に、予期せぬ出来事が起こることは多々ある」

逮捕のどさくさに紛れて二人を処分しろ——玄葉の真意が伝わったらしく、車田は神妙な面持《おもも》ちで聞いている。

「課長」

「何だ」

「まだ八歳のガキですよ」

「もう八歳だ。だから憶えなくてもいいことまで憶えてしまう。どうした？　子供相手で気が萎《な》えでもしたか」

「そういう訳じゃありませんが……」

「犯人逮捕に私情を挟むな。この案件を早急に片付けんことには、ミイラ取りがミイラになりかねんぞ。もちろん君もその一人だ」

「承知しています」

「いっそ口の利けない子供だったらよかったのにな」

そう言い捨てて、玄葉は車田に背を向けた。車田のような男に、ぐだぐだと弁明する余地を与えてはいけない。ただ追い込むように命令するだけだ。

それにしてもA地区とはな。

玄葉はホームレスの群れに交じって逃げ隠れする冴子の姿を想像して、一人悦《えつ》に入る。あのクソ生意気な女には、なかなか似合いの場所ではないか。

物騒な場所に逃げ込んでくれたのは、こちらにとっても好都合だ。平時が物騒だから、突発的な事故が発生してもさほど違和感がない。危険地帯で発生した事故であれば大抵の部外者は納得してくれるに違いない。

これで郡山の自白を急がせる理由もなくなった。後は事件が一段落してから提出する報告書の体裁を考えておけばいい。

玄葉は、ずいぶん軽くなった足取りで本部長室に向かう。頭の中では、冴子が身内の弾丸に貫かれて苦悶《くもん》の表情を浮かべる光景を愉しんでいた。

それから数分後、玄葉からの報告を受けた越田《こしだ》本部長は直《ただ》ちに大阪府警本部長に事情を説明し、その場で捜査協力を要請した。

3

ホテルの部屋に籠城《ろうじょう》して四日目、買い込んだ食料もそろそろ乏しくなってきた。何せ賞味期限の迫ったものは早急に処理しようとしたため、予定よりも早く備蓄が減ったのだ。

猛の女子力は大したもので、カップ麺など日持ちのするものを後回しにしたお蔭でまだ数日は耐えられる。これが逆だったら、今頃は空腹を抱えているところだった。

「でもさ、こんな避難民みたいな生活、そんなに続けられないよ」

猛はテレビのニュースを眺めながら、どこか他人事《ひとごと》のように言う。

「何が避難民だ」

「だって部屋に閉じ籠もって、限られた食べ物で我慢しているなんて避難民でしょ」

言っていることはもっともなので、敢《あ》えて反論はしない。このまま籠城を続けていても消耗戦になるのは目に見えている。

カネの工面はそれほど差し迫ったものではない。いざとなれば定期的に猛の様子を見にきてくれるセンセイにカードを渡し、A地区から離れた場所で現金を引き出してもらう手もある。

問題は郡山と連絡が取れないまま身を潜めている現状だ。玄葉の尻尾《しっぽ》を摑めているのかどうか、その情報を得ずにただ籠城しているだけではあまりに分《ぶ》が悪い。だが冴子の行動できる範囲はA地区に限定されており、全国の警察に手配が回った今、大阪府警がローラー作戦でも展開しようものなら早晩ここも安全地帯ではなくなる。

何もかもがもどかしかった。元より冴子は自分の足で情報を拾い集め、直接相手の喉元《のどもと》を締め上げる方策を採っている。今回のように自分は潜伏して、部下を遠隔操作するような方法はどうにも馴染めない。

おそらく、根っからの猟犬だからなのだろう。獲物を追い詰め、その口で相手の喉笛を嚙み砕くことに無上の喜びを得る。その意味で、強行犯係の刑事というのは冴子にとって天職でもあった。

「冴子さん」

「うん？」

「何だかイライラしてない？　こういう時には焦ったらミスをするって、冴子さんが言ってたじゃない」

「別に焦ってなんかいないが、避難民みたいな生活は続けられないと言ったり、焦るなと言ったり、いったいお前はどうしろって言うんだ」

「……それ、俺が考えなきゃいけない？」

問い返されて、ぐうの音《ね》も出なかった。

逃避行をする前に比べて図太くなったように感じるのは、やはり猛も男の子だからだろうか。

「猛は怖くないのか。全国の警察官から追われているんだぞ」

「それほど怖くない」

「どうして」

「冴子さんが護ってくれるじゃん」

今度は別の意味で、ぐうの音も出なかった。

子供というのは本当に正体が分からない——そんな風に考えていると、玄関ドアをノックする者がいた。

「わしや」

冴子は立ち上がった猛を手で制し、そろそろとドアに近づく。

ドアの向こう側から聞こえたのはセンセイの声だ。また個人授業に訪問してくれたらしい。

部屋の中に招いてやると、センセイはひどく慌てた様子で後手《うしろで》にドアを閉める。

「キャサリンさん。あんたら、外で何やったんや?」

珍しく声が尖っていた。

「どうかしたんですか」

「どうもこうもない。A地区の中、警官で溢れ返っとる。それもみんなあんたらを血眼《ちまなこ》になって探しとる。わしも長いことここに住んでるけど、こんだけようけ警官が集まったことはここ最近ない」

話を聞いているうち、思い当たるフシがあった。

あの二人の警官だ。

センセイに窘《たしな》められてすごすごと退散したが、彼らは間近で猛を目撃していた。もし彼らに人並みの記憶力があれば、冴子と猛の手配写真を見て上司に報告したはずだ。

「しかも集まった警官は、ここらじゃ見掛けたことのない、目つきの悪いヤツらばっかしや。ちょっと事情に詳しいモンに聞いたら、どうやらマル暴らしい。あんたらマル暴相手に、いったいどんな悪さをした」

「この地区には暴力団の事務所が集中しています。そた……マル暴の警官を投入したのはそのためだと思います」

「目つき悪い上にえろうしつこいらしいぞ」

センセイはまるで見てきたかのように顔を顰《しか》める。

「家は言うに及ばず、ホームレスの住処《すみか》まで一軒一軒訪ね歩いとる。こういう宿泊所もひと部屋ひと部屋、洩れなく確認しとる。それこそ虱潰《しらみつぶ》しや。遅かれ早かれここにもやって来るやろ」

「でも、このホテルは宏龍会《こうりゅうかい》の息が掛かっている場所でしょう」

「今回ばかりは宏龍会の印籠《いんろう》も役に立たんみたいやな。何せ宏龍会の事務所にも直接乗り込んだっちゅう噂や」

最初冴子は耳を疑ったが、やがて合点した。

警察官はその職業柄、日常的に身の危険に晒《さら》されている。犯人の追跡中に巻き添えを食って命を落とす者もいる。人命救助のさ中に殉職する者もいる。警察官の仕事は死と隣り合わせだ。だから自ずと警察官同士は戦友のような絆で結ばれる。

警官殺しが彼らの憎悪の対象になるのはそのためだ。警官殺しについて彼らは微《み》塵《じん》も容赦《ようしゃ》しない。犬になってでも犯人を追い詰めようと執念を燃やす。犯人逮捕のためならヤクザの事務所だろうがライオンの檻《おり》の中だろうが、どこにでも乗り込もうとする。

玄葉はそれを利用したのだ。実直な巡査部長を亡き者にした汚れた女刑事――そういう文脈で大阪府警の警察官を焚《た》きつけたに違いなかった。

「ここもそろそろ危ない。ウィリアムくんの身が心配やったら、早いとこ移動しなさい」

「でも、どこへ移動したらいいんですか」

「ここらはわしらの庭みたいなモンや。姐《ねえ》さんと子供一人匿う場所くらいはある。何とかしたる」

「ありがとうございます。すぐに支度をするので、センセイは部屋の前で見張っておいてください」

「承知した」

いったんセンセイが部屋の外へ出ると、冴子は携帯電話で山崎を呼び出した。

「わたしだ」

『声が緊張してますね、高頭さん。さては尻に火が点きましたか』

「宏龍会の事務所に府警が入ったらしいな」

『ええ、その件でこっちも朝から対応に追われて、てんやわんやですよ。えらいとばっちりだ』

とばっちりというのは、確かにそうだろう。

「尻に火が点いているのは向こうの方だ。だから普段やらないことをする」

『お蔭であたしたちも厳戒態勢ですよ。高頭さんたちを捜索する口実で、痛くもない腹探られても迷惑ですからね』

痛くもない腹ではなく痛い腹の間違いではないかと思ったが、口にはしなかった。

『いずれにしろ、対応策は考えておかないといけません』

「何が対応策だ。わたしたちの件は宏龍会に直接の関係はないだろう」

『ガサ入れみたいな真似をされたんじゃ敵《かな》わないや』

「そっちにも都合があるみたいだな」

『おなじ組織でも、大阪や博多の連中は血の気が多くて』

事務所を家探しされたら、色々と都合の悪いものを発見されるのだろう。

「その後、郡山がどうなったか情報はあるか」

『未だに取り調べ中らしいですね』

言い換えれば、解放されるほどまだ情報を開示していないということだ。

『タフな人の懐刀《ふところがたな》はやっぱりタフですなあ。今度のことが終わったら、是非一席設けたいところですが、まあ、今はそんな暇ありゃしませんな』

ふと、言葉尻に不穏な響きを聞き取った。

「何を考えている」

『なに、寝小便が見つかった時の備えですよ』

「どういうことだ」

『寝小便を親に見つかったら、どう言い逃れをしたらいいと思いますか』

「経験がないから答えられんな」

『寝小便した布団に、お茶を大量にぶち撒けるんですよ。そうすると小便なのかお茶なのか区別がつかなくなる。それ以前に親は呆れ果てて叱る気にもなれないって寸法です』

「……意味が分からん」

『そのうち分かります』

電話の向こうで山崎は忍び笑いを洩らしている様子だ。

「このホテル以外に身を隠す場所はないのか」

『すいませんねえ、高頭さん。もう、こっちも一杯一杯なんでこれ以上はヤサを提供できません。さっさと撤収してやってください』

「含みのある言い方だな」

『ヤサは提供できないと言っただけです。あ、それから万が一捕まっても、あたしたちが手を貸したことはご内密に願いますよ』

「その程度の仁義はあるさ。それに捕まったら、あれこれ喋らされる前に口を塞がれるのが関の山だ」

『違いないや。それじゃあ、お気をつけて』

通話を畳んで猛に視線を移すと、とっくに身支度を終えていた。

「早いな」

「冴子さんがもたもたしてるんだよ」

冴子の方に纏めるような荷物はない。即座に猛の手を引いて、センセイの待つ廊下へ飛び出す。

「ところでどこに行くんですか、センセイ」

「たった一カ所だけアテがある。キャサリンさん、ここに来る途中、派出所を見かけたやろう」

「ええ。金網と鉄格子だらけでしたよね」

「派出所言うても巡査が常駐しとる訳やない。ホンマに立ち寄るだけや。それに場所が場所やから、のんびりと二階に寝泊まりするような肝《きも》の据《す》わったヤツもおらへん」

「まさか」

「そのまさかや。あんたたちを派出所の二階に放り込む」

「警官が出入りする場所なんですよ」

「せやから余計に盲点になる。誰も自分らの施設に獲物が潜んでるとは考えんやろ。それにほとぼりが冷めるまでや。警官たちの数が少のうなったら、また移動したらいい」

センセイの提案を冷静に検討してみる。派出所の前を通り過ぎた時、確かに人の居住している気配は希薄だった。金網と鉄格子に護られた宿舎など、自分が巡査の立場でも気が進まない。盲点になるというのもその通りで、センセイのアイデアはなるほどと思える。

一つ気になるのは二階に潜んでいる最中、一階から押し込まれたら逃げ場がなくなるという点だ。

「何か問題でもあるんかね」

「いざという時にどうやって脱出しようかと」

「そんなもの、いざとなる前に逃げればええだけの話さ」

涙の出るくらい明快な答えだった。

三人はセンセイを先頭に階段を下りていく。

ところが一階に到着する寸前で、センセイの手が後ろに伸びた。

「誰か来とる」

言われるまでもなく、フロントで寺島《てらしま》と男の声が聞こえた。

「宿泊者名簿見せただけではあきませんか」

「ふん。ここらの宿泊所の名簿がどんだけ胡散臭《うさんくさ》いか、自分で分かっとるやろ。全室、検《あらた》めるよって鍵、出せ」

「お客様のご迷惑になりますので、それはちょっと……」

「四の五の言うとらんと早《は》よう開けえ」

センセイはゆるゆると首を横に振る。

「あかん。裏口に回ろ」

二階に戻り、非常階段の扉を開く。

「よっしゃ、こっちは監視もおらんみたいや。二人とも行くで」

ねえ、と猛が冴子の裾《すそ》を引っ張る。

「あれ見て」

猛に指摘される前から冴子もそれを見ていた。

二階から眼下を望むと、通りのあちこちに警官と私服の刑事がうろついていた。私服刑事の面構《つらがま》えから組対の人間と見当がつく。建物の中で訊き込みをしている者を含めれば、この界隈だけで十人以上はいるだろう。この狭い地域に、大阪府警はいったいどれだけの捜査員を投入したのか。

まるでオオカミの群れに紛れ込んだ羊だ。

「二人とも、こっちこっち」

階下では佐古ジイがこちらに向かって手招きをしていた。

「すみません、迷惑かけて」

「勘違いすんな。わしはポリ公が徹底的に嫌いなだけや。あいつらの喜ぶことなんざ、絶対にしてやるもんかい。ほれ、二人ともこれ被っとけ」

佐古ジイが差し出したのは、泥汚れですっかり元の色が分からなくなったパーカー二着だった。

「坊主の方はわしが連れていったる。頭っからそれ被っとったら人相も分からんやろ」

言うが早いか、佐古ジイはそのうちの一着を猛に被せる。

「臭っ」

「ええ臭《にお》いやろ。お好きな人には堪らんで」

パーカーを着込み、フードを下げる。これなら男女の別も体型も分からない。

「あいつらが捜しとんのは母子の二人連れや。姐さんとわしらが離れて歩きゃ、ちょっとは目眩ましにもなるだろ」

一瞬でも猛を手放すことに躊躇を覚えたが、少し考えて納得した。

これも一つの盲点だ。警官たちも、まさか自分たちの探している当人が正々堂々歩いて来るとは夢にも思わないだろう。

三人の行く手には二人の刑事と四人の警官が、辺りを窺《うかが》っている。横に脇道はないので、派出所に向かうには彼らの中を突っ切っていくしかない。

「したら、先に行くぞ。派出所で待っとるからな」

「派出所は鍵が掛かっているでしょう」

「へ。あんな安物の鍵、飾りみたいなもんや」

猛の手を引いた佐古ジイが歩き始める。傍《はた》で見る限りは微笑《ほほえ》ましい祖父と孫の光景だ。

「せやからなあ、あそこはホンマに惜しかってん。最終周まではちゃんとわしの言うた通り、大穴がぶっちぎりやったやろ。そのままペース落とさずにいったらええモンをあのクソ馬、後から後からずるずる抜かれくさって……」

八歳児相手に何を話している――慌てて声を上げそうになったが押し留めた。よくよく考えればこの場所に溶け込んだ会話にも聞こえる。その証拠に警官の一人があからさまに眉を顰《ひそ》めたが、二人に近寄ることもなくやり過ごしてしまった。

「お蔭でえろうスってもうた。こんなんババアに言うたら殺されるわ。ええか、婆ちゃんには絶対内緒やで。おい、ちゃんと分かっとんやろな。せやったら頷《うなず》くなり何なりせんかい。不安でしゃあないわ」

フードですっぽり頭を隠した猛は一度だけ頷いてみせる。

「おお、よしよし。お前のそういう素直なところが、爺《じ》っちゃん好きやで」

敵陣突破で二人とも緊張の極みだろうが、佐古ジイも猛も奮闘している。それでも冴子は、気が気ではなかった。

「よっしゃ、そしたら口止め料や。今からジャンジャン横丁の串カツ屋行くか？何でも好きなモン頼んでええで。うん？　よし、ちょっ急ごか」

言うなり、佐古ジイは猛の手を引いて小走りに駆けていく。

上手い。なかなかの名演技じゃないか、あの爺《じい》さん。

二人は警官たちの真ん中を突っ切り、無事に抜けていった。警官たちは振り向きもしない。

頼むぞ、佐古ジイ。

次は自分の番だ。冴子はフードを目の位置まで下ろす。あまり目深《まぶか》に被れば却《かえ》って怪しまれる。

空腹なホームレスの真似をすることにした。肩を落とし、両手をぶらりと下げ、足を引き摺るようにして歩く。この地区に潜んでからサンプルは嫌というほど見た。仕草も歩き方も目に焼き付いている。

ホテルの物影から、すうと通りに出る。

怪しまれることなく堂々と、しかし目立ってはいけない——そう念じながら、思わず苦笑しそうになる。日頃鍛えた尾行の技術がこんな局面で役に立つとは想像もしていなかった。

向こうから目つきの悪い刑事が二人、道の真ん中を歩いてくる。冴子は二人を避けることなく直進する。

双方の間隔がどんどん縮まっていく。

十メートル。

五メートル。

二メートル。

真横を通り過ぎる時、刑事の一人がうっと呻《うめ》いた。

佐古ジイの知恵なのかどうか、パーカーは相当な異臭がしていた。醬油色になった雑巾《ぞうきん》にたっぷり汗を滲み込ませて、湿った場所に放置しておいたような臭いだ。着た途端に冴子自身が噎《む》せかけたが、今はこの悪臭が隠れ蓑の役目を果たしてくれる。

「ひってえ臭い」

もう一人の刑事はそう呟《つぶや》いて顔を逸《そ》らした。

いいぞ、そうやってずっと逸らしていろ。こちらが顔を背《そむ》ければ注意を引いてしまうが、お前たちが顔を背けてくれるのは大助かりだ。

続いて警官たちの群れに向かうが、ここで先の刑事の反応が功を奏した。警官たちは無言で冴子のために道を空けてくれる。冴子は、まるで海を二分するモーゼになったような気分だった。

やはり誰も振り返ろうとしない。

助かった。

冴子は胸を撫で下ろして歩き続ける。歩を速めると、やがて佐古ジイたちの背中が見えてきた。このままの距離を保ちながら後を追うことにした。

それにしても、と思う。

往来に出ると、改めて投入された警官の多さに驚く。道路の右を向いても左を見ても、警官だらけだ。

もちろん元よりここの住民は警官嫌いが多い。当然のようにあちらこちらで小競り合いが発生している。

「何やねん、この湧いたようなお巡りの群れは。鬱陶《うっとう》しい」

「おい。口の利き方に気ィつけんかい」

「やかまし。善良な市民が和《なご》んどる最中に、無粋《ぶすい》なモンぶら下げて来んな。子供が怯《おび》えとるやないか」

「ふん、善良な市民ちゅうのはちゃあんと納税しとる人間のことや。お前らはそうやないやろ」

「何やと、こら」

「言いたいことがあるんやったら、署でなんぼでも聞いたるぞ」

いいぞ、と冴子は心の中で囃《はや》し立てる。

そこら中で小競り合いを繰り広げてくれれば、それだけ冴子に注意を向ける余裕もなくなってくる。あわよくば小規模な暴力沙汰が起きて、警察官が一カ所に集中してくれれば有難いのだが。

佐古ジイと猛は順調に派出所へ近づいている。目算であと百メートル弱といったところか。

ふっと気が緩んだ時、背後から剣呑《けんのん》な雰囲気が飛んできた。

「おい、こら。今、わしのこと突き飛ばしたやろ」

「おのれが公務の邪魔するからやろが。そこでおとなしゅうしとれ」

「キれたぞ、このクソガキ」

「やめろ」

「俺たちには別の任務が」

「何が公務じゃ。税金泥棒」

「何やと、もっぺん言うてみい」

背中に届く喧騒《けんそう》があっという間に拡大していく。どうやらさっきの小競り合いが起爆剤となり、住民の鬱屈《うっくつ》に火を点けたらしい。

「殺すぞ！」

「ああ、やってみい！　その前に公務執行妨害で留置場にぶち込んだる。ただしお前は飯抜きじゃ」

「野郎」

ちらと振り返ると、数人の住民が警察官たちに殴りかかっている。それを食い止めようとした私服刑事が別の住民に羽交《はが》い絞《じ》めされている。

いいぞ、もっと熱くなってくれ。

冴子はほくそ笑みながら向き直る。騒ぎを聞きつけて、道路の向こう側から警官たちがわらわらと駆けつけてくる。

祈り、天に通ず。

乱闘騒ぎになってこの辺一帯は大混乱、その隙に自分と猛は派出所の二階へ潜り込む。あれだけの住民を逮捕すれば西成署なり府警本部なりに収容せざるを得ないから、警官が派出所に立ち寄ろうとする機会はますます減じる。

その時だった。

援軍の最後尾を走っていた警官が冴子に衝突した。

不意を突かれて冴子は路上に転がる。

同時に何かがこぼれ落ちた。

しまった。

護身用のスタンガンだった。

「いや、悪かった。怪我はないか」

要らぬ職業意識を発揮して、警官がこちらに駆け寄って来る。

「うん? 何だ、それは」

気づかれた——。

警官が伸ばした手よりも、一瞬冴子の方が早かった。

冴子はスタンガンを取り上げると、右足を軸にして警官の足首を払った。

「うわ」

最後まで叫ばせず、その脇腹にスタンガンの先端を押し当てる。

警官はひと声啼《な》いて、ぐったりとなった。

さっと周囲に目を向ける。幸い他の警官たちは乱闘の輪の中に巻き込まれて、冴子たちの方を見る暇などなさそうだった。

冴子は警官の身体を抱え上げると、肩を貸すようにして路肩《ろかた》に移動する。ちょうどブルーシートの露店が連なっていたので、その後ろに警官の身体を放り込んでおく。

露店の主が戻るのが先か、それとも警官の意識が戻るのが先か。とにかく一刻も早くこの場から遠ざからなければ。

早足で歩くと、佐古ジイたちが派出所に到着したところだった。佐古ジイが戸の錠をがちゃがちゃ鳴らしていると、一分もしないうちに開いた。

「ホントに安物なんだよな。ほれ、入った入った」

冴子と猛は滑り込むようにして中へ入る。

壁には周辺地図と啓発ポスター。置いてあるのは粗末な机が一台きり。これなら泥棒に入られても盗まれる物はない。いや、この辺の泥棒なら粗末な机さえ持って帰るか。

「さあ、二階へ行きな。また表から鍵かけといてやる」

一瞥《いちべつ》すると戸は内側から開錠できるようになっている。これなら人目のない時を見計らって、外へ出ることができる。

「恩に着ます」

「よせやい」

ぷいと顔を背けて佐古ジイは外に出る。そして外側から施錠《せじょう》すると、何食わぬ顔をして派出所の前から姿を消してしまった。

「ねえ、もうこれ脱いでいい？」

猛が情けない声を上げる。冴子は猛からパーカーを剝《は》ぎ取り、自分も脱いだ。

「行くぞ」

猛を後ろに従えて階段を上る。相当前から人が踏み入れた形跡がなく、踏み面はうっすらと埃《ほこり》で覆《おお》われていた。

二階は和室の六畳だった。階段と同様、ここの畳にも埃が積もっている。この分ではノミやシラミも大量発生していそうだ。

押入れを開けると布団がひと組。黴臭《かびくさ》さが離れても嗅ぎ取れる。

「野宿よりはマシかなあ」

「我慢できるか」

猛は自信なさげに頭を掻く。

「ここには何日、籠城するの」

「あいつら次第だな」

窓から見下ろすと、警官隊と住民たちの争いはまだ続いていた。

4

やがて夜がやってきた。まさか室内に明かりを点ける訳にもいかず、冴子は暗闇の中から眼下を窺《うかが》う。

通りからは警官たちの姿も剣呑な雰囲気も消え、見掛けるのはここらを縄張りにしているホームレスと犬くらいのものだ。

「オジサンたち、こんな夜中だっていうのに働き者だよね」

横にいた猛が感心したように言う。暑い盛りに動き回ると無駄に体力を消耗するので夏場の彼らは夜行性になるだけのことだが、折角感心しているところに水を差す必要はない。

「でも、どうして俺たちを助けてくれるんだろう」

警察がとことん嫌いなんだろうな、と答えてやると猛は合点したようだった。

「それは何となく分かるかな」

「猛も警察が嫌いか」

「警察が大好きだって人、あまりいないと思うよ」

「わたしも警察官だぞ」

「冴子さんは別だよ」

自分と他の警察官がどう違うのか聞いてみたい気持ちもあったが、何となく気後《きおく》れしてそれ以上は追及しなかった。

「今夜はここに泊まるの」

冴子は考え込む。明日になれば警官隊の捜索が再開する。今日は相手側の盲点を突いて網の目を掻《か》い潜《くぐ》ることができたが、明日も逃げ果《おお》せるとは限らない。初日に成果が挙がらなければ、二日目には公衆便所や下水管まで捜査範囲を拡げる連中だ。

警官隊の全員が引き揚げた訳ではなく、おそらく交代制で何分の一かは残っているだろうが、全員が張り込んでいるよりはまだ有利と言える。

「まだ動けるか」

「うん」

「いったん今夜中にA地区を出る。四日も捜し回って、いないと分かればヤツらも撤収する。その頃を見計らってまた戻ってくればいい」

「じゃあ、その四日間はどこに隠れているのさ」

「警察が逃亡中の犯人を捜す時、どこに重点を置くのかは分かっている。その裏をかいていけば四日は保つ」

もちろん、その四日間は絶えず移動を強いられ一つところに落ち着くことはないだろう。捜索する側が人海戦術に出た場合、動かずにいるのは見つけてくれと言っているようなものだ。

ほとぼりが冷めるまで、どこからどこへ移るのか。大まかな計画はこの部屋に籠城しているうちに練り上げた。後は追手がこちらの思惑通り動いてくれるかどうかだけだ。

「それじゃあ行くぞ」

決断したのなら行動は迅速《じんそく》な方がいい。冴子は猛を引き連れて派出所の階下に向かった。

一階に下りて尚、身を低くして外の様子を窺う。人通りは絶え、目を凝《こ》らしてみたが物陰に何者かが潜んでいる様子もない。

内側から開錠し、ゆっくりとドアを開ける。

その時、後ろから手が伸びてきた。

猛の小さな手が、冴子の手を力一杯握って離そうとしない。握り返してやると、それで安心したかのように力が緩んだ。

往来を見渡してから、そろそろと派出所を出る。月の光が明るいのが恨めしい。

冴子の計画はこうだ。まずA地区を出て、捜査が手薄になっている周辺の泉北《せんぼく》なり河内《かわち》に移動する。あの辺りは山林も多く、二人が身を潜める場所ならいくらでもありそうだった。当座の逃走資金は最寄りのＡＴＭから引き出す。A地区に近い場所で引き出した記録で、捜査陣の目を外《ほか》へ向けさせる一助にもなる。そして捜査の手が周辺地区に伸びた頃合いを見計らって、またA地区に戻る。

これは冴子自身が捜査する側の人間だったから思いつくことだが、いったん調べ尽くした場所に対象が舞い戻ることはなかなか想定しづらい。事件が長期化して焦りが生じると、どうしても同じ場所を調べようとはしなくなるからだ。

猛の手を引いて暗い舗道を歩く。人通りはない代わりに、腹を空かせていそうな野良犬が向こうから歩いてくる。ここの住人からあまり優しい扱いは受けていないのか、二人の姿を見るや否《いな》や、あさっての方向に逃げていった。

「あのさ、冴子さん」

「何だ」

「佐古ジイやセンセイには言っておかなくていいの？　きっと心配するよ」

「言わない方がいい。どのみちヤツらはわたしたちと接触した佐古ジイやセンセイを放っておくはずがない。手掛かりを得るために厳しく取り調べる。下手に情報を知っていればその分だけ苦しめられる。だから何も知らない方が安全なんだ」

深夜の道路はどこのモデル地区かと思えるほど綺麗に片づいている。それも当然で、他所《よそ》であれば普通に見掛けるクルマの路上駐車もこの地区では即座に商売の対象になるからだ。同様の理由で放置自転車もない。がらんとした通りを歩いていると、まるで二人で道路を占領したような錯覚に陥る。

遮蔽物《しゃへいぶつ》が少ないにも拘《かか》わらず姿を晒していられるのは、これも他所には呆れるほど設置されている防犯カメラがほとんど見当たらないからだ。佐古ジイの話によれば、あまり機能していない派出所の示威《じい》効果を補うために当初は至るところに設置されていたのだが、住人たちの投石をはじめとした破壊行動によって撤去を余儀なくされたという。街灯が乏しいのも幸運だった。この状況であれば、冴子たちの出入りを監視されることはない。

「ちゃんと帰れたらいいな」

いつになく猛は心細げだった。

「大丈夫だ。警察のやり方は熟知している。必ずまたセンセイの授業を受けさせてやる」

「違うよ」

「うん？」

「帰るのは、元の場所にだよ」

一瞬、返事に詰まった。

我ながら馬鹿だと思った。いつの間にか、猛を親元どころか施設に帰すことさえ忘れていた。

自分と猛の間柄は捜査員と目撃者に過ぎない。それなのに何を勘違いしていたのか。

「言い間違えた。必ず母親の許《もと》に帰してやる」

「あのさ」

「まだ何かあるのか」

「……そんなにすぐでなくてもいいや」

しばらく歩いていると、前方に最寄りの駅が見えてきた。あれを越えればひとまずA地区を抜ける。

その時、背後から声を掛けられた。

「キャサリン姐さん」

まさかと思ったが、振り向くとやはり佐古ジイが立っていた。

「その格好だと、どうやらここを出るつもりらしいな」

「ええ、ほとぼりが冷めるまで様子を見ようと思います。でも佐古ジイさん、どうしてこんな時間に」

いやあ、と言いながら佐古ジイは頭を掻く。

「妙なのが派出所に近づかんように、と思うてさ」

「見張りをしてくれてたんですか」

「まあ、姐さんだけやったらともかく、子連れやさかいな」

感謝したいのは山々だったが、それよりも素人《しろうと》がうろうろしていたのでは却って勘づかれはしなかったかと気になった。

「わたしたちが派出所の二階に籠もってから、ずっと見張っていてくれたんですか」

「センセイらと交代しながらな。一人で突っ立ってたら、そりゃあ怪しいやろ」

「ありがとうございました」

「毒食らわば皿までや。ついでや、途中まで道行《みちゆき》と洒落《しゃれ》込もうか」

「いや、ここからはわたしたちだけで大丈夫ですから」

「夜逃げ同然みたいななりで何が大丈夫や。ええから任しとき。この辺はわしの庭みたいなもんやからな」

断ろうとしたが、佐古ジイは冴子を促《うなが》すように背中を押す。

「また戻ってくるつもりかい」

「一度調べた場所は安全かと思って……」

「まっ、現役の刑事がそう判断するんなら、そうなんやろな」

思わず振り返ると、佐古ジイは薄笑いを浮かべていた。

「追手のポリから聞いたわ。姐さん、高頭冴子っちゅうんやろ？　千葉の方で同僚を射殺したとかの容疑で手配書が回っとるらしいな」

咄嗟《とっさ》に身構えた。

まさか佐古ジイが敵に回ったのか——。

「どうせ冤罪《えんざい》なんやろ」

佐古ジイは笑ったままで言う。

「これでも多少は人を見る目がある。姐さん、同僚撃ったからゆうて西成まで逃げてくるような人間やない。身内の厳しさ知っとる現役の刑事やったら、濡《ぬ》れ衣《ぎぬ》やない限り逃げようとは思わんやろうし、第一あいつら、その子は人質に取られたとかぬかしよったけど、人質がそんなにおとなしゅうついてくる訳がない。どっちが嘘を吐いとるか、一目瞭然《いちもくりようぜん》や」

「大阪府警の警察官は、ただ千葉県警の要請に従っているだけなんです」

「それでも上の命令やから、何も考えんと姐さんたちを追っ掛けとんのか。まあ、それもようある話やけど、余計に胸糞《むなくそ》悪うなってきたな」

佐古ジイは鼻を鳴らして冴子たちの前に回る。宣言通り、二人を誘導するつもりらしい。

「佐古ジイさん、本当に、もうここで結構です。これ以上わたしたちに関わったらあなた方に迷惑が及んでしまいます」

「そんなもん、本人が思わんかったら迷惑でも何でもない。がちゃがちゃ言わんとついてきたらええ」

それから数歩も行かないうちだった。

「高頭冴子だな」

真横から声を掛けられた。

ただし今度は野太く威圧的な声だ。反射的に振り向くと月光の下、肉太《ししぶと》りの大男が立っていた。うっすらと見覚えがある。確か組対で玄葉の下にいる嘉手納という男だった。

　玄葉め、子飼いの刑事をこんなところにまで寄越したか。

「生田巡査部長殺害並びに略取《りゃくしゅ》・誘拐の容疑で逮捕する。おとなしくしろ」

「ご苦労だな。ずっと張っていたのか」

「その爺さんを見張っていただけだ。お前らを知ってるようだったんで、いずれ接触するだろうと踏んだんだ」

「この野郎っ」

　怒りにまかせて飛び掛かろうとした佐古ジイは他の警官によって、すぐに取り押さえられた。

「ひ、人をダシに使いやがって」

「爺さんみたいなポンコツでも、ダシになる程度には人の役に立てたんだ。むしろ感謝して欲しいくらいだな」

「もう逃げられんぞ」

　嘉手納の声に被さるように別の声が響く。おそらく所轄署の者だろう。数人の警官がばらばらと前方を取り囲んだ。その数、嘉手納を含めて五人。うち一人が佐古ジイを押さえている。

「姐さん、悪かった。こんなことになるんやったら、わしは……」

咄嗟に戦闘シミュレーションを組み立ててみる。こちらの武器と言えば出力を上げたスタンガン一丁、対する警官たちは拳銃と警棒を所持している。武器だけの比較なら、こちらが圧倒的に不利だ。

この中で一番手強いのは嘉手納だろう。言い換えれば嘉手納さえ押さえ込めれば、窮地《きゅうち》を脱する可能性が見えてくる。

では、どう押さえ込むか。格闘で自由を奪い、拳銃を取り上げて人質にする――。

だが、その計略も猛の声に阻《はば》まれた。

「何するんだよっ」

あっと思った。いつの間にか背後にも新手《あらて》が現れ、一人が猛の手首を捕らえていた。この男にも見覚えがある。やはり玄葉の部下で名前は確か車田とかいったか。

しまった、挟み撃ちにされた。

一瞬の不意を突かれて、握っていた猛の手が離れる。

猛は悲鳴を上げながら車田に抱きすくめられた。

「さあ、もう大丈夫だからな」

他の警官がいる手前、車田は聞こえよがしにそう言った。だが、黙って従う猛ではない。

「何が大丈夫だよ。お前たちに捕まって大丈夫な訳ないじゃんか」

　突然の反論を車田が押さえ込む。

「ふん、可哀想に。今までずっと緊張の連続だったから、助けられても状況が把握できていないらしい」

「嘘だっ、助けてくれたのは冴子さんの方だ。悪いのは、あの刑事さんを撃ったのはお前たちじゃないか」

「何を言い出す」

　さすがに車田は慌て出した。

　冴子は手を伸ばして猛を奪い返そうとするが、あっという間に嘉手納を含めた五人に取り囲まれる。

「おっと、それ以上動かないでもらおう。こちらとしても無傷のまま千葉に護送したいんでね」

　何が無傷だ。千葉県警の留置場の中か、さもなければ護送途中で口を封じられかねないではないか。

　佐古ジイは羽交い絞めにされて身動きが取れないし、元より戦力には加えられない。

　とにかくこの大男を先に沈黙させることだ。

「たかが女子供にこの人数の加勢を頼むか。千葉県警の組対も地に堕《お》ちたものだな」

「うるさい」

「確か嘉手納だったな。お前、A地区に出張《でば》ったのは初めてか」

「それがどうした」

「ここの連中は名うての警察嫌いが揃っている。今もお前たちを包囲しているのに気付かないか」

「まさか」

嘉手納が背後を振り向き、注意が逸れた。

冴子はその隙を見逃さなかった。

目にも止まらぬ速さでスタンガンを取り出し、嘉手納の脇腹に押し当てる。

スイッチ・オン。

夜目にも鮮やかな蒼《あお》い閃光《せんこう》が走り、嘉手納はひと声呻いて仰《の》け反《ぞ》る。いくら図体が大きくても5mA《ミリアンペア》の電流の前にはひとたまりもあるまい。

目の前に立ち塞がるのは所轄署の残り三人。だが最初から殺意を抱いている嘉手納と違い、こちらは同じ警察官である冴子を捕縛するのにまだ若干《じゃっかん》の躊躇を見せている。

犯人逮捕の瞬間で躊躇するのはご法度だと教えられていないのか――苛立ちと小気味よさが綯《な》い交《ま》ぜになる中、冴子は端の警官に足払いを食らわせる。

「うわあっ」

端の警官は堪らず体勢を崩す。その脇腹にすかさず当て身。警官は後方に吹っ飛んだ。

続いて中央の警官の襟《えり》を捕らえる。充分に引き付けた上で大外刈り一閃《いっせん》、これは冴子の得意技だ。警官はアスファルトにしたたか打ちつけられた。衝撃は相当なものだろう。

端で三人が次々に倒されるのを見ていた警官が、冴子に飛び掛かる。佐古ジイを押さえていた警官も形勢不利と見たのか、佐古ジイを投げ出してそれに加勢する。

上背のある冴子に対し、警官は中肉中背だった。飛び掛かってきた警官を背負い投げ、アスファルトに叩きつける。

だが、その一瞬の隙を突いて、警棒が冴子の膝裏を打ち抜いた。鍛えようのない場所だ。冴子は呆気なく膝を崩す。その機を逃がさず警官は冴子を後ろ手に捕らえ、もう一人が前から下半身を押さえに掛かる。全体重をのせてきているので、冴子も容易には振り払えない。

まずい。このまま動きを封じられたらお終《しま》いだ。

せめて、猛だけは。

「逃げろおっ、猛っ」

その時、猛が機転を利かせた。

いきなり耳を劈《つんざ》くような音が響き渡る。

猛が隠し持っていた防犯ベルの紐《ひも》を引いたのだ。

猛を押さえていた車田が、驚いた拍子に手の力を緩めたようだ。猛はその隙を逃さない。車田の縛《いまし》めを振り解《ほど》き、今来た道を駆けだしていく。

いいぞ、逃げろ。

もう一度A地区の中へ。二人なら目立つが、お前一人なら何とか住人たちが匿いきれるかも知れない。

猛は起動中の防犯ベルを投げ捨てて、脇目も振らずに走っていく。出遅れた車田が体勢を立て直す頃には、既に十メートル以上の距離を空けていた。

ところが、車田は予想外の行動に出た。

「止まれえっ」

叫ぶや否や拳銃を取り出し、猛の頭上に向けて一発撃った。

威嚇《いかく》射撃だ。

防犯ベルのけたたましい音さえ切り裂くような銃声に、猛の足が止まる。

冴子を取り押さえていた二人の警官も、まさか子供相手に発砲するとは予想もしていなかったのだろう。拳銃を構えたままの車田を半ば呆然と眺めている。

優位に立った車田は敏捷だった。拳銃を片手にぶら下げたまま猛に追いつき、その小さな首に腕を回す。

「全く世話を焼かせる。きっと長い拘禁生活で正常な判断力を失っている。こういう場合には威嚇射撃でもしないとな」

言い訳がましく、それも他の警官へ聞こえよがしのように喋る。傍で見ていてこれほど滑稽《こっけい》なものもなかったが、生憎《あいにく》それに気づいているのは冴子と猛、そして佐古ジイだけだった。

おい、と声を掛けると二人の警官は手を緩めずに冴子の方を向いた。

「子供相手に威嚇射撃だと。お前らも警察官だったら変だとは思わないのか」

二人の警官は意表を突かれたように、冴子と車田を交互に見る。

「いいか、よく聞け。わたしたちは嵌《は》められた。濡れ衣を着せられたから逃走したんだ。同僚の生田巡査部長を射殺したのは、あいつらの上司だぞ」

「逃亡犯のたわ言なんぞ聞くなよ」

猛の身体を引き摺りながら、車田が戻ってくる。

「追い詰められた犯人がどんな言動に出るか、君たちも知らない訳じゃあるまい。

君たちが動揺した隙にまたぞろ逃亡を図る気だ。ぼやっとしていないで手錠を嵌めろ」

背後にいた警官が慣れない手つきで手錠を掛ける。かちゃり、と乾いた音を聞いた刹那《せつな》、絶望の二字が頭を駆け巡ったが、引き立てられてくる猛を見た途端に闘志が再燃した。

「他人の言うことを鵜《う》呑《の》みにする前に、自分の警察官としての勘と経験を照らし合わせてみたらどうだ」

再び、二人の警官の表情には逡巡《しゅんじゅん》が生まれる。

「スタンガンくらいしか持ち合わせていない女刑事と子供を相手に、こんなガタイの大きな刑事と街中で平気に威嚇射撃するような刑事が血眼で追いかけてきた。車田に至っては子供に弾が当たることも気にしちゃいない。どっちの言い分が正しいと思う」

警官たちは互いに顔を見合わせて困惑しているようだった。

タテ社会での階級を信じるか。

それとも警察官の心に従うのか。

二人の表情に困惑と躊躇が走る。

冴子はじりじりと二人の決断を待つ。縛めが解けた瞬間に反撃する手筈《てはず》も考えていた。

　だが駄目だった。

　二人が結論を出すよりも早く、嘉手納ほかの倒された警官たちが復活し、冴子の拘束に加担する。

「電撃とは卑怯な真似をしてくれるじゃないか」

「女だと思って甘い顔をしていたら不意を突かれた」

「こいつ、ホンマに女なんか？」

　つごう五人に捕らえられたのでは逃げ出す隙もない。何より猛が敵の手の内にあっては、どうすることもできない。

　冴子はふっと力を抜いた。ここでじたばたしても始まらないのであれば、体力は温存しておくに限る。

「冴子さん……ごめん」

　車田に首根っこを摑まれた猛が申し訳なさそうにこちらを見る。

　そんな顔をするな。

　長く警察官をやっているが、ああも刑事に立ち向かう八歳児はお前くらいのものだ。もっと胸を張れ。

「姐さん、坊主。わ、悪かった。わしが尾行《つけ》られてへんかったら、こんなことにならんかったのに……」

いいんですよ、佐古ジイ。

あなたとお仲間は、どこの馬の骨とも分からないわたしたちに本当によくしてくれた。あなたたちがいなければ、二人ともこれほど長くは潜伏できなかった。

「二人を連行しろ」

車田の合図で、冴子と猛は裏通りに駐《と》めてあった警察車両に乗せられた。

二人が連行された先は西成署だった。

署に到着するなり、冴子は一人きりで留置場に放り込まれた。名目上は人質となっている猛は、別の場所に閉じ込めておくつもりなのだろう。

扉の施錠を確認すると、車田は格子の向こう側で、ひと仕事終えたというように大きく息を吐いた。

「さすがに〈千葉県警のアマゾネス〉の異名は伊達《だて》じゃないな。さっきはどうなることかと思った」

こんな男に誉められても嬉しくない。冴子は返事もせず、壁を背にして胡坐《あぐら》をかいた。小便と安手の消毒液の混ざった臭いが鼻を突く。

「猛をどこへ連れていった」

「ガキに相応《ふさわ》しい場所だよ。もっとも担当しているのは婦警じゃないが」

「猛の口も封じるつもりか」

車田は答えようとしない。留置場内の監視カメラや録音を気にしているからだろう。

冴子は手招きで車田を呼ぶ。

「もっと近寄れ。そうすればお前の陰になってわたしの顔や唇はカメラに映らない」

車田は不審げだったが、それでも冴子の手が伸びない地点まで近づいてきた。

「答えろ。あの子を消すつもりか」

「……そんなことを訊いてどうする」

「返事次第でお前たちへの対処法が変わる」

「対処法だと」

「逮捕した容疑者全員に訊くことにしている。わたしの流儀だ」

「捜一では班長の流儀で捜査方針が変わるっていうのか」

「猛はまだ八歳だぞ」

「あれくらいはしこい子供なら証言能力もあるだろうな」

「証言能力があるなら殺すか」

「何を言ってるか分からんが、ちゃんと大人並みに扱ってやるさ」

「噛んで含めて解放してやれ。たとえあの子が何を言っても、子供の言うことだから誰も信用するまい」

「世間はな。しかし法廷じゃあ、そういう訳にもいかんだろ」

「考え直せ。お前たちは最悪の選択をしようとしている」

「ほう。じゃあ最悪の選択をしたらどうするって言うんだ」

「あの子に指一本でも触れてみろ。触れた分だけ、その指切り落としてやる」

「何だと」

「指だけで済むんならありがたいと思え。もしあの子の身に万一のことがあれば、玄葉以下組対の連中は全員ダルマにしてやる」

車田はぴくりと眉を上げたが、冴子が格子の向こう側にいるのを見て唇を歪《ゆが》めた。

「捜一の班長ともなると、減らず口も大したものだな。しかし班長殿。囚われの身で大言壮語《たいげんそうご》してもギャグにしかならないぞ」

「ギャグだとしても笑えないだろうな」

「どうして」

「この事件が片づく頃には、お前も玄葉も顔中の骨がいっちまって笑うこともできなくなる」

「ずいぶん、あのガキに肩入れするんだな。ふふん、さては情が移ったか」

車田は弄《もてあそ》ぶような口調に変えた。

「まさかあんたに母性本能があるとはな。結婚も出産もしたことがないのに、子宮が疼《うず》きでもするのか」

冴子は声を潜めた。

「うん、何だ？　聞こえんぞ」

再度、冴子は唇を動かす。

「もう少し大きな声で」

そして車田が五十センチの位置まで来た時だった。

冴子は瞬時に格子の隙間から手を伸ばして車田のネクタイを摑むと、力任せに引っ張った。すっかり油断していた車田はひとたまりもない。格子に顔面を激突させてしまった。

ぐしっ。

骨の砕ける音が耳元まで届いた。

おおう、おおう、と車田は獣じみた悲鳴を上げ、顔を覆いながら床を転げ回る。

その姿を見ていたら少しだけ気が晴れたので、冴子は元の位置に戻って腰を下ろした。

第五章　逆　襲

1

留置場の中で一夜を明かすのは初めての経験だったが、寝心地自体はさほど悪くなかった。少なくとも派出所の二階で異臭のする布団に包《くる》まるよりは、いくらかましに思える。

車田《くるまだ》は昨日の一件から姿を見せていない。あの手応えから察するに顔面骨折で一本か二本は折れたはずだから、今頃は大阪警察病院あたりで治療を受けているのかも知れない。

朝食を持ってきたのは四十代の女性警察官だった。以前、女の容疑者に誘惑された男性警察官が不祥事を起こして以来、緊急時を除いて女性の留置場に男性警察官が近づくことはない。昨日の一件で冴子《さえこ》がまだ責められていないのは、戒律を破ったのが車田の方だからだろう。

「高頭《たかとう》警部、朝食です」

「ありがとう」

メニューは白米にどんぶりの味噌汁と生卵だった。

「ところ変われば品変わるというのは本当だな。関東の留置場は大抵納豆なんだが、こっちでは生卵か」

警戒心を解くための軽口だったが、女性警察官の表情は硬いままだ。

「容疑者には納豆の話も厳禁とはな。大阪府警はいい教育をしているな」

「警部は警官殺し及び逃走罪及び略取《りゃくしゅ》・誘拐の容疑者と聞いています」

「濡《ぬ》れ衣《ぎぬ》だ。真犯人は他にいる」

「そういうことはわたしにではなく、取り調べの担当者に仰《おっしゃ》ってください」

「わたしの言葉には耳を傾けるなと厳命されたのか」

「申し訳ありませんが、現在のお立場なら他の収容者と同等の扱いをしなくてはなりません。それに、その……」

「何だ。言ってみろ」

「凶暴な二つ名を持つ人物なので特に警戒しろと」

なるほど〈アマゾネス〉などという物騒《ぶっそう》な綽名《あだな》と昨日の行状を鑑《かんが》みれば、警戒するなという方が無理だろう。

身内としての共感は期待できそうにない。それなら彼女の母性に働きかけるよりない。

「保護された少年はどうした。まさかわたしと同じ扱いを受けているんじゃあるまいな」

「八歳児ですから。保護室で別の婦警がつきっきりでいます」

さすがに玄葉《げんば》といえども、猛《たけし》のような子供を他府県の警察内で自身の管理下に置くことはできなかったらしい。

しかしそれも今日一日のことだろう。西成《にしなり》署から千葉県警に護送される途中、玄葉たちは必ず何かを仕掛けてくる。それこそ不慮の事故を装って、猛の口を封じるくらいのことは平気でやってのける。

「わたしたちを千葉県警に戻すのは何時頃の予定だ」

「まだ聞いておりません」

「本当か」

「仮に知らされていたとしても、申し上げることはできません」

「それならあなたの階級と名前を訊きたい。それなら喋《しゃべ》れるだろう」

「勝間黎子《かつまれいこ》、階級は巡査部長です」

「君は猛を見たか」

「見ました」

「いい子だろう」

すると、勝間の目尻の辺りがふっと和《やわ》らいだ。

「ええ。それに賢い子ォです」

そこだけ関西弁になったのは、本音に近いからだろう。

「あまりスレてませんねえ」

「もう半歩だけわたしに近づいてくれないか。そうすればあなたの背中が陰になって、二人が会話している様子が隠される」

一瞬、勝間は逡巡《しゅんじゅん》したようだったが、すぐに半歩だけ歩み寄ってくれた。

冴子は彼女の肩越しに監視ビデオの位置と角度を確認する。これなら大丈夫だ。

「妙だとは思わないか」

「何がでしょうか」

「そんなに賢い子どもが、自分を人質に取った女と一緒にずっと暮らしていたという事実だ。賢かったら、わたしの許《もと》から逃げ出す算段をしたはずだ。A地区の住民に訴えることもできたはずだ。それをしなかったのは何故だと思う。もしわたしが千葉県警の通達通りの人間だったとしたら、どうして猛が離れずにいたと思う」

「それは……」と、勝間が言い澱《よど》む。

「まさか例のごとくストックホルム症候群とかを持ち出すつもりか」

ストックホルム症候群は一九七三年、ストックホルムで発生した銀行強盗事件に端を発する。犯人が人質を取って銀行に立て籠《こ》もり、五日間に亘《わた》って警察との攻防を繰り広げたのだが、その間、人質となった者が特殊な心理状態の下、犯人に同情や愛情を抱いてしまい、解放後は犯人を擁護したり警察を非難したりした。中には犯人と結婚に至った人質さえいる。

「まだ幼い子供で、しかも警部殿は母親と近しい年齢ですので、そういった状況が有り得たのではないかと……」

「ふん、どうせそれも千葉県警の通達の中に仰々《ぎようぎよう》しく盛り込まれていたんだろう」

勝間が黙ったところを見ると、どうやら冴子の思った通りらしい。

「前言は撤回する。大阪府警は碌《ろく》な教育をしていないな」

「どういう意味でしょうか」

「何故、自分の頭で考えようとしない。何故、自分の経験に基づいて行動しようとしない。上からのお達しは何から何まで正しいと本気で信じているのか」

「警察組織では上からの命令は絶対で」

「上の命令が間違っていても、詰め腹を切らされるのは現場の刑事だ。今まで大阪府警でどれだけの不祥事があった？　その不祥事は一から十まで警官本人だけの責任だったのか？」

勝間の顔が歪《ゆが》む。しめた、彼女の胸に冴子の言葉が届いた徴《しるし》だ。

「いいか。あの子が施設に入っていたのは、母親が薬物依存症で入院しているからだ。父親はおらず、母親は薬物依存症。それだけであの子がどんな生活を送ってきたか、大体の想像はつくだろう。しかも送られた施設では、職員からの虐待《ぎゃくたい》が常態化していた。それである日、施設を脱走した。病院にいる母親に会いに行くためだ。もちろん、あの子は母親が薬物依存症だなんてことは知らない。自分が見舞いに行けば、今でも抱き締めてくれると信じている」

「そんな……」

「猛は千葉県警の幹部が部下を射殺した現場を目撃している。八歳児だから大目にみるだろうと思ったら大間違いだ。法廷での証言能力も充分に認められる。そんな証人を、同僚殺しの当事者たちが放っておくと思うか。ここから千葉への護送途中で必ず証人の口を塞《ふさ》ぎにかかるぞ」

「まさか……あんな子供なんですよ」

「子供だからな。文字通り赤子の手を捻《ひね》るようなものだ。故意に交通事故を起こす。脱走したと見せかけて拉致《らち》する。方法なんていくらだってある」

「そんなことをしたら千葉県警の汚名になります。非難は避けられません」

「どんな汚名だろうが、同僚殺しで逮捕されるよりは数段マシだ。しかも唯一の親族は病院のベッドで唸《うな》っているし、施設の方は虐待の事実が露見《ろけん》するのを怖れて声も上げん。非難するのはせいぜい野次馬だけだ。野次馬だから二、三日もすれば関心も別の事件に移る。かくて世は事もなきだ」

「そんな馬鹿なことには……」

「言い切れるのか？　大阪府警に限らず、今まで全国の警察で数えきれない不祥事があった。その度《たび》にトカゲの尻尾《しっぽ》を切るなり、頭を低くして嵐が通り過ぎるのを待っていればよかった。今度も同じことが繰り返されるだけだと思わないのか」

「わたしにどうしろと言うんですか。そんな話を聞いても、警部殿をここから出す訳にはいきませんよ」

「あなたに迷惑をかけるつもりはない。欲しいのは情報だ」

「情報？」

「まず一つ。わたしのケータイとスタンガンはどこにある。西成署の運用さえ分かればいい」

「……運用だけですね」

「特に隠す話ではないだろう」

「通常、収容者の私物は留置管理課で保管されています。犯罪に使用されたものであるなら、証拠物件としてそれぞれの担当部署が押さえているはずです。ただスタンガンの方は違法改造物なので、押収の対象になっていると思います」

冴子たちを留置しているのはあくまで千葉県警の要請によるもので、捜査権は玄葉たちにある。つまり携帯電話は西成署の担当部署ではなく、留置管理課に保管されているとみた方が妥当だろう。改造スタンガンについては、千葉県警と同様、押収物の保管庫にあるとみて間違いない。

だが、いずれにしても移送手続きが始まるまでの話だ。手続きに入れば、冴子の私物は否応《いやおう》なく車田たちが預かることになる。

「二つめ。保護室はどこにある」

「それは……」

「案内表示に書かれていることなら秘密でも何でもあるまい」

「……一階フロアの南端にあります」

冴子は逮捕されてから留置場にぶち込まれるまでの一部始終を反芻《はんすう》する。その道すがら、一階フロアの概要は把握した。南端ならば受付の右側から続く廊下を直進すれば辿り着くと、見当をつけておく。

まさか留置場ごと移送する訳にもいかない。一度はここから出される一瞬がある。隙につけ込むとしたら、その時をおいて他にはない。

「三つめ」

「まだあるんですか」

「わたしの逮捕に誤認の疑いがあるのを、課長職あたりに伝えろ」

「どうして、わたしがそんな」

「今の話を聞いてわたしの話の全部が与太《よた》だと思ったか。ほんの少しでも疑問があるのなら、それを解消してから送検する。それが警察官の役目だ。もしこれが誤認逮捕で、結果的にわたしや猛が抹殺《まっさつ》でもされてみろ」

「どうなるというんですか」

「あなたはこの先一生、後悔の念に苛《さいな》まれることになるだろうな」

冴子が口角《こうかく》を上げてみせると、勝間は怯《おび》えたようにその場から立ち去った。

事態が動いたのはそれから二時間も経過した頃だった。冴子が計略を練っていると、向こう側から警官の一団がやってきた。

そのうちの一人は嘉手納《かでな》だ。スタンガンで悶絶《もんぜつ》させられたのを根に持っているのか、冴子を見る目はひどく禍々《まがまが》しい。

「高頭警部。取り調べです」

取り調べだと。

訝《いぶか》しく思う冴子をよそに、留置係の警官が警戒心も露《あら》わに鉄格子の開錠に掛かる。

「後ろを向いてください」

前評判を聞いているのか、取り囲んでいる警官は嘉手納を含め屈強そうな男ばかりが五人もいる。いくら冴子でもこれだけの人数を相手に丸腰では勝ち目がない。ここはおとなしく従うしかない。

後ろ手に手錠を掛けられ、前後を男たちに挟まれて連行されていく。

「取り調べは千葉県警でするんじゃなかったのか」

誰にともなく言うと、背後にいた所轄《しょかつ》の警官が答えてくれた。

「現役警察官が関与する案件なので、移送の前に本署でも逮捕の正当性を確認すべきだと、刑事課が」

「ほう。ものの道理を弁《わきま》えた対応じゃないか」

冴子は胸の中で勝間に感謝する。おそらく彼女から刑事課へ具申がされたに違いない。大体、八歳の子供相手に威嚇《いかく》射撃をした際、西成署の警官たちも千葉県警のやり方に不審の目を向けていた。

何にせよ、これで千葉県警への移送まで時間を稼げる。後は反撃の隙を窺《うかが》うだけだ。

「くだらないこと言ってないで、さっさと歩け」

嘉手納が後ろから尻を蹴ったので、危うく倒れそうになる。

「他府県警で堂々とセクハラ行為か。千葉県警の名前をよほど失墜《しっつい》させたいとみえるな」

さすがに他の警察官が非難めいた視線を向けるが、嘉手納は凶暴な表情のまま弁解さえしようとしない。

いいぞ、もっとやれ。

冴子は内心で嘉手納を焚《た》きつける。千葉県警の振る舞いが悪辣《あくらつ》であればあるほど、冴子の証言に信憑性《しんぴょうせい》が加算される。

取調室は一階フロアの西端にあった。冴子は頭の中で大まかな見取り図を描く。猛が保護されている保護室まではそれほど離れていないはずだ。

中に入ると座り心地の悪いパイプ椅子を宛てがわれた。

他に記録係が部屋の隅に控えている。嘉手納や車田の姿がないのは、西成署なりの配慮か。どちらにしろ、あの嘉手納が尋問役に向いているとは到底思えない。昨今のように供述の過程が可視化されている状況なら尚更《なおさら》だ。

しばらく待っていると、ドアを開けて男が入ってきた。その顔を見て、さすがに冴子は驚いた。

玄葉だった。

「しばらくだったな、高頭警部」

玄葉は嫌味なほど落ち着いた素振《そぶ》りで対面に腰掛ける。

「逃走以来、少なくともびくびくせずには済んだはずだ。ブタ箱の中だが、久しぶりに熟睡できたのじゃないか」

尊大な物言いが癪《しゃく》に障《さわ》ったが、自分を挑発しようとしているのは丸分かりなので応じなかった。

「このまま千葉に連れて行ってもよかったんだがな」

「それでは西成署が納得しなかったのだろう。当然の成り行きだ」

玄葉はふんと鼻を鳴らす。ここでの尋問をおざなりに済ませ、さっさと千葉へ移送してしまおうという肚《はら》だろう。

「それにしてもずいぶん長い間、逃げ回ったものだ。誰か手引きした者でもいたのか」

「子供一人連れて逃げるくらい、助けがなくてもできる」

「大阪に土地勘のない女が、こともあろうにA地区に潜伏とはな。とてもナビゲーターなしでは不可能かと思うが」

「現場を歩き回っていると、それなりに土地勘は鋭くなる。県警本部で椅子にふんぞり返っている上席者には、必要のない能力だけどな」

「それにしては、ケータイに未登録相手との通話が多く残っていたな」

畜生《ちくしょう》。やはり通話記録を覗《のぞ》いていたのか。

「相手は誰だ」

どうせ相手は広域暴力団の幹部だ。協力者として名前を出すのに、何の痛痒《つうよう》も感じないはずだった。

だが、冴子の口は山崎《やまざき》の名前も宏龍会《こうりゅうかい》の名前も告げようとしない。反社会的勢力で、ロクデナシで、一般市民を食い物にする最低の男たち。

それでも目の前に座る玄葉よりは数段上等だ。

「被疑者が隠していることを、証拠を集めて自白させるのが刑事の仕事だろう。組《そ》対《たい》ってのは、いつもそんなヌルい仕事をしているのか」

「被疑者の立場になっても、減らず口は相変わらずか。まあ、郡山《こおりやま》くんでないことは分かっているんだが。彼の経歴を遡《さかのぼ》ってみても大阪との接点は見当たらなかったしな」

　郡山の名前を聞いて、ついかっとなった。

「わたしの部下をどうした」

「安心し給え。君の子飼いだが、今はわたしが飼っている。もっとも取調室という檻《おり》の中でだが。ああ、もちろんエサは与えているよ」

　まだ始末されていないのか――冴子はいったん胸を撫《な》で下ろしたが、次の言葉でまた憤怒《ふんぬ》が湧いた。

「公務員だから上司の命令を聞かざるを得なかった、では済まされない。犯人蔵匿《ぞうとく》および証拠隠滅《いんめつ》の罪で立件する方向で我々は動いている」

「語るに落ちたな。わたしは別に証拠を隠滅しようとしたことなどない。偽の鑑識《かんしき》結果を出されても自分の拳銃を隠そうとしたことなどない。証拠隠滅はそちらの方だろう」

　玄葉は一瞬、眉を顰《ひそ》めるがすぐ元に戻す。

「また訳の分からないことを言う。証拠隠滅というのは、目撃者の少年を拉致監禁したことだ。証人の口を塞ぐのは、れっきとした証拠隠滅じゃないか」

「本当に頭の悪い男だな。もし猛の口を塞ぐのなら、大阪へ来る前に始末している。今の今まで一緒にいたのは、証拠は証拠でもそちらの犯罪を暴《あば》く証拠だったからだ。あんたたちにとっては時限爆弾と一緒だ。だからこそ、八歳児相手に平気で威嚇射撃したんだろう」

「部下の話では、パニック状態に陥《おちい》った少年を無事に保護するには、やむを得ない処置だったということだ」

会話の録取を気にしてか、玄葉の受け答えは精彩を欠く。

「いずれにしろ、実行犯の君が真っ当な供述をしてくれなければ、郡山くんの嫌疑も晴れない。郡山くんを苦しめているのは、君自身であるのを肝《きも》に銘《めい》じろ」

「郡山を拘束してからとうに七十二時間経っているはずだ。それなのに未《いま》だ立件できないのは元々が冤罪《えんざい》で、捏造《ねつぞう》したライフルマークくらいしかブツがないからだろう」

「同僚殺しは最大のタブーだから慎重になっているだけだ。あまり組対をナメるな」

「組対をナメている訳じゃない。押収麻薬の横流しに加担した刑事たちを心底軽蔑しているだけだ」

「麻薬を横領したのは高頭警部、君だ。そしてその事実を探り当てた生田《いくた》くんを非情にも射殺したのも君だ」

カメラを前に言い続ければ嘘も真《まこと》になると考えているのだろうか。そうだとすれば、これほど底の浅い人間も珍しい。いや、いっそ恥知らずと言うべきか。

「わたしが麻薬を横流しした犯人だとすれば、不思議なことが一つある。いつの間にか保管庫から消えた麻薬は相当な量になる。とても一度や二度で運び出せる量じゃない。だが、わたしが保管室に入った記録は皆無に等しい。保管室は入退室の度にICチップで記録されるから、この事実は覆《くつがえ》しようがないぞ」

「入退室記録は改竄《かいざん》された可能性がある。改竄できるのは、本部のサーバーにアクセス権限を持つ者に限定される。無論、高頭警部、君もそのうちの一人だ」

「それなら、わたしが押収麻薬を横流しして得たカネはどこへ消えた。組対が過去に押収した麻薬は末端価格で優に億を超える。一グラムの麻薬でも換金したカネでもいい。そんなモノがわたしの身辺から見つかったか。官舎の部屋から宝石や金塊でも発見されたか。ふん、恥ずかしい話、三十女の部屋にしては色気も素っ気もなかっただろう？　あの部屋で一番金目のモノといえば、映画を観るために買ったブルーレイのプレーヤーとオーディオ・セットくらいのものだが、合わせても十万円そこそこの代物《しろもの》だぞ」

「……貸金庫にでも保管してあるに違いない」

「貸金庫を利用するには、その銀行で口座を開設しなきゃならない。部屋には預金通帳が置いてあったはずだ。預金残高と同時に貸金庫利用の有無も調べるのがセオリーだ。それで、わたしは貸金庫を利用していたか？」

玄葉が冴子に濡れ衣を着せたのは、おそらくその場の思いつきだ。ライフルマークの捏造はできても、その他の偽証拠を拵《こしら》えるような時間はなかった。だからこうして細部を詰めていくと、面白いように瑕疵《かし》が現れる。

だが、それで退《ひ》く玄葉ではなかった。

「痩せても枯れても犯罪捜査の現場で警部になった人間だ。金品の隠し方も狡猾《こうかつ》なのだろう。それはおいおい追及していくつもりだ」

「カネ回りがよくなったというのなら、わたしよりあんただろう。住宅地の中でひときわ目立つような立派なご自宅だったな。あの辺りの坪単価からすれば、並みの公務員が建てられるような家じゃなかった」

「何だ、あんな家ごときに黒いカネを全部遣ったというのか」

玄葉は薄笑いを浮かべた。不思議に邪心の感じられない笑いだったので、余計に印象的だった。

「先刻の高頭警部の言い分ではないが、恥ずかしい話、キャリアの自宅にしては倹《つま》しいものだぞ。中に入ってみれば分かるが、わたしの個室にあるもので一番高価なのはゴルフセットくらいのものだ。押収したブツで建てた家というのなら、末端価格は小麦粉程度にしかならんぞ」

　どこか物悲しげな口調に、冴子は戸惑う。この件に関しては嘘を言っているようには思えない。麻薬を横流ししたのが玄葉でも、カネの使い道はもっと別にあるということか。

　そこで閃《ひらめ》いた。

「そうか。横流しで得たカネは本部の裏ガネに流用したんだな」

　玄葉は笑うのをやめた。

「ふむ。私的流用よりはマシな妄想だな。高頭警部もそうしてくれれば、多少は本部での風当たりが違ったかも知れんな」

　その反応で疑惑は確信に変わった。

　裏ガネなら当然のことながら帳簿には表れない。捜査費用だろうが懇親会《こんしんかい》だろうが遠慮なく遣える。特に組対の場合にはエスへの謝礼など、予算計上しづらい経費が発生する。現場で働く生田が、組対費用の潤沢《じゅんたく》さから押収麻薬横流しの可能性に思い至ったのは当然の流れだったのだ。

「本部のための裏ガネ作り。それで生田の口封じを正当化するつもりか」

「妄想に付き合うつもりはないが、組織防衛は正義だ。それは階級によって重みを増してくる」

そして、こうも付け加えた。

「とにかくブツなりカネなり、その隠し場所は君の口から訊かずとも、長期に亘って一緒にいた少年なら何かを聞き知っているかも知れんな」

「猛をどうするつもりだ。拷問《ごうもん》にでもかけてみるか」

「馬鹿を言うな。訊くべきことを訊いたら解放してやる。逃走中に感じただろう恐怖や不都合とは、綺麗さっぱりお別れだ」

何気ない言葉だが、玄葉はふた通りの意味を持たせている。それをさらりと言ってのけるところに、玄葉の冷酷さが見え隠れする。

「郡山くんと同じことだが、高頭警部の供述如何《いかん》で、少年への対応も違ってくる。君が素直に供述さえすれば、我々があの少年を引き留めておく必要はなくなるのだからな」

「そんなもの、信じられるか」

「信じる信じないは君の勝手だ。だが長きに亘る逃避行で、わずかでも少年に情が移ったのなら、郡山くんも併せて彼らの解放を願うべきなのではないかね」

クソッタレめ。

こいつは冴子にだけ分かる言葉で、遠回しに脅迫している。ここで冴子が罪を被れば、二人を見逃してやると仄《ほの》めかしている。それがどれほど当てにならない口約束であっても、二人の無事を思うと縋《すが》りつきたくなる。

「あの少年、聞けば母親が入院しているそうじゃないか。それなら一刻も早く会わせてやるのが慈悲《じひ》だと思うがね」

どんなに抗《あらが》おうが、猛の身柄は玄葉たちに拘束されている。西成署の監視下を離れたが最後、命の保証はなくなる。

どうする。

いったんは玄葉の求めるままに供述し、移送の際に猛の奪還を図るか。だが冴子と猛を同じ護送車に同乗させる確率は低い。

どうする。

冴子が逡巡していると、それを見透《みす》かしたように玄葉がにやにや笑いながら見ている。

その時だった。

突然、取調室を轟音《ごうおん》と震動が襲った。

2

尋常な出来事ではなかった。まるで庁舎に大型特殊車両が突っ込んだような衝撃で、建物全体が大きく揺れた。

「じ、地震か？」

玄葉は弾《はじ》かれたように椅子から立ち上がる。

第二波は更に強烈だった。

どおおん、という音とともに再度建物が揺れ動く。天井からばらばらと建材の欠片《かけら》が落ち、格子の入った窓ガラスが内側に砕け散る。閉めたはずのドアが、悲鳴を上げて口を開ける。

「な、な、何が起きた」

立ち上がった玄葉は堪《たま》らず体勢を崩す。

今だ。

何が起ころうが構うものか。この機を逃す手はない。

冴子は不安定な姿勢から、玄葉の腰にタックルを仕掛ける。

叫ぶ間もなく玄葉は床に倒れ込む。その拍子に強く後頭部でも打ったのか、うん、と呻《うめ》いて両手で頭を押さえた。

これで首から下はがら空きだ。

冴子は自分の座っていたパイプ椅子を高々と持ち上げると、玄葉の脛《すね》に振り下ろした。

ぐしっ。

骨の砕ける感触が手の平に伝わる。玄葉はけたたましい悲鳴を上げて悶絶する。これで膝下は粉砕した。助けがなければ、玄葉は起き上がることさえできない。続いて記録係が飛び掛かってくるが、冴子はこれもパイプ椅子で粉砕する。ぐうと呻くなり、記録係も床に倒れ伏した。

冴子はひざまずいて玄葉のジャケットを探る。ポケットの中に冴子の携帯電話が入っていないかと望みをかけていたが、期待外れだった。さっきの話から玄葉が持っているのではないかと予想していたのだが。

ふと見れば、椅子のパイプ部分がひしゃげている。行きがけの駄賃に、椅子ごと玄葉の顔に叩きつけて、冴子は取調室を飛び出した。

廊下に出て驚いた。天井と壁には亀裂《きれつ》が走り、埋め込み式の蛍光灯はベースごと外れている。まるで爆撃を受けた跡のようだ。

西成署の職員たちが血相を変えて右往左往している。

地震か。

ガス爆発か。

それともテロか。

阿鼻叫喚《あびきょうかん》というのはこういう光景をいうのだろうか、瓦解《がかい》しつつある庁舎の中で、訓練されているはずの警察官たちが我を忘れ、口々に叫びながら避難路を求めて彷徨《さまよ》っている。

館内放送もなく、上司からの指示命令もない。訓練された組織は指揮系統があってこそ機能する。逆に言えば命令や指示がないまま戦場に放り出されれば、混乱し逃げ惑うことしかできない。

「非常階段はどっちにあってんっ」

「退避命令は出とんのかあっ」

「怪我人、怪我人が出てますっ」

「留置場の担当は誰やあっ」

「いったい何が起きとるんや。報告は、報告はまだかああっ」

廊下を駆《か》け抜け、フロアの南端に向かう。警官の誰もが自分のことで精一杯らしく、冴子には見向きもしない。

どおおおん。

第三波だ。横揺れで何人かが床に倒れる。

神の慈悲か悪魔の悪戯《いたずら》か。何がどうなっているのかは皆目《かいもく》見当もつかないが、少なくとも冴子にとっては僥倖《ぎょうこう》だった。床に倒れた署員たちを跨《また》ぎながら、猛の居場所に向かう。

廊下伝いに南へ向かうと、やがて〈保護室〉のプレートが掛かった部屋を見つけた。ドアを開けると、取調室より広い部屋の中央で何人かが机の下に潜《もぐ》っている。

「猛！」

大声で名前を呼ぶと、そのうちの一人が首だけをこちらに向ける。

「冴子さん！」

どうしてここにお前がいるのかという顔だった。冴子はすぐに駆け寄って、机の下から猛を引き出す。

「怪我はないか」

「大丈夫。ねえ、何があったの」

「知らん。とにかく出るぞ」

そう言って猛を抱えると、隣の机の下に潜っていた女性警察官が手を伸ばして猛のズボンの裾《すそ》を摑《つか》んだ。

「その子をどこに連れていくんですか。放しなさい！」

「ここにいたら安全だと思うのか」

無視すればいいと思いながら、冴子は反論を浴びせる。

「西成署員たちは避難訓練もしていないのか。廊下に出てみろ。混乱の極みだぞ」

力ずくで裾を握っていた手を振り払う。

「子供の避難誘導もできず、机の下で震えているしかない警官に指図される覚えはない」

「で、でも」

「わたしはずっとこの子の保護者だった。安心しろ。ここまできて危険な目に遭わせるような真似はせん」

それだけ言い残すと、冴子は猛を抱えて部屋を飛び出した。

「冴子さん、冴子さん。抱えなくっていいから。一人で走れるから」

「それじゃあ、片手で頭を庇《かば》って走れ」

「どこへ行くの」

「黙ってついてこい」

猛の手を引いて、廊下をひた走る。署内の混乱ぶりは相変わらずで、統率も鎮静もなく署員たちはフロアの入口に殺到している。

その時、ようやく館内に緊張した声が響き渡った。

『緊急、緊急。署は外部の何者かに攻撃を受けた模様。全署員は災害発生時のマニュアルに従い、上長の指示を待て』

馬鹿か、と冴子は内心で罵倒《ばとう》する。そんな指示ならもっと早くに出せ。パニック状態でそんな命令を下しても火に油を注ぐだけではないか。第一、外部からの攻撃を受けている時に災害発生時のマニュアルもクソもないだろうに。

どうやら人波は一階の玄関に向かっているらしい。一番大きな出入口に向かうのは本能というものだ。

この人波に紛《まぎ》れて脱出すればいい――そう算段していた時だった。

横の廊下から逃げてきた男が、冴子と猛を見て立ち止まった。

「貴様ら」

顔中包帯をしているので最初は分からなかったが、声と図体で車田と知った。

車田は我が身の怪我も顧《かえり》みず冴子たちに向かってきた。敵ながら見上げた根性だが、生憎《あいにく》と誉めてやる余裕はない。

猛然と襲い掛かってきた車田を躱《かわ》し、足払いを食らわせる。目の周りを覆《おお》った包帯で視野が狭くなっていたのか、車田は呆気《あっけ》なく体勢を崩して床に頽《くずお》れる。

車田が四つん這《ば》いになると、ちょうど冴子の膝の高さに顔があった。

同情している暇はない。冴子は包帯だらけの顔面に膝蹴りを見舞う。

ふぐうっ。

車田はカエルの潰れたような声を発して引っ繰り返った。今度は鼻の骨が砕けるのを感知した。包帯の下からどんどん血の滲《にじ》みが拡がっている。包帯が取れれば、前よりは男前になっているかも知れない。

さすがに猛が顔を顰《しか》める。

「容赦《ようしゃ》ないね、冴子さん」

「相手による」

「でも怪我人だよ、一応」

「相手による」

猛とともに人波に合流する。揉まれるように前進すると、やがて一階フロアの受付周辺が視界に入ってきた。

何だ、あれは。

冴子は目を瞠《みは》った。

玄関は原形を留めていなかった。玄関の鉄製扉は大きくひしゃげ、真上の壁に大穴が空いている。床にはガラス片とコンクリが散乱し、足の踏み場もない。肝心の扉が半分ほど開いているものの、誰もそこから這い出ようとはしていない。規律を守ろうとしているのではない。ただひたすらに怖いのだ。

外部からの攻撃、などという表現では生温《なまぬる》い。

それはまさしく戦場の光景《ほう》だった。

署員たちはその光景を呆けたように眺めている。無理もない。館内放送で指摘はあったが、警察署の玄関口がこれほど完膚《かんぷ》なきまでに破壊されるとは想像すらしていなかったに違いない。しかも西成署は周囲を高い柵《さく》と鉄格子で取り囲んだ要塞《ようさい》のような造りだから尚更だろう。

一方、冴子の判断は早かった。

「引き返すぞ」

「えっ」

「別の出口がある」

西成署に護送されてくる際、クルマは地下駐車場に停まった。庁舎の構造上、地下は地上部分よりも耐久性を保証されている。署の玄関が崩壊しても、地下はまだ持ち堪《こた》えていることが充分に予想できる。

冴子たちは人波に逆らって、元来た道を引き返す。

どおおおん。

またか――冴子は揺れと同時に猛の頭上に覆い被さる。咄嗟《とっさ》に身を屈《かが》めたので、転倒せずに済んだ。

「ねえ、冴子さん。戦争でも始まったのかな」

「そうかもな。ここの署はずいぶん市民から嫌われているらしいからな」

「……ここ、日本だよね」

「さあな。大阪というのは、日本語が通じる外国だという話もある。もう喋るな。

下手すると舌を嚙むぞ」

館内放送は外部からの攻撃と断じていたが、剛性を誇る警察署庁舎にこれほどの衝撃を与えるものはいったい何なのか。拳銃やライフルの類《たぐい》ではない。武器だというのなら迫撃砲くらいしかないのではないか。

フロア内の混乱に拍車がかかった。入口が安全ではないと知った署員たちが、今度は冴子と同様に引き返してきたからだ。その逆行する流れが階上から逃げてきた人波と衝突し、フロアでは署員同士の小競り合いまで始まった。

「道を空けんかあっ」

「そっちこそ空けんかあっ」

「アホッ、玄関は通行不能じゃ」

「そんなん言うても、上からどんどん人が流れてきよるぞ」

混乱の極みを縫《ぬ》うようにして、冴子は地下駐車場を目指す。連行された時の記憶を辿れば迷いは生じない。

だが、階上から流れてくる人波が更に増えたために進めなくなった。西成署は八階建てだ。階上のフロア全てから署員が一斉に下りてくるとすれば、この混乱ぶりはまだまだ激しくなるはずだった。

突然、大勢の悲鳴が聞こえた。

声は階段の方からだった。

わざわざ見なくても分かる。エレベーターを待つのももどかしくなった署員たちが階段に殺到した。そして今の衝撃で将棋倒しになったに相違ない。

「た、助けてくれえ」

「下敷きになっとるモンがおる」

「誰か、早《は》よ起こしてくれ。下の人が」

進退窮《きわ》まったな——人波で身動きの取れなくなった冴子は唇を嚙む。署内の混乱は僥倖だったが、それも程度問題だ。

混乱を緩和しつつ、自分たちが逃げる方法はないものか。しばらく考えてから、ひどく単純な事実に思い至った。

「分散してください！」

冴子はフロア中に聞こえるような大声を上げる。

「出入口は別に一カ所と限らないでしょう。それこそ分散して退避するマニュアルがあるでしょう」

効果は絶大だった。

その声の主が誰なのかも確かめないうちに、人波が動いた。決して統制の取れたものではないにしろ、一部は南側に、また別の一部は別の方向へと一斉に移動し始めた。

退避マニュアルという言葉に反応しての行動だとしたらしめたものだった。避難誘導は大抵最短距離が選択されるはずだ。災害発生時に地下へ逃げろというマニュアルがあるとは考え難い。

果たして分岐した人の流れを見ると、別の出口に向かっているらしい。混雑がいくぶん緩和されたことも手伝って、先刻に比べればまだ円滑に動いている。

冴子はそれらの流れに逆らって再度地下を目指した。西成署員全員が冴子の顔を知っている訳ではない。上背があるのを隠すために俯《うつむ》き加減で歩く。傍目《はため》には騒ぎに巻き込まれた一般の親子に見えるかも知れない。署員の中から職業的使命感を発揮する人間が現れないのを祈るばかりだ。

人を押し退《の》け、波に逆らい続けて、ようやく地下への通路に辿り着く。警邏《けいら》している署員は見当たらない。警察署は特にその傾向《けんちょ》が顕著だが、外部からの侵入が困難な建物は逆に内部からの脱出が容易にできていることが多い。

冴子は前後に注意を払いながら地下へと下りていく。猛は安心しきっているのか、引く手に何の抵抗も感じない。

「冴子さん」

「何だ」

「……怖かった」

「さっきの揺れがか」

「一人にされたのが」

思わず抱き締めてやりたくなったが、すんでのところで我慢した。

この子を無事に帰すまでは、斃《たお》れる訳にいかない——冴子は小さな手を強く握り返す。

度重なる衝撃にも拘《かか》わらず、地下駐車場の照明は未だ健在だった。逃走にパトカーを使えればこれほど都合のいいことはないのだが、さすがにそこまで幸運の女神は手助けしてくれないらしい。整然と並んだ車両はどれもこれもドアロックされていた。

しばらくは走るしかないか。

道路標示に沿って歩いていると、やがて上り坂になった。このまま進めばまず間違いなく外に出られる。

やった、と猛が小さく叫んだ。

「まだ油断するな」

「え。だって、出口もうすぐじゃん」

「そう思った瞬間が一番危ないんだ。気の緩《ゆる》んだ時に限って突発事が起こる。誰が待ち構えているかも分からん。すぐ動けるような体勢でいろ」

矢庭《やにわ》に冴子の手を握る力が強くなる。

坂を上っていくと、やがて外の光が洩れてきた。何やら騒がしい音もする。

さあ出口だ、と見上げた時、逆光の中に人影が立っていた。

冴子は身構える。

「ああ、やっぱりこっちから来よった来よった」

聞き覚えのある声に、ふっと緊張が解けた。

「佐古《さこ》ジイさん！」

「おつとめご苦労さん……やないなあ」

「どうしてこんなところに」

「どうしてって、お迎えに決まっとるやないか。さあ、早よこっちへ来んかい」

念のために周囲を見回してみるが、どうやら待っていたのは佐古ジイ一人だけらしい。

冴子と猛はそろそろと駐車場から外に出る。閑散《かんさん》としているのはこの辺りだけで、警察署周辺は野次馬たちが十重二十重《とえはたえ》に取り巻いている。

佐古ジイは病院のある裏通りを回って今池《いまいけ》駅の方角へ向かう。この騒ぎに乗じて電車で逃げろということか。

「佐古ジイさん、一人で来たんですか」

「うーん、別働隊が他におる。ほれ、あれや」

佐古ジイの指し示したのは西成署の正面、居酒屋と食堂が軒《のき》を並べている通りだ。目を細めてみると、知った顔の男が物騒なものを携えて立っている。

鯖江《さばえ》だった。そして鯖江の前で斜めに屹立《きつりつ》しているカーキ色の筒。

さすがに驚いた。

それは紛れもなく迫撃砲だった。

冴子も写真でしか見たことはない。口径120ミリのM120とかいう代物で、もちろん戦場でしかお目にかかれない。しかもよくよく見れば、迫撃砲の間近にいるのは数人の男たちで、鯖江は彼らを指揮している様子だ。

いくら治安の悪い場所といえども、食堂の前に迫撃砲の立っている光景は異様としか言いようがない。

「さっきの衝撃はあれですか」

「おお。やっぱり本物は迫力が違うな。たった四発撃っただけで〈要塞〉は陥落《かんらく》寸前や」

「何であんなものが」

問いかけた時、佐古ジイの胸元から着信音が聞こえてきた。

いつの間に携帯電話を手に入れたのかと訝る冴子を前に、佐古ジイは慣れぬ手つきで画面を操作する。

「ああ、ちょうど出てきた。あんたの言うた通り、駐車場からな。今代わるさかい、ちょっと待っててや」

そして冴子に端末を差し出す。

「姐《ねえ》さん、あんたにや」

訝しい気持ちをそのままに、佐古ジイと代わる。向こう側から聞こえてきた声は、これまた覚えのあるものだった。

『どうやら、首尾《しゅび》よく脱出できたみたいですね』

「山崎《やまざき》。あの迫撃砲は何の真似だ」

『迷惑かかりましたかね。取調室には直接被害が及ばないポイントを狙わせたつもりなんですが』

「そういう意味じゃない。あんなもの、どこで仕入れた」

『どこかの県警じゃあるまいし、米軍の横流し品じゃありませんよ。然《しか》るべきルートでちゃんと購入したんです』

正規の販路なら何を買っても構わないだろうという調子だった。

『今だから白状しちまいますけどね、A地区というのはあたしらの武器庫でもあるんですよ。関西にも大きな組があるんで、万が一にも戦争となった時、すぐに調達できるよう地区の何カ所かに保管場所を拵えてるんで』

そういえばいつか聞いたことがある。

宏龍会に限らず、国内の広域暴力団は以前のトカレフのような粗悪品ではなく、海外の軍需産業から大量の武器類を買い揃えているという情報だ。その背景にはチャイニーズ・マフィアを筆頭とした外国人勢力の台頭があり、短気で交渉の術《すべ》すら持たない彼らに対抗するため、暴力団の武装も先鋭化せざるを得ないのだという。

『もっとも、武器を使用しているのはあたしらじゃなくて、A地区のヤツらですよ』

「何だと」

『ほら、高頭さんたちを燻《いぶ》り出すために、西成署のお巡りさんたちが大挙してA地区に乗り込んできたでしょ。その時、血気に逸《はや》った一部のお巡りさんがずいぶんと手荒な真似をしたらしくって、住民たちも腹に据《す》えかねたらしい。で、ちょうど地区の中にお誂《あつら》え向きの逸品があるものだから……』

呆《あき》れて開いた口が塞がらない。

「西成署の襲撃を住民になすりつけるつもりか」

『人聞きの悪い。そいつらが武器弾薬の使用を快諾したのは本当ですよ』

「そっちが唆《そそのか》したんだろう」

『それも穿《うが》った見方ですねえ。いったいそこの住民が、過去何回西成署を襲撃したかご存じですか。両手じゃ、とてもじゃないけどききませんからね』

山崎の皮肉な笑いが目に見えるようだった。

『平成の世になっても、A地区住民の反権力が治まったことはありません。いや、二極分化が進んでからは前よりひどくなったかも知れませんね。きっかけさえあれば、いつでもそこの住民は日頃溜め込んだ不平不満を表現しますよ。高頭さんとそこのガキは妙に馴染《なじ》んじまったようですが、そこは火薬庫と同じです。一度その中に火を放てば、たちまちどっかーん』

「責任転嫁か」

『まあた人聞きの悪い。全ては地域住民の自主性というヤツです』

「ふん。西成署の機能が麻痺《まひ》すれば、当分お前たちも動きやすくなる。どうせよからぬことを計画していた矢先だったから、住民たちを利用したというのが本音だろう」

『まあ、それはそれとして』

電話の向こう側で、山崎はひどく楽しそうだった。

『あたしたちだってアフターケアくらいは考えてます。武器弾薬から仕入れ先が特定されるようなヘマはしやしません。迫撃砲を撃った半グレ連中にも逃げ道を用意してあるんで。もっとも塀の中の方が生活が安定していいってヤツもいますからね。その辺はまあ、自由裁量ということで。いずれにしてもまともな証拠なんて残しゃしませんよ』

山崎の忍び笑いが聞こえてきた。

「まさか、これで恩を売ったつもりか」

『お返しいただくつもりがございましたら、是非とも返して欲しいものですねえ』

唇をきつく嚙み締める。冴子がいくら弁解しようとも、山崎の画策に便乗したのは紛れもない事実だ。A地区で部屋を提供されたことも含めれば、宏龍会と協力関係にあったと誹《そし》られても返す言葉がない。

精々上手く利用したつもりだったが、実は逆だった。まんまとこちらの弱みを握られてしまったのだ。

『安心してください。あたしは極めて気の長い方ですから、今すぐどうこうしろなんて言いやしません』

「だろうな。災いは後になって祟《たた》るものだ」

『またまた人聞きの悪い。それに高頭さんらしくもない』

「何がだ」

『あなたは自分の心配を先にするようなお人じゃないでしょうに。自分の身よりも先に護るものがある。だから地雷原を下駄履きで走り回るような無茶を平気でするし、警察手帳や肩書きもてんで意に介さない』

山崎の声が不意に湿り気を帯びた。

『そういうはぐれ者じゃなかったら、あたしだって虎の子の武器を提供しようなんて思いませんでしたよ。とどのつまりは、みんな高頭さんが悪い』

「屁理屈だな」

『そりゃあヤクザの理屈ですからねえ。で、高頭さんはこれからどうしますか』

「お前の前に、返すものを返さなきゃならん相手がいる」

『……律儀ですねえ』

「公僕だからな。利子もたっぷりつけてやる」

『玄葉ってのも災難ですな』

「そいつには、もう返した。返済が多過ぎて、しばらくは一人で歩くこともできまい」

『まだ返済先があるってことですか』

「お前には関係ない」

しばらく二人の間に沈黙が流れ、やがて向こう側から微《かす》かな溜息が洩れた。

『それじゃあ、また』

「もう会いたくも話したくもない」

乱暴に通話を切ると、冴子は佐古ジイに向き直った。

「このケータイ、どうしたんですか」

「あの山崎とかいう男から無理やり手渡された。何でもプリペイドとかゆうケータイらしい」

「佐古ジイさん、使いますか」

「あそこに住んどる年寄りが、どんな目的で使うんや？」

それを聞くなり、冴子は端末を二つにへし折った。

3

西成署からは白煙が棚引《たなび》いている。遠巻きに聞こえる署員たちの叫び声で、まだ庁舎内がパニック状態であることが窺い知れる。押収された冴子の携帯電話を取り戻すのは、もはや不可能と諦めるべきだろう。

ねえ、と猛が冴子の袖を引く。

「これからどうするのさ、冴子さん。これで人殺しと誘拐と、おまけに警察署の破壊まで罪が重なっちゃったよ」

「わたしがやった訳じゃない」

「でも冴子さんに罪を着せようとしているヤツらは、この爆撃も冴子さんの差し金だとか言い出すんじゃない？」

なるほど、県警のいち警部が警察署を爆撃するなどと荒唐無稽《こうとうむけい》も甚《はなは》だしいが、玄葉あたりなら強弁しそうな陰謀説ではある。やれやれ、大層な犯罪者に祭り上げられるものだ。

だが呆れてばかりもいられない。濡れ衣が派手になればなるほど、冴子たちを巡る包囲網もより苛烈《かれつ》になっていく。玄葉のことだ。あんな目に遭っても、決して冴子たちの捕縛《ほばく》を断念することはあるまい。いや、更に躍起《やっき》になる可能性が高い。

自分はともかく、猛だけは安全圏に移さなければならない——そう判断した。

だが、もうA地区に匿《かくま》うのは無理だろう。念のために佐古ジイに伺《うかが》いを立ててみる。

「わしゃセンセイは構わんけど、他のヤツらは何と言うかなあ。ポリがあんだけ仰山《ぎょうさん》押し掛けてきよったから匿うのを躊躇《ちゅうちょ》するモンも出てくるやろ。基本、弱い連中やし」

佐古ジイは面目《めんぼく》なさそうに言うが、これも当然のことだろう。

では西成署以外の警察署に救援を求めてみるか——これも論外だ。既に全国の警察署に二人の手配が回っている事実に加え、西成署の襲撃だ。出頭して弁明に努めても、信じてくれる者がどれだけいるのか。玄葉たちに通報がいけば今回の繰り返しにしかならない。

玄葉たちの盲点になりそうな場所はどこか——そう考えて、たった一カ所だけ思いついた。

市川市《いちかわし》南行徳《みなみぎようとく》の児童養護施設〈光の子〉。つまり猛の元いた場所に戻る。まさか玄葉たちもそこまでは予想するまい。同施設では担当者による児童虐待の事実がある。これを盾《たて》に取れば施設への口止めも可能だ。長期ではない。時間稼ぎさえできればいい。第一、施設の立場では猛が無事に帰還すれば騒ぐ必要もない。いや、児童虐待の事実があれば警察の介入を嫌がる公算が高いではないか。

「猛。移動するぞ」

「今度はどこなの」

「日本中で一番目立たないところだ」

無論千葉に戻ることは敵の懐《ふところ》に飛び込むのと同義で、危険であることに変わりない。だが現時点で危険度はどこも同じだ。それなら盲点を突くのは却《かえ》って正攻法になる。

「姐さん、行くのかい」

「色々お世話になりました。佐古ジイさんもどうかお達者で」

「お達者ねえ。老い先短い、しかもアル中には皮肉にしか聞こえんな」
佐古ジイは呵々《かか》と笑い、早く立ち去れとばかりに手を払った。

途中のコンビニエンスストアに立ち寄り、猛に預けておいたキャッシュカードで纏《まと》まった現金を引き出した。どうせ大阪から離れるのだから、場所を特定されても構わない。要は利用場所を警察に知られるまでに、可能な限り移動すればいい。幸い現在の西成署は混迷の極みで、道路規制も交通機関の制限も何も手が付けられないでいる。

冴子は最寄りの駅から新大阪駅へ向かう。新幹線と地下鉄を乗り継ぎ、最速で南行徳を目指すつもりだった。最寄駅から新大阪駅まで二十分少々。その間、二人の姿を見咎《みとが》められることはただの一度もなかった。

新大阪駅に着くと構内の量販店で服を買って着換え、なるべく人目を避けたかったのでグリーン車の席を買った。現金で購入したので、ここから行き先を察知される心配はない。しかも平日ということもあり、グリーン席には数えるほどしか乗客がいない。

広めのシートに向かい合わせに座ると、猛の顔が緩みきっていた。

「何かいいことでもあったか」

「あのさ、冴子さん。俺、グリーン車って初めてなんだよね。だから、ちょっと嬉しくて、ちょっとおっかない」

やがてするすると車両が動き出し、車窓の景色が流れ出した。これで東京駅に到着するまで警察官に職務質問されることはなくなったが、油断は禁物だった。背もたれに上半身を預けながら、冴子は周囲への警戒を怠《おこた》らない。

窓の外を物珍しそうに眺めていた猛は、京都を過ぎた頃から舟を漕ぎ始め、米原《まいばら》までの区間で静かな寝息を立てるようになった。

猛が西成署でどんな扱いを受けたのか、まだ一度も聞いていない。保護室で女性警察官が面倒を見ていたというから手荒な真似はされていないのだろうが、猛の方から話さない限りこちらからは訊くつもりもなかった。それでも緊張と恐怖に耐えていたことは想像に難《かた》くない。こうして寝入ってしまったのも、精神的な疲労のせいだろう。

何の邪気《じゃき》もない寝顔を見ていると胸が締めつけられそうになる。本来なら学校でつまらない授業を受け、クラスメートと他愛ない話に興じているはずの八歳児が、こうして逃避行に身を委《ゆだ》ね、心身ともにくたくたに疲れ果てている。

責任は全て冴子にある。猛の命を護るためという大義名分も、自分がもう少し上手く立ち回っていたら回避できたと考えれば逃げ口上《こうじょう》にしかならない。

申し訳ないと思いながら、今はただ寝顔を見守ることしかできない自分が歯がゆかった。

もう猛の寝顔を見るのもこれが最後かと思うと、感慨深いものがある。時折憎まれ口も叩くし施設を脱走する札付きだが、寝顔はどこにでもいる八歳児だ。鼻を近づけると微かにミルク臭さが残っている。

ふと、自分にも子供がいたらこんな感情が芽生《めば》えるのだろうかと想像してみる。男運どころかそもそも縁がなく、家庭を持つことなどとうに諦めていたが、こんな子供に恵まれるのなら配偶者は要《い》らないが出産はしてもいいと思う。

新幹線は名古屋・新横浜・品川と何事もなく通過し、東京駅に到着した。まだまだ寝足りなそうな猛を揺さぶって無理に起こす。

「あ……冴子さん」

「起きろ。着いたぞ」

二人は他の乗客に紛れてホームに出る。ここから地下鉄東西線に乗り換えて南行徳へ向かう。

「次はどこへ行くの」

「〈光の子〉に戻る」

「どうして」

「園長に事情を説明した上でお前を返す。小暮《こぐれ》とかいう担当者の悪事を表沙汰にしないのを条件に、警察には通報させない。ずっと隠し通すのは無理だが、一週間もやり過ごせたらそれでいい」

一週間のうちに生田殺しと押収麻薬の横流しが玄葉たちの仕業《しわざ》であったことを証明する。それが無理でも、マスコミに全てを暴露《ばくろ》すれば少なくとも自分と猛の安全は保証される。冴子は逮捕・勾留《こうりゅう》されるだろうが、後は法廷闘争に持ち込むだけだ。

だが、自分の行き先を告げられた猛はいかにも不満そうだった。

「嫌だ」

コンコースへ向かう長いエスカレーターの途中で猛は愚図《ぐず》り出した。

「もう、あそこに帰りたくない」

「A地区よりはずっと安全なんだぞ。それに、知った仲間や先生たちもいる」

「佐古ジイやセンセイたちの方がずっといい」

「所詮、あの人たちとお前とは住む世界が違う」

「何勝手なこと言ってんだよ。ちっとも違わないよ。佐古ジイやセンセイの言うこと、俺よく分かったもん。小暮や園長より、よっぽどまともな大人だと思ったもん。それに……」

「それに、何だ」

「何で俺だけが安全なんだよ。何で冴子さんがまた逃げ回らなきゃいけないんだよ」

「お前は一般人で、しかも子供だからだ。当然じゃないか」

いきなり猛は冴子の足にしがみついてきた。

「離れるの、嫌だ」

胸が閊《つか》えた。

いま唇を開けばとんでもないことを口走りそうだ。冴子は黙って猛の頭に手を置いた。

コンコースは人で溢れ返っていた。冴子は尚もしがみついている猛を強引に引き剝《は》がす。

「もう、いい加減に離れろ」

その時だった。

冴子の手を離れた猛の身体が不意に遠ざかった。

「冴子さん！」

見たくもない男が猛の腕を摑んでいた。

嘉手納だった。

まさか、大阪から自分たちを追ってきたのなら、冴子の行動はすっかり玄葉たちに読まれていたというのか。

記憶を巡らせると、今日の朝以降嘉手納の姿を西成署で見掛けたことはない。ならばあのあとすぐに帰京していたのだろう。

猛に手を伸ばそうとして不穏な空気に気づいた。嘉手納以外にも組対の捜査員らしき男たちが二人、冴子の周りを取り囲んでいる。

「高頭冴子、略取・誘拐の容疑で逮捕する」

一人がそう叫ぶなり飛び掛かってきた。

人ごみが冴子に幸いした。乗客の引くカートに足を取られて男の出足が一瞬遅れる。

冴子はその隙を見逃さず、ぐらついた男の顔面に正拳《せいけん》を見舞う。ぐしゃりと鼻の潰れる感触を残し、男は叫びもせずに吹っ飛んだ。

「ホワット?」

近くにいた外国人が驚いて後ずさる。

「貴様、この期《ご》に及んで」

別の一人が襲い掛かる。だがこちらも通行人に邪魔をされて思うように動けないらしい。冴子は身を沈めて男の膝下を蹴り払う。男は体勢を崩して、後頭部を床に打ちつける。

「こんな場所で喧嘩か」

「誰か警察を」

野次馬たちが冴子たちを遠巻きにしながら騒ぎ出した。かしゃかしゃと携帯端末で撮り始める者もいる。

残りは嘉手納一人だけ。だが猛を確保したままでは形勢不利とみたのか、彼は冴子と距離を取った。

その間にも、周辺はどんどん人の輪が重なっていく。

しめた。

この衆人環視《しゅうじんかんし》の中ではおいそれと無法な振る舞いはできない。いくら警察官とはいえ、女子供を相手の大立ち回りなどもっての外《ほか》だ。

そして、猛が辺り構わず大声で叫んだ。

「お母さん！」

嘉手納はぎょっとして猛を見る。

驚いたのは冴子も同様だった。

「おい。母親から子供取り上げたんかよ」

「警察だって？　嘘だろ」

予想外の展開に野次馬たちが騒ぎ始める。猛のナイスアシストだった。これで嘉手納たちも公然と冴子たちを拉致するのが難しくなった。

「いいか」

嘉手納が忌々《いまいま》しそうに冴子を睨《にら》む。

「始まった時に、始まった場所で待っている」

おそらく冴子が抵抗した場合も打ち合わせていたのだろう。それだけ言い残すと嘉手納は猛を片手に抱いたまま、走り去っていく。

急いで後を追うが、今度は冴子の方が通行人に邪魔されてなかなか追いつけない。やがて嘉手納の姿は人ごみの中に掻《か》き消えてしまった。

倒れた二人を締め上げてみるか――そう思って振り返ったが、既に二人の姿も消えている。正規の逮捕ではないので、嘉手納とともに逃げ去ったということだろう。

新幹線の改札を越えて辺りを見回してみるが嘉手納たちの姿はどこにもない。

今度は冴子が追いかける番という訳か。

だが、あいつらはいったいどこへ消えた。他の署員の目がある中で、猛を千葉県警に確保したままというのは考え難い。向こうにしてみれば冴子が拉致している状態の方が、二人を始末するのに都合がいい。手元に携帯電話があれば連絡を寄越すかも知れないが、玄葉に押収された事実は向こうも把握しているはずだ。

その時、嘉手納の残した〈始まった時、始まった場所〉という言葉が頭を駆け巡った。

全てが始まった時と場所――。

そうか、あそこか。

冴子の脳裏《のうり》に、ある場所が鮮明に浮かび上がる。同時に玄葉たちの思惑も透けて見えた。なるほど、そこで決着をつけようという肚らしい。

猛の身が危ない。

最前、猛の叫んだひと言がまだ耳に残っている。あれは猛ならではの機転だったのか、それともつい口から出た言葉だったのか。

くそ。今はそんなことを考えている場合ではない。

冴子は気を取り直すかのように大きく頭を振ると、急いで丸の内中央口を出た。

午前一時。南行徳カーディーラーショールーム跡地。七月のはじめ、生田巡査部長が殺害された場所だ。既に人通りは絶え、ただでさえ寂しいショールーム跡地は墓場のような静寂に包まれている。いや、実際にここで人が死んだのだから、墓場というのもあながち間違いではない。

ここが全ての始まりの場所であり、今が始まりの時のはずだ。玄葉たちと冴子の共通認識となれば、これしか思いつかない。

冴子は本通りを歩いて、ここまでやってきた。耳を澄ませてみるが猛はおろか、嘉手納の声も聞こえない。

どこかで息を殺して見張っているのか、それとも冴子の当てが外れたのか。

敷地内に足を踏み入れ、ショールームへ向かう。

次の瞬間、いきなり正面に眩《まばゆ》い光を浴びた。咄嗟のことに冴子は片手を目の前に翳《かざ》す。

「そこで止まれ」

何と玄葉の声だった。

途端に四方から複数の手が伸び、あっという間に冴子は羽交《はが》い締《じ》めにされる。

「身体検査しろ。そいつを女などと思うな。油断したら寝首を掻かれるぞ」

玄葉の指示通り、無遠慮な手が服の上から身体をまさぐる。今更羞《しゅう》恥《ち》心《しん》はないが、ただただ手の感触がおぞましい。東京駅で猛を拉致されてから時間がなく、スタンガン一つ用意できなかった。冴子は完全な丸腰だった。

「こんな場合でもセクハラか。この上司にしてこの部下ありだな」

「うるさい」

声と膝蹴りが同時にきた。冴子は堪《たま》らず前のめりになって膝を崩す。

「高頭班長には、こういう会話の方が相応《ふさわ》しいだろう」

目が慣れてきたせいか、自分を取り巻く男たちの姿が朧《おぼろ》げに把握できた。玄葉と嘉手納、そして東京駅で冴子たちを襲撃した二人の計四人。そのうち玄葉は顔中を包帯で巻き、片方の手で松葉杖を突いている。

「ずいぶん男前になったじゃないか。そういえば車田はどうした。あいつも結構個性的な面相になっていたはずだが」

玄葉の爪先《つまさき》が冴子の鳩尾《みぞおち》を抉《えぐ》る。

「おっと服の上からとはいえ、これ以上の外傷は禁物だったな。心配するな。車田は大阪警察病院に運び込まれたが命に別状はない。よかったな。警官殺しが二件にならずに済んだ。いくら被告人に甘い司法でも警官を二人も殺せば、まず極刑は免《まぬか》れまい」

「武器は隠し持っていませんね」

「さすがのアマゾネスも子供のためなら丸腰か。なかなか感動的な話じゃないか」

「猛はどこだ」

「慌てるな。逃がしたりはしないよ」

玄葉が真横にずれると、その陰に猛が横たわっている。口にテープを巻かれ、目で救援を訴えるのが精一杯の体《てい》だ。

「逃走中、子供にどんな教育をしたのかね。生半《なまなか》な反抗の仕方じゃなかったぞ」

「人間のクズには何をしても構わないと教えてある。警官の癖に押収した麻薬を横流しにするような、とことん性根の腐った野郎どもなら尚更だ」

「その減らず口が聞けなくなると、少し寂しい気もするな」

玄葉は揶揄《やゆ》するように言う。

「目撃した子供には何の罪もない。猛だけでも放してやれ」

「ここまで口が達者なら、八歳児でも放ってはおけんよ」

嘉手納が冴子の目の前に小さなバケツを持ってきた。中に八分ほど入っているのがコンクリートであるのは臭いで分かった。

「このコンクリはほぼ固まっているが、表面だけはまだ生乾きだ」

玄葉はそう言って胸元から拳銃を取り出した。

「これはヤクザ者から押収したトカレフだ。このコンクリに向けて撃つと、弾丸は貫通もせず底に残る」

銃口に布きれを巻きつけ、コンクリートの表面を撃つ。くぐもった音とともに穴が穿たれる。

見ていて理解できた。つまりは発射した弾丸を容易に回収するための仕組みだ。

「またぞろわたしに濡れ衣を着せるつもりか」

「察しがいいな」

玄葉は撃ったばかりのトカレフを猛に向ける。

「やめろ。お前たちが東京駅で猛を連れ去ったのを何人かが目撃している。撮影していたヤツまでいるんだぞ」

「高頭班長に拉致された少年をいったん取り戻したものの、再度奪還され、我々の必死の追走も空《むな》しく、応戦するものの目の前で射殺された。……千葉県警には恥ずべき不始末だが、不祥事ではなくなる」

猛を撃ち、そのトカレフを冴子に握らせる。それで少年を殺害した悪徳警官の出来上がりという訳だ。

「手前の悪事を隠蔽《いんぺい》するためには、子供も虫けら扱いか。どこまで腐った野郎だ」

「偉そうなことを言うな」

玄葉は冴子を睨み返す。

「君だって警官の一人なら、県警本部が常に予算に苦しめられているのは知っているはずだ。綺麗ごとを吐くな」

「綺麗ごとではなく、矜持《きょうじ》としての問題だろう」

「生田も同じことを言っていたな。渇《かつ》しても盗泉《とうせん》の水を飲まず、だったか。管理職の悲哀も知らない世間知らずの戯言《ざれごと》だな。カネもなくてまともな犯罪捜査ができるものか」

「お前は、裏ガネ作りも警官殺しも同じ比重だというのか」

「組織を護るという観点では同じだな。その程度の些末事《さまつごと》で県警の面目を失うことは許されない」

「人の命を何だと思っている」

「人の命は人の命さ。それよりも大事なものがあるというだけだ」

「わたしたちを始末したら、郡山はどうするつもりだ」

「彼も優秀だが依怙地《いこじ》に過ぎるきらいがある。懐柔《かいじゅう》できなければ、消えてもらうより仕方ない。安心しろ。お仲間が多いほど道行《みちゆき》が賑《にぎ》やかでいいだろう。そう言えば押収した君のケータイには未登録の者との通話記録が多く残っていたな」

山崎のことだ。

「協力者か」

「さあな。少なくともお前たちよりはマシな人間だ」

「まあ、いい。電話番号さえ分かっていたら、いずれ炙《あぶ》り出せる。急ぐことはない」

あの狡猾な男が、それしきの手掛かりで尻尾を摑ませるものか。

「一連の首謀者はお前か」

「わたしというより、県警本部の総意と言った方が正しいな。君はどう思っているか知らないが、わたしはそれほど私利私欲に走るような人間じゃない。私利私欲に凝《こ》り固まっているような上司に、部下がついてきてくれると思うか」

玄葉の言葉を受けて嘉手納たちも無言で頷《うなず》く。

これは病気だ、と冴子は思う。嘉手納も車田も組織犯罪対策部薬物銃器対策課ではそれなりに使命感を抱いた捜査官のはずだ。ヤクザ相手に切った張ったを繰り返しているのも使命感と正義感ゆえのものだろう。そういう捜査員が組織防衛という大義名分を得ると、正邪の境界線を曖昧《あいまい》にしてしまう。上司の命令という建前を盾に個人を喪失してしまう。

「何が組織を護るだ。必要悪だろうが何だろうが、外に向けて胸を張れないヤツらがどの面《つら》下げて正義を語るつもりだ」

「正義を語るつもりなどない。違法行為を取り締まり撲滅《ぼくめつ》するためには、許容範囲で可能なことを執行する。それがわたしたちに与えられた職務だ」

「お前たちはそれが正しいと思っているのか」

冴子は嘉手納たちに向かって問い掛ける。

「お前たちにも子供の一人や二人はいるだろう。指先ほどの慈悲もないのか」

「子供ならわたしにだっているさ。独り者の君に言われたくないが、それとこれとは話が別だ。公私混同はしない主義でね。ただし、それでも慈悲はある」

玄葉は片方の手でもう一丁の拳銃を取り出す。冴子たちに支給されているシグ・ザウエルだ。

「君が先に撃たれるか、それとも子供が先か。それくらいは選ばせてやる。自分の命を数秒でも長らえさせたければそれもよし、子供の死体を見るのが嫌なら優先させてやってもよし」

「それが慈悲だと。ふざけるな。子供を殺すなんて犬畜生以下だぞ」

声を大きくすると、再び鳩尾を蹴られた。

「やはり君の声を聞けば聞くほど不愉快になる。先に口を塞いだ方が、精神衛生上いい」

玄葉はそう言って銃口を冴子に向けた。

「もう静かにしてくれ」

4

その時、玄葉の背後から別の声がした。

「あんたの声の方が不愉快になるんだけどな、こっちは」

玄葉たち四人はぎょっとして周囲を見回す。するといつの間に潜《ひそ》んでいたのか、敷地の隅から十数人の人影がわらわらと湧いて出た。

指揮を執っていたのは山崎だった。

「名にしおう組対も甘々だな。こんだけ囲まれてるってのに、女子供いたぶるのに夢中で気づかないってんだから」

「お前らいったい」

玄葉は突如現れた男たちの一団に、すっかり動転しているようだった。無理もない。取り囲んだ男たちは人数で玄葉たちの三倍以上、しかもどの面を見ても到底堅《かた》気《ぎ》の人間とは思えない。

「何だ、組対のアタマを張っているくせに、こいつらの顔も知らないのか」

冴子の言葉を合図に、いきなり煌々《こうこう》とした照明が玄葉たちを照らし出す。撮影用のライトだが、その眩さに玄葉たちは目を瞬《しばたた》かせる。

山崎の手下たちはそれぞれスマートフォンで玄葉たちと冴子の姿を捉えている。

「貴様は、宏龍会の……」

さすがに幹部の顔と名前くらいは記憶にあったか。

「ええ、確かにあたしたちはヤクザ者ですけどね。全員丸腰だし、ただ夜中に散歩していただけなんで、立場としちゃ善良なる一般市民と変わりゃあしません。まあ、照明機材を持ってたのは単なる偶然なんですが」

山崎は愉快そうに嗤《わら》ってみせる。

「これも偶然に通りかかったら、何と野郎四人がガキを人質にして、ご婦人に拳銃を突きつけている。義を見てせざるは勇なきなり、任俠《にんきょう》道にいる者としちゃあ放ってはおけませんやね」

この男の口から義を見てせざるは、と聞くと虫唾《むしず》が走るが、玄葉への皮肉になっているので目を瞑《つむ》るとしよう。

山崎が喋っている間も、十台以上の携帯端末から絶え間なくシャッター音が溢れ出る。玄葉たちは例外なくその場で固まり、身じろぎ一つできないでいる。

一瞬の隙を突いて冴子は目の前の玄葉を押し退け、猛を抱きかかえる。久しぶりに味わう体温に、つい気持ちが緩む。縛《いまし》めを解いてやると、猛の方から抱きついてきた。

「それで一般市民の義務として千葉県警の捜査一課に通報しときましたんで。組対の皆さんはお身内が到着するまで、そのままの態勢でいてくださいな」

「貴様ら、謀《はか》ったな」

玄葉に銃口を向けられても、山崎はへらへらと笑い続ける。

「おや、さすがに女子供よりもヤクザ者に銃を向けた方が言い訳できると考えましたか。それでもねえ、今撮っている画像、とっくに投稿中ですから。今更カッコつけたって後の祭りですよ。それでも実弾発射しますか？　あたしたちの目の前で、その引き金が引けるものならどうぞ引いてくださいな」

玄葉は唇をきつく嚙みながら、ゆっくりと銃を下ろす。

「ついでっちゃあ何ですが、そこのお姐さんとの会話の一部始終も流れてますので。まあ、せいぜい上手い言い訳を考えといてください。もっとも八歳のガキを大の大人四人でふんじばっている画が出た時点で、もうアウトなんだけど」

「こんなことをしてタダで済むと思っているのか。クソヤクザ」

「あたしらはただの目撃者と言ったでしょ。タダで済まないのはあんたたちの方でしょうが。内輪だったら揉み消せることでも、全世界に中継されてちゃねえ」

山崎は玄葉をいいように弄《もてあそ》んでいる。これだけのカメラに包囲されているのは衆人環視と同じことだ。玄葉もそれを承知しているので、迂闊《うかつ》に動けない。

猛が拉致された直後、東京駅を出た冴子はすぐに公衆電話で山崎と連絡を取った。玄葉の指定した場所も時間も分かっていたので、罠を張るのは簡単だった。

ただし、この罠は自爆テロのようなものだった。玄葉たちの悪行《あくぎょう》が白日《はくじつ》の下に晒《さら》されるのは当然だが、千葉県警自体もスキャンダルの渦に呑《の》み込まれる。渦を巻き起こした張本人の冴子も無傷では済まないだろう。

ふいに玄葉の顔が奇妙に歪んだ。

自分の銃で自殺でもするのかと焦ったが、玄葉は不貞腐《ふてくさ》れたように冴子を睨み据えただけだった。

「ずっとヤクザ者とつるんでいたのか。大した刑事だな。お前のような警察官がいるから警察はいつでも誤解されるんだ」

いったいどの口が言うのかと思った。

「お前はヤクザと結託して千葉県警の顔に泥を塗ろうとしているんだぞ」

「この程度の泥で潰れるようなら、所詮その程度の組織でしかない。今度のようなことがなくても、いずれ潰れる」

「ふん。組織の下層にいる者特有の理屈だな。警察は市民からの信頼で成り立っている。しかし信頼というのは築くのに十年かかっても、崩れるのには一分もかからん。お前のしていることは、そういうことだ。今この瞬間から千葉県警とその職員、並びにその家族たちは汚名を被《こうむ》り、石を投げられる。それも全部お前とそのヤクザのせいだ。分かっているのか。お前は自らの行動でヤクザと同じ場所に堕《お》ちたんだ」

次第に山崎の目つきが険《けわ》しくなってきた。山崎のことだから玄葉が相手でも怯《ひる》むことはないだろうが、このやり取りがネットに投稿されているのなら、山崎を悪役にさせるのは逆効果になりかねない。

「ヤクザで結構だ」

冴子は高らかに宣言する。

「こいつらが誉められたモンじゃないのはその通りだ。だがな、少なくとも八歳児を縛り上げて、射殺しようなんて真似はしない。商売としては最低でも、人としては最低じゃない。じゃあ翻《ひるがえ》ってお前たちはどうなんだ。県警の恥部を隠したいがためにこんな真似をしやがって。いくら家庭や職場で綺麗な顔を見せていたって、お前たちの方が数段外道《げどう》で薄汚れている。一緒にされなくて幸いだ」

「いいねっ」

山崎は手を叩いて囃《はや》し立てる。

しばらくするとサイレンの音が近づいてきた。ようやく捜査一課が到着したらしい。

「……どういうことだ、これは」

　冴子の前に立った小沼《こぬま》は開口一番詰問《きつもん》した。

「この場の状況がネットで拡散されまくっているぞ」

「ええ、やめさせようとしたんですが、わたしの方も人質を取られた上に銃を向けられていましたから」

　宏龍会の連中は山崎をはじめとして全員、駆けつけた警官の聴取を受けているが、冴子と小沼のやり取りを眺めてにやにやしている。

　小沼はひどく凶暴な顔で連中を睨み返した。

「……パンドラの箱を開けたのは自覚しているか」

「ええ。これから色んな魑魅魍魎《ちみもうりよう》が県警本部庁舎の中から飛び出してくるんでしょうね」

「それで箱の中が綺麗になればいいんだがな。ついでに無くなるものも一つや二つじゃないぞ」

「捜査一課にしてみれば生田殺しが解決したというだけの話です」

「高頭班長の容疑が消滅した訳じゃないぞ」

「それについては郡山に探らせていたんですが……課長、今あいつは大丈夫なんですか」

「組対の取り調べで軟禁状態だ。こういう展開になった以上、一刻も早く奪還してやる」

お願いします、と冴子は神妙に頭を下げてみせた。

「他部署から部下を取り返すくらい、何でもない。玄葉課長とあの胡散臭《うさんくさ》い連中全員から聴取することに比べればな。今夜の取調室は満員札止《ふだど》めだぞ。どうしてくれる」

小沼は捨て台詞《ぜりふ》を吐くと、気の進まない様子で玄葉に近づいた。

「玄葉昭一郎《しょういちろう》。殺人未遂ならびに略取・誘拐の現行犯で逮捕する。両手を出せ」

聞こえよがしに叫んでから、そっと小声で囁《ささや》く。

「まだスマホで撮影している馬鹿がいる。ここはおとなしく捕縛される姿を晒してくれ」

「……妻と子供も見るんだぞ」

「千葉県民も見る。どっちのけじめを優先させる？」

同僚に対する、それが互いの礼儀なのだろう。玄葉は唇を噛んだまま、両手を差し出した。手錠を掛ける小沼の表情も強張《こわば》っていた。

玄葉たちが連行されていっても、猛はまだ冴子の腰にしがみついて離れない。

「冴子さんの馬鹿。遅かったじゃないかあっ」

「怖かったのか」

「……怖くはなかった」

「悪かったな。仕掛けを作るのに手間取った」

そこにひょこひょこと山崎が寄ってきた。

「よお、九死に一生だったな。この恩、忘れるんじゃねえぞ」

「まさか八歳の子供をリクルートするつもりか」

「高頭さんと逃避行を続けた実績を鑑みると、その価値はありそうだなあ」

「あまり図に乗るなよ、ヤクザ。これでわたしに借りを作ったと思ったら大間違いだぞ」

人間として嫌いな部類ではないが、ここは山崎と一線を引いておくべきだろう。

「共闘関係はこれで終結だ。今後は以前通りお前たちを反社会的勢力として対処する」

「おやおや、お堅いことで。まあ、それが高頭さんの持ち味だからよしとしましょう。それに今度のことであたしたちも恩恵に与《あずか》ったんで、チャラですな」

「どんな恩恵だ」

「あたしたち反社会的勢力にとって目の上のたんこぶだった千葉県警組対の皆様方は、おそらくこの一件で相当なお仕置きを受けるでしょう。押収麻薬の横流しに関与したのはあの四人に留まりますまい。十人かそれとも二十人か。警官殺しとして送検、懲戒免職、停職、配置転換……いずれにしても組織としての組対さんは間違いなく弱体化します。あの人たちは警官のワルかも知れないが、ワルにはワルのやり方があって、だからこそあたしたちも痛い目に遭ってきました」

不本意ながら冴子には返す言葉がなかった。玄葉たちの行いは唾棄《だき》すべきものだが、一方で彼の率いる組対の検挙率には軽視できないものがあったのだ。玄葉たちの存在が反社会的勢力の抑止力として機能していたのは疑いのない事実だった。

その抑止力が、当分は沈黙する。

宏龍会をはじめ、社会の闇に蠢《うごめ》く悪党どもがここを先途《せんど》とばかりに跳梁跋扈《ちょうりょうばっこ》する。これがパンドラの箱から飛び出した災厄の一つだった。

「しばらくの間、千葉県内のそっち方面は無法地帯になるでしょうな。そういうチャンスを作ってもらっただけで高頭さんには感謝感激ですよ」

「貴様……」

「おっと。折角《せっかく》水入らずのご対面で感動してるんだ。野暮《やぼ》な話で白けさせるのはなしにしましょうや」

山崎はひらひらと片手を振りながら二人から離れていった。

「冴子さん」

「何だ」

「結局、山崎さんは味方だったの。それとも敵だったの」

「いいことを教えてやる」

冴子は屈んで猛と目線を合わせる。

「味方だとか敵だとか、人間を大雑把《おおざっぱ》に分けるな」

猛はきょとんとしている。

「佐古ジイやセンセイたちは世間一般から見たら誉められたもんじゃない。ああいう人たちを大っぴらに避けるヤツもいる。猛はどうだ」

「避ける訳、ないじゃん。あんなに優しかったのに」

「それと同じことだ。人にはいくつもの顔があって、いくつもの言葉を持っている。その都度その都度変わっていく。あの玄葉にしたってそうだ。わたしたちにはとんでもない悪党だが、警察や自分の家の中では優秀だったり、善良だったりする。人はそんなに単純なものじゃない。単純でないものを単純に分類すると、取り返しのつかない間違いを犯す。お前は絶対にそんなことをするな」

八歳児にどこまで真意が伝わったのかは分からない。

それでも猛は一度だけ頷いてみせた。

県警本部に戻ると、冴子は小沼に連行される形で捜査一課に帰還した。詳細は既に伝わっており、冴子は凱旋《がいせん》将軍のような扱いで迎えられた。

だがゆっくりもしていられない。国兼《くにかね》部長とともに慌ただしく組対の刑事部屋に乗り込み、郡山の奪還に走った。

郡山は組対取調室の虜《とりこ》にされており、飲まず食わずを強《し》いられたのか、頬肉《ほおにく》がげっそりと削《そ》げ落ちていた。痣《あざ》もいくつか拵えている。それでも冴子の姿を認めるなり、弱々しい反応を見せた。

「ああ、班長……やっと戻りましたか」

「酷《ひど》い目に遭わせたたな。人相がすっかり変わってるぞ」

「いいダイエットになりましたよ。班長もいかがですか」

「大阪でたっぷり身の細る思いをしたから間に合っている。それよりライフルマーク偽造の件は進んでいたのか」

郡山はうっすらと笑う。

「指揮官が不在でも兵隊は動く。それが高頭班の掟《おきて》ですからね。鑑識で懇意《こんい》にしているヤツがちゃんと調べてくれましたよ。捜査資料のライフルマークはデータ上で改竄されたものでした。復元作業で元のライフルマークを掘り当てたそうで、そいつが肌身離さず持っています」

山崎たちがネットに拡散させた殺人未遂の中継と会話の録音、そして改竄前のライフルマーク。これだけあれば冴子の疑いを晴らすには充分だろう。

生田の仇《かたき》は取れた。彼の親にも報告できる。

だが吉凶はいつも背中合わせだ。


翌朝、冴子は本部長室の前に立っていた。

「高頭、入ります」

ドアを開けると、越田《こしだ》は鷹揚《おうよう》に冴子を迎え入れた。

「おお、高頭班長。待っていたよ。まあ、座ってくれ」

冴子は越田の正面に座る。その状態でも越田の目線が冴子より上になっているのは、訪問者に対する威圧感の演出なのだろう。

「国兼部長から詳細な報告が上がっている。長期に亘る逃亡生活、まことにご苦労だった」

「いえ」

「わたしが厚労省へ確認している間に、事態はすっかり混迷してしまっていた。君は同僚殺しの冤罪を着せられたまま雲隠れをするものだから、正直言ってわたしも困惑した。悪いが君の言い分よりも玄葉課長の言い分に傾いてしまったことは否《いな》めない。完全にわたしの人を見る目が狂っていた。情けない限りだ。申し訳なかったな」

「あの時点ではわたしに不利な材料ばかりでしたから」

「言い逃れをするのではないが、しかし君にも若干《じゃっかん》文句を言いたい。何故、逃走途中でわたしに一報をくれなかった。この件については直接報告するように申し伝えたはずだが――」

「すみません。わたし自身、疑心暗鬼になっていたものですから」

「ふむ。罪を着せられた君の立場になれば、それも致し方のないところか」

越田は疲れたように長い溜息《っ》を吐く。

「ここで班長から押収麻薬横流しの件を聞いた時にはまさかと思ったが、一応の覚悟はしたつもりだった。しかし実際に組対の腐敗ぶりを証明されると、これほど気分が塞ぐものだとはな。わたしも相当な俗物だ。班長の決死の報告を受けながら、それが何かの間違いであってくれと願っていた」

「県警本部を統《す》べるお立場なら当然でしょう」

「そういう立場だからこそ、部下の真摯《しんし》な訴えを信じなければならなかった。それだけでもわたしは本部長失格だよ」

自嘲《じちょう》的な言葉が、越田の印象をどんどん儚《はかな》げなものにしていく。

「いち捜査員の犯罪ならまだしも、国兼部長の報告通りだったとしたら組対ぐるみの背任行為となる。生田巡査部長を殺害した玄葉課長は論外だが、横流しに関与した捜査員には軒並み厳罰を下さねばならん。今回の件で千葉県警の信用は地に堕ちる。しばらくは頭を上げられまい。綱紀粛正《こうきしゆくせい》と失地回復を掲げる以上、彼らの処分をなあなあに済ませることは到底許されない。規定よりも苛烈で当然、全員懲戒免職でやっと面目が保てる有様だ」

「小沼課長からは、パンドラの箱を開けたと嘆かれました」

「パンドラの箱か。言い得て妙だな。県警本部という箱の中で眠っていた災厄が一気に飛び出した訳だからな」

「いえ、まだ箱の中に残っているものがあります」

「希望、か。神話通りなら嬉しいのだが……さしずめ希望というのは高頭班長を指すのだろうな」

「最後に残ったのは本部長です」

「ははは、こんな事態になったからといって持ち上げてくれなくてもよろしい。わたしにも監督責任がある。組対の処分が終われば、次はわたしが」

「勘違いしないでいただきたい。あなたは希望なんかではない。箱の底に残った最後の災厄だ」

そのひと言で部屋の空気が一変した。

「……聞き捨てならんな。それはどういう意味かね」

「本部長。あなたは玄葉の、そして組対の悪行を以前から知っていたのではありませんか?　いや、それどころかあなたこそが押収麻薬の横流しを命令した張本人なのではありませんか?」

「何を言い出す。いくら何でも失礼だぞ」

「押収物件の横流し、証拠物件の偽造、捜査情報の漏洩《ろうえい》、どれ一つ取ってみても玄葉が単独でできることではありません。中でも捜査情報の漏洩は決定的でした。わたしが玄葉を疑っているのは本部長にしか報告していませんでした。それがいつの間にか玄葉にも知られていた。更に付け加えるなら、生田巡査部長殺害に使用された銃の線条痕《せんじょうこん》について言及したのも、本部長にだけです。線条痕のすり替えはその時に思いついたのではありませんか」

「いい加減にしたまえ。言いがかりも甚だしい。第一、証拠はあるのか」

「証拠?　実行犯の玄葉は既にわたしの手の内にあります。己《おのれ》の汚職を隠蔽するために部下の口を塞いだ汚れた警官を、わたしは絶対に許さない。組対の取り調べは厳しいそうですが、苛烈さなら高頭班も負けていない。玄葉の弱点が家族であることも分かっている。肉体的にも精神的にも疲弊《ひへい》させ、心を折り、自制心を砕き、必ず事件の全容を自白させてやる。あなたはそれまでの間、せいぜいその座り心地のよさそうな椅子にふんぞり返って待っているがいい」

「……大層な啖呵《たんか》だな。いったい何様のつもりだ」

「わたしは警察官だ。それ以上でも以下でもない。徽章《きしょう》の模様も組織の都合も関係ない。罪を暴いて検察に送致することだけがわたしの仕事で、プライドだ」

「安っぽいプライドだな」

「あなたが捨てた矜持よりは高価なはずだ」

それが捨て台詞になった。

苦々しい思いを嚙み締めて、冴子は本部長室を後にした。

失望はあるが後悔はない。この上は越田が暴走しないうちに玄葉の供述調書を作成するまでだ。

取調室に向かう途中の廊下で、思わず立ち止まった。

向こう側から女性警察官に付き添われた猛が歩いてきた。

もう終わったのだ──冴子は自分に言い聞かせる。二人だけの逃避行も、身体中が硬直するような緊張も、冷えた胸を溶かすような温《ぬく》もりも、そして疑似《ぎじ》家族も。

二人は廊下の真ん中で向かい合う。

「長いようで短かったが、迷惑をかけてしまったな。これから母親を見舞ってくるんだってな」

「うん」

「元々、それがプチ脱走の目的だったからな。つまり最初に戻った訳だ」

「うん」

「いっぱい甘えてくるがいい」

母親の病状を考えれば、猛の願いが叶《かな》うかどうかは心許《こころもと》なかった。しかし、今はそう言ってやるしかない。

「ずいぶん辛《つら》い思いをさせた。卑怯な言い方だが、あんなことは一日も早く忘れろ。忘れて元の生活へ」

言葉は半ばで途切れた。

言い終わる前に猛が腰にむしゃぶりついてきた。

「馬鹿なこと言うなよ。忘れるなんて、できるもんか！」

服を通して猛の温もりが伝わってくる。

湿り気を帯びた感触も、ミルク臭さも。

抱き締めようとした手を、途中で止める。

傾きかけた感情を無理やり立て直す。

「連れていけ」

「でも、警部」

「いいから早く」

引き剝がして女性警察官の手に押し戻すと、猛は激しく抵抗した。

「放せっ、放せったら放せよおっ」

「じゃあな。もう二度と顔を見せるなよ。あまり一般人が来ていい場所じゃない」

女性警察官に目配せして、強引に連れていかせる。

猛は歯を剝《む》き出しにして冴子を睨んだ。

「一般人じゃなきゃいいんだろっ」

「何だと」

「警察官になって、絶対また会いに来てやるからっ。憶えてろっ」

冴子は我知らず口を半開きにした。

あと十年以上もここで待っていろというのか。

やがて廊下の角を曲がって猛たちの姿は消えた。

結婚はごめんだが、子供は産んでみてもいいかな――。

場違いな感想をすぐに払い除《の》け、冴子はまた取調室へ向かって歩き出した。


〈了〉

解説

高頭《たかとう》佐和子《さわこ》

中山七里氏とは、毎月のようにお会いする関係である。平凡な東京の書店員である私が、なぜ超多忙人気作家に頻繁《ひんぱん》にお会いするのかと言うと、特別に仲の良い友人だから……ということでは残念ながらない。中山氏が本を刊行されるたびに私の働く書店にやってきて、お客様のためのサイン本を作ったり、ＰＯＰを書いたりしてくださるからである。

近年は、書籍を刊行した際に書店を訪問してくださる作家が増えている。刊行のたびに来てくださったとしても、通常はそんなに執筆できるものではなく、多い方でも年に二、三回である。でも中山氏の場合、恐るべきスピードで新刊が出るのだ。文庫化されたものも含むと、二〇一九年は十二冊、二〇一八年は十一冊、二〇一七年は十四冊という怪物ぶりだ。あまりに刊行点数が多いので、二作同時に書店回りをされることもある。そんな時は、本来はライバルであるはずの二社の編集者たちが、仲良く一緒にやって来る。中山氏の柔和《にゅうわ》な笑顔と気さくなお人柄のおかげで、いつも和《なご》やかなムードになる。書店員にとっては親しみ深い存在である。

ファンの方なら、「中山七里は七人いる」という噂をご存知の方もいらっしゃると思うが、書店員の間では一里から七里までいるというのが、もはや定説になっている。この異常と言って良い速さの刊行ペース、多様なテーマ、さまざまなキャラクターの登場人物たち、次々に出てくるアイディア、そして読者を惹《ひ》きつけてやまない大胆なストーリー。これらを一人で操ることのできる人間がいるとは到底思えないのだ。しかも、編集者の方々によると、原稿が遅れるようなこともないという から驚きだ。ニコニコと新刊にサインをする中山氏に「今日は何人目の中山さんですか？」と質問してみると、「いえいえ、僕は一人しかいませんから」と誠実そのものの表情で答えが返ってくる。余計なお世話だろうと思いつつも「相変わらずのハイペースですね。ちゃんとおやすみされてますか」などと尋ねると、「ほとんど寝ていませんね」とか、「旅行先でも執筆していました」などのエピソードがどんどん出てきて、その場にいるスタッフたちを驚愕《きょうがく》させるが、ご本人はいたってお元気そうで余裕の表情なのが、不思議でならない。
『さよならドビュッシー』（宝島社文庫）で「このミステリーがすごい！」大賞を受賞してデビューしてから十年が経った。二〇二〇年となった今年、新作単行本十二ヶ月連続刊行という出版社横断のキャンペーンも行われている。そんなの無理だろう……、と他の作家さんであれば思うところだが、中山氏ならやってのけるはずである。読者の期待に応《こた》え、私たち書店員にも毎月元気な笑顔を見せてくださるに違いない。

そろそろ『逃亡刑事』の魅力について語ろうと思うが、その前に少しこの解説を書いている私のことを書かせていただきたい。私の名前は高頭佐和子と言う。そう、この小説の主人公と同じ珍しい姓で、名前も似ている。刊行の前に発行元のPHP研究所の営業担当者が内容見本を持ってきてくださった日の驚きを忘れることはできない。「中山七里さんがこれをぜひ読んでほしいとおっしゃっています」と言った後、なぜかモジモジとし始めた。「主人公が高頭っていうらしいですよ。高頭さんがモデルだって聞いています。……県警のアマゾネスって呼ばれている乱暴で怖い女刑事らしいですけど」

アマゾネス……。そんな勇ましい愛称で呼ばれたことは一度もない。私が非力でトロい小デブ書店員であることは、中山氏もよく知っているはずだ。いったいどういうことなのか。恐る恐る（そしてちょっと怒りつつ）読み始めた『逃亡刑事』であるが、いつもの中山作品と同様に個性的な登場人物たちが生き生きと動く小説の世界に引き込まれてしまった。

主人公の高頭冴子《さえこ》は、千葉県警刑事部捜査一課所属の警部である。三十二歳独身。身長百八十センチの武闘派。男勝りの体格と豪腕ぶりで、周囲から苦手意識を持たれている。女性らしさのかけらもなく、無駄に美人顔（！）である。登場するとすぐに、缶コーヒーを手のひらで豪快に潰して、虚勢を張るヤクザを萎《な》えさせ、怒りにまかせて自身の机を蹴り上げ、積み重ねられた未決書類に雪崩《なだれ》を起こさせて部下を怯《おび》えさせる。そんな荒っぽい行動をする冴子であるが、正義感が強く有能だ。率いる班は機動力に優れ、高い検挙率を誇っている。

冴子たちは、薬物銃器対策課に所属する生田忠幸《いくたただゆき》巡査部長が、閉店したカーディーラーのショールームで何者かに殺されるという事件を捜査することになる。有能で秘密主義だったという生田が探っていた麻薬供給ルートについて調べようとした矢先に、事件の目撃者が現れる。入院中の母親に会いたくて、暴力的な職員のいる児童養護施設を脱走してきた八歳の少年御堂猛《みどうたけし》だった。

猛の証言で、冴子は意外な人物が事件に関わっていることを知る。腹心の部下にのみ事情を打ち明け、一人対峙《たいじ》しようとする冴子だが、犯人に陥《おとしい》れられ、生田巡査部長殺しの罪を着せられてしまう。目撃者である猛の命を守り、真犯人を明らかにして汚名を晴らすため、逃亡の旅に出ることになるが……。

ここから先は、ぜひ小説でお楽しみいただきたい。痛快なエピソードに彩られた息もつかせない展開が、あなたを待っていることをお約束する。

この小説の最大の魅力は、主人公をはじめとした個性豊かな人物たちの大胆で躍動感あふれる活躍ぶりである。事件の目撃者であり、逃亡中は冴子の相棒となる猛は、生意気さと賢さに健気《けなげ》さが絶妙にブレンドされた愛すべき少年だ。一人で児童養護施設から脱走したり、冴子との逃亡についてくる度胸と、自分の信じた相手に対しては少々問題ある人物であっても心を開くしなやかさがあり、逃亡中にも教科書を持ち歩き将来のために努力するほど勉強熱心だ。がたいのよい女刑事にキレられても動じない強情さを見せたかと思えば、母親に会えない寂しさや心の傷を見せる時もある。子供は大の苦手であるはずの冴子との距離が少しずつ縮まっていく様子は微笑《ほほえ》ましい。

広域暴力団宏龍会《こうりゆうかい》の渉外《しようがい》委員長である山崎岳海《やまざきたけみ》は、一筋縄ではいかない人物である。元サラリーマンという変わり種のヤクザだが、見た目は幹部とは思えないほどくたびれており、常に妻子に気を使う家庭人でもある。刑事である冴子にとっては敵のはずだが、なぜか二人の逃亡に手を貸すことになる。冴子とのスリリングな駆《か》け引きには、ぜひ注目していただきたい。冴子の強引さに呆《あき》れた様子を見せながらも敵と味方の狭間を自由に動き回る山崎には、最後まで翻弄《ほんろう》された。この興味深い人物は、二〇一二年に単行本が刊行された『ヒートアップ』（幻冬舎文庫）にも登場する。山崎が気に入った方にはおすすめしたい一冊だ。

そして、私が大好きなのは二人の潜伏先である大阪のA地区で出会う高齢者コンビだ。飲んだくれの佐古《さこ》じいは、いつも赤ら顔で調子がいいが、心温かく骨のある人物だ。猛に勉強を教えてくれるセンセイは、健康状態に問題があり働くことができないが、教養があり交渉力にも優れている。二人とも社会的弱者であり、人からは白い目で見られるような暮らしぶりだが、たまたま出会っただけの冴子と猛を、全力で助けようとしてくれる。そこには損得勘定はなく、困っている人間がいたら何かをしてあげたいという純粋な思いだけだ。だが、警察組織に属する者たちからは、取り締まるべき社会の厄介者としか扱われない。

無実の罪を着せられたせいで、世間のはみ出し者ではあるがそれぞれの倫理観で生きる人々と深く関わることになり、正義感ある有能な警察官として生きてきた冴子は、初めて自分の属する組織の横暴さや、正義と思っていたものの狭さに気がつき、戸惑う。正義とは何か。今までの生き方は正しかったのか。

私は冴子のように背も高くないし、大胆な行動力もない。襲われた時に即座に反撃できる瞬発力もないし、大の男たちをギャフンと言わせるような戦闘力もない。もちろん乱暴でもないと思うし、周囲を怯えさせるような行為もしていないつもりだ。名前以外に似ているところがあるとすれば、独身であることと、未決書類をためているところと、泣き寝入りをしない主義であるところぐらいだろう。でも、奮闘し、戸惑う冴子を自分の分身のように感じてしまった。今までの自分の生き方が正しかったのか、私も何度か迷ったことはある。これからもそんな瞬間がきっとあるだろう。そんな時に、大きなものに飲み込まれることなく、彼女のように自分の信じた方に進むことができるだろうか。冴子のように強くも勇敢でもない私には、きっと難しい。でも、彼女のように生きられたらと思う。読み終わった後、多くの読者が冴子を好きになり、心の中に小さな火が灯《とも》ったような温かさを感じるのではないだろうか。

そんな読者の皆さんを代表して、著者にお願いしたいことがひとつある。

「ぜひ続編を書いてください」

冴子のその後の活躍や、猛の成長ぶりを読める日が、待ち遠しいですよね、皆さん！

（書店員）

本書は、二〇一七年十二月にＰＨＰ研究所から刊行された作品を、加筆・修正したものです。

この物語はフィクションであり、実在の個人・団体等とは一切関係ありません。

著者紹介
中山七里（なかやま　しちり）
1961年、岐阜県生まれ。2009年『さよならドビュッシー』で第8回「このミステリーがすごい！」大賞を受賞し、2010年1月デビュー。近著に、『カインの傲慢』『合唱』『夜がどれほど暗くても』『帝都地下迷宮』『騒がしい楽園』『人面瘡探偵』『死にゆく者の祈り』『笑え、シャイロック』『もういちどベートーヴェン』『静おばあちゃんと要介護探偵』『TAS 特別師弟捜査員』『連続殺人鬼カエル男ふたたび』『悪徳の輪舞曲』など。2020年は、作家デビュー10周年を記念して、前代未聞の新作単行本12ヶ月連続刊行予定。

ＰＨＰ文芸文庫　逃亡刑事

2020年7月2日　第1版第1刷
2022年10月28日　第1版第5刷

著　者　中山七里
発行者　永田貴之
発行所　株式会社ＰＨＰ研究所
東京本部　〒135-8137 江東区豊洲5-6-52
文化事業部　☎03-3520-9620（編集）
普及部　☎03-3520-9630（販売）
京都本部　〒601-8411 京都市南区西九条北ノ内町11
PHP INTERFACE　https://www.php.co.jp/

組　版　朝日メディアインターナショナル株式会社
印刷所　株式会社光邦
製本所　株式会社大進堂

ISBN978-4-569-90023-0